奴隷契約

大石　圭

幻冬舎アウトロー文庫

奴隷契約

プロローグ

苦しみに悶《もだ》える女の姿に、性的な興奮を覚えるようになったのは、いったいいつの頃からだったのだろう？

はっきりとは覚えていないけれど……物心ついた時にはすでに、僕は苦痛に歪《ゆが》む女の顔や、その時に発せられる呻《うめ》き声に、強い関心を抱《いだ》いていたというような気がする。

幼かった頃の僕の楽しみのひとつは、テレビで女子の格闘技を見ることだった。

当時の僕にはお気に入りの女性レスラーがいた。そのレスラーはアイドルタレントのような可愛らしい顔にあでやかな化粧を施し、つややかな黒髪を長く伸ばし、体に張り付くようなレオタードをまとい、たいていはレオタードと同じ色のロングブーツを履いていた。彼女は鍛え上げられた美しい体をしていたが、大きくて太った女子レスラーたちの中に入ると、とても小柄で華奢《きゃしゃ》に見えた。

その女性レスラーが登場すると、僕はテレビの前に釘付けになった。そして、彼女が敵のレスラーにずだ袋のように打ちのめされているのを夢中になって見つめた。

そう。小柄で華奢な彼女は、ほとんどの試合で敵に叩《たた》きのめされ、長い髪を鷲摑《わしづか》みにされて振りまわされ、嫌というほど殴られ、徹底的に蹴《け》りつけられていた。そして、たいていはマットに押さえ込まれて身悶えし、可愛らしい顔を苦痛に歪め、「ああっ……うぅっ……」という呻きを漏らしていた。

そんな彼女の顔を見るたびに、そして、その苦しげな呻きを耳にするたびに、幼い僕は恍《こう》惚《こつ》となったものだった。

嗜虐《しぎゃく》的性癖——。

たぶん、そういうことなのだろう。苦悶《くもん》する女の姿に快楽を覚えるという異常な性癖は、ごく幼い頃から僕の中に存在していたのだろう。

幼かった頃には、そのことをたいして気にしたことはなかった。たとえ僕がどれほど異常だとしても、ほかの人々には心の中をのぞくことはできないのだから、秘密にしていればいいだけのことだと考えていたのだ。

けれど……どうやら、それは間違いだったようだ。

その後の僕は、その性癖に振りまわされ、悪魔のようなそれを満たすことだけを目的に生きることになってしまったのだから……。

あれは高校1年の終わり、16歳の春の晩のことだった。

南から『春一番』と呼ばれる強い風が吹き込んだ、とても暖かな夜だった……そんなふうに記憶している。

その頃、父の事業がようやく軌道に乗り、僕たち家族は狭苦しい都内のマンションから、東京郊外の私鉄沿線の住宅街に建てられた家に転居したばかりだった。

春一番が吹き荒れたその晩——。

僕はいつものように、2階にあった自室で進学塾の宿題をやっていた。

すでに午後11時をまわっていたと思う。昼過ぎから吹き始めた強い南風が、そんな時刻になってもまだ、庭の木々の葉を激しく揺らし続けていた。ざわざわというその音が、絶え間なく耳に入って来た。風は台風の時のように強かったけれど、気温はとても高くて、暖房をつけると汗ばんでしまうほどだった。

勉強に飽きた僕が、ぼんやりと壁を見つめている時だった。ベッドのサイドテーブルの上の電話が鳴った。その呼び出し音は外からのものではなく、内線電話のものだった。

いつものように父はまだ帰宅していなかった。ということは、その電話は母からに違いなかった。

息子が勉強に精を出しているはずのこの時間に、母が電話をして来ることは稀《まれ》だった。

不審に思いながらも僕は電話を取った。

「もしもし、お母さん？」

『ああ、ユキちゃん……勉強の邪魔をしちゃってごめんなさい』

手にした電話から、遠慮がちに言う母の声が聞こえた。

「どうかしたんですか？」

僕は敬語で母に尋ねた。なぜか、僕は昔から、父にも母にも敬語で話していた。

『それがね……何だか、お腹《なか》がすごく痛くなっちゃったの。悪いんだけど……ユキちゃん、ちょっとだけ来てくれないかしら？』

母の口調はいつものように静かで淑《しと》やかではあったが、そこには少し切羽詰まったような響きが含まれていた。

僕はすぐに自室を出て両親の寝室に向かった。

両親と僕の3人しか暮らしていないというのに、建てられたばかりのその家はとても広く、2階だけで6つもの部屋があった。父にとって、その不必要に大きな家は、社会的成功の証しだったのかもしれない。

両親の寝室は、そんな広々とした家の南東の端、北西の端にあった僕の部屋とはいちばん離れた場所に位置していた。

軽くノックをしたあとで、僕は両親の寝室のドアを開けた。その部屋は僕の部屋の2倍ほどの広さがあり、床には灰色をした分厚いカーペットが敷き詰められていた。

その広々とした寝室の中央に置かれた大きなベッドの上に、母はいた。白いナイトドレスに包まれた体をエビのように丸め、腹部を抱くようにして横になっていた。

母はちょうど、顔を僕のほうに向けていた。背の高いシェードランプから放たれた柔らかな光が、母の顔を優しく照らしていた。母は顔を苦痛に歪めてはいたけれど、それはいつものように上品で美しかった。

その晩は気温が高かったためだろう。ふわふわとした羽毛の掛け布団は、大きなベッドの隅のほうに押しやられていて、母の体には何も掛けられていなかった。

「夕ご飯が終わった頃から少しお腹が痛かったんだけど、ちょっと前から耐えられないほどになって来ちゃって……呼び付けたりして、ごめんね、ユキちゃん」

戸口に立った僕を見つめて母が言った。

勉強中の息子を呼び付けるくらいだから、よほどの痛みがあったのだろう。母の額や首筋には脂汗が光り、そこに何本かの髪がぺっとりと張り付いていた。

母が横たわったベッドに歩み寄ると、僕はそのすぐそばで身を屈《かが》めた。男と女が一緒に寝るために作られたその巨大なベッドは、16歳だった僕の目には何となく淫靡《いんび》なものに感じられた。

母の体からはスイカみたいな香水のにおいが立ちのぼっていた。入浴のあとにも香水をつけるというのが、彼女の昔からの習慣だった。全身から噴き出る脂汗のせいか、その晩はその香りが特に強く匂っていた。

かける言葉も見つけられないまま、僕は母のベッドの脇にしゃがみ込んだ。そして、苦しみに歪んだ母の顔をまじまじと見つめた。

「ああっ……いやっ……」

時折、強い痛みが、波のように押し寄せて来るらしかった。痛みがやって来るたびに、母は腹部を抱きかかえて身をよじらせ、ほっそりとした両脚でシーツを蹴り、羽毛の枕に顔を擦《こす》りつけるようにして呻き声を漏らした。

母が身を悶えさせるたびに、足の爪に塗られたエナメルが鮮やかに光り、よく鍛えられた太腿《ふともも》やふくら脛《はぎ》に筋肉が浮き上がった。母がまとった白くて薄いナイトドレスは、今では太腿の上のほうまでまくれ上がり、脚のほぼすべてがあらわになっていた。

あの日の母は41歳だった。それにもかかわらず、彼女は少女のように華奢な体を維持していた。毎日のようにアウトドアのテニススクールに通っていたせいで、夏でも冬でもその皮膚は小麦色に焼けていた。

母は断続的に声を漏らし、身をよじるようにして喘《あえ》ぎ続けた。

「あの……お母さん……救急車を呼びましょうか？」

苦悶する母の姿を、瞬《まばた》きさえ惜しんで見つめながら僕は尋ねた。

「でも……救急車なんて大袈裟《おおげさ》で恥ずかしいし……ちょっと前に胃薬を飲んだから、もう少し様子を見てみるわ」

悩ましげな表情で僕を見つめて母が言った。滲《にじ》み出た涙で大きな目が潤み、唾液に濡《ぬ》れた唇が官能的な光を放っていた。

僕は部屋の隅から椅子を運んで来て、母の枕元のすぐ脇に座った。そして、苦痛に悶える母の全身をさらにまじまじと見つめた。

母のナイトドレスの裾は今ではさらにまくれあがり、ショーツがあらわになっていた。

「あっ……うっ……」

母は断続的に苦しげな呻き声を漏らした。そして、その呻きを耳にするたびに、どういうわけか、僕の性器は硬くなっていった。

そう。いつの間にか、僕は性的高ぶりを感じ始めていた。そして、そのことに、ひどく戸惑ってもいた。

性的な高ぶりに衝《つ》き動かされるかのように、僕は母の手を握り締めた。母の指は体と同じようにほっそりとしていた。伸ばした爪には、足とは違う色のエナメルが光っていた。左の薬指には父とお揃《そろ》いの結婚指輪が嵌《は》められていた。

「ユキちゃん……悪いんだけど、背中をさすってもらえるかしら？」

手を握っている僕を悩ましげな顔で見つめて、遠慮がちに母が言った。細く描かれた眉《まゆ》のあいだに、苦悶のための縦皺《たてじわ》が深く刻まれていた。

僕は椅子から立ち上がって母の背後にまわった。そして、ナイトドレスの薄い布の上から、母の背中を掌《てのひら》でそっとさすった。

母の背は骨張っていて、肩甲骨が小さな翼のように浮き上がっていた。皮膚の下には筋肉が張り詰めているのがわかった。

「あっ……ううっ……」

母がまたベッドの上で身をよじらせた。その瞬間、僕は偶然を装い、ナイトドレスの薄い布の上から母の乳房に素早く触れた。

母のそれは小さくて、僕が想像していたよりずっと堅かった。

けれど、苦痛に耐える母は、息子の手が自分の乳房に触れたことに気づかなかった。

「ユキちゃん……心配させて、ごめんね」

胎児のように身を丸め、枕の端やシーツを握り締め、断続的に呻き声を漏らしながら、母が僕に言った。

どうやら母は、息子が自分を本気で心配していると思っているようだった。

いや、あの晩、僕は間違いなく母を心配していた。だが、同時に、強い性的な感情を抱いてもいた。友人から借りた猥褻《わいせつ》なビデオテープを自室で密《ひそ》かに見ている時でさえ、それほど強い性的高ぶりを覚えたことはないほどだった。

「ああっ……ダメっ……」

母の口から漏れる苦悶の呻きは、それらの猥褻なビデオテープの中の女たちが漏らす淫《みだ》らな声によく似ていた。そして、悩ましげに歪められた母の顔もまた、ビデオテープの中の女たちのそれによく似ていた。

途中で僕はあることを思いついた。

「あの……部屋の明かりを点《つ》けっ放しで来たんで、消して来ます。すぐに戻ります」

母にそう言うと、僕は急いで自室へと戻った。そして、小さなテープレコーダーをスウェットスーツのポケットに忍ばせて、再び両親の寝室へと向かった。それは教育に熱心な母から、英語の勉強のためにと買い与えられたものだった。

そう。僕は苦しみにのたうつ母の声を録音するつもりだったのだ。

録音ボタンを押したテープレコーダーを携えた僕が両親の寝室に戻ると、母は相変わらずベッドの上で悶絶《もんぜつ》を続けていた。

そんな母のすぐ脇にしゃがみ、僕は再び脂汗に光る母の顔を見つめた。

「あっ……うっ……痛いっ……いやっ……」

ほっそりとした体をよじらせ、剝《む》き出しになった脚を伸ばしたり折り曲げたりしながら母は呻き続けた。

その苦しみ方は普通には見えなかった。それにもかかわらず、僕は性器を硬直させたまま、持参したテープレコーダーに母の呻きを録音し続けた。それだけではなく、母がさらに苦しみ、さらに激しく悶えることを密かに願ってさえいた。

柔らかなオレンジ色の光に照らされた、静かで広々とした部屋の中に、悶絶する母の呻きと、春一番の強風が庭の木々を激しく揺らす音とが断続的に続いていた。

「やっぱりダメ……もうダメっ……ユキちゃん……救急車を呼んで……」

やがて母が言った。僕が来てから1時間ほどあとのことだった。

僕はそれを残念に思った。

僕はいつまでも、悩ましげに歪んだ母の顔を見ていたかったのだ。いつまでも母の苦悶の呻きを聞き、それをテープレコーダーに録音していたかったのだ。

この時間が終わってしまうことを惜しむかのように、僕はのろのろと立ち上がった。そして、もう一度、ナイトドレスに包まれた母の背を愛撫《あいぶ》するかのように撫で、その乱れた裾から垣間《かいま》見えるショーツに目をやった。

「ええ。今、電話します」

そう言うと、僕はサイドテーブルの上にあった電話に手を伸ばし、悶絶する母を見つめながら、ゆっくりと1・1・9とボタンを押した。


5分か10分ほどで救急車がやって来た。けれど、僕は母と一緒に病院には向かわなかった。間もなく帰宅するはずの父を待ち、それからふたりで母の着替えを持って来て欲しいと母に言われたからだった。

もちろん、僕も帰宅した父とふたりで、すぐに病院に駆けつけるつもりだった。

けれど、母が救急車に乗せられて家を出て行ったあとで僕がしたことは……録音したばかりのテープを聞きながら、自室のベッドで自慰行為に耽《ふけ》ることだった。

救急車で運ばれた母はそのまま入院した。そして、二度と自宅に戻ることはなかった。突然の母の死に僕は悲嘆に暮れた。それほどの悲しみを経験するのは初めてだった。

けれど……母の葬儀のすぐあとで、僕は自慰行為をした。

そう。母の葬儀の直後に、僕は自慰行為をしたのだ。春一番が吹いたあの晩に録音したテープを聞きながら、あの晩の母の姿を思い浮かべ、自室のベッドでそれをしたのだ。


あれから14年もの歳月が過ぎた。

30歳になった今でも、僕はしばしばあの時に録音した母の声を聞く。そして、苦しみにのたうっていた母の姿を思い浮かべながら自慰行為に耽る。

その背徳的な自慰の最後に、僕はいつも強い快楽に身を震わせる。けれど、その快楽が去ったあとではいつも、とてつもなく強い自己嫌悪に陥る。

ああっ、僕はなぜ、こんな性癖を持って生まれてしまったのだろう？　こんな性癖を抱えながら、これからどうやって生きていけばいいのだろう？

第1章

1

海を渡って来た湿った風が、椰子《やし》の葉をそよがせる音がする。ホテルの前に広がる砂浜に打ち寄せる、規則正しい波の音も聞こえる。この庭をぐるりと囲んだブーゲンビリアの生け垣から、トカゲによく似た爬虫《はちゅう》類が断続的に鳴く声もする。

いつものように、今夜も僕は庭のガゼボにいる。屋外にある屋根付きのダブルベッドという風情のその東屋《あずまや》で、分厚いマットレスに身を横たえ、氷を浮かべたウィスキーを飲みながら、小船の行き来している小さな湾や、湾の対岸に並ぶ家々の明かりや、無数の星に彩られた夜の空を眺めている。

陸と岬とに囲まれた狭い海には、いつものようにほとんど波がない。その穏やかな海面に、少し端の欠けた丸い月が映っていて、小さな波が立つたびに、揺れたり、砕けたり、くっついたりを繰り返している。

ふだんは夜でも蒸し暑いのだけれど、夕方に降った猛烈な雨のせいで、今夜は空気がひんやりとしていた。その強い雨は、乾季が終わって雨季に入った何よりの証拠だった。

グラスの中のウィスキーを飲み干し、ボトルに手を伸ばしかけた時――いつものように、ドアチャイムの鳴らされる音がした。

腕に嵌めた時計に目をやる。その針は間もなく午後11時を指そうとしていた。

そう。ほとんど毎夜のように、僕が滞在しているこのヴィラのドアチャイムは、この時刻に鳴らされるのだ。

タオル地のバスローブの裾の乱れを直しながら、僕はゆっくりとガゼボから下りた。そして、冷房の効いた室内に戻り、裸足《はだし》の足裏に大理石の床の冷たさを感じながら、柔らかな間接照明に照らされた広々とした部屋をドアに向かって歩いた。いつものように、室内には甘いアロマオイルの芳香と、微《かす》かな黴《かび》のにおいが漂っていた。

がっしりとした木製のドアを内側に開く。電球のほの暗い照明灯の光の中に、ほっそりとした現地人の女が佇《たたず》んでいた。

「こんばんは……ゴミさんですね？　あの……わたしはアユといいます。今夜はよろしくお願いします」

囁《ささや》くような小声で言うと、女は僕に向かって深く頭を下げた。長くつややかな黒髪が、女の体の両脇に美しく流れた。女の言葉は、たどたどしいながらも日本語だった。

「こんばんは、アユさん。五味《ごみ》です。こちらこそ、今夜はよろしくお願いします」

やはり日本語でそう言って微笑《ほほえ》みながら、僕は顔を上げた女を見つめた。

女の年は20歳くらい……いや、もしかしたら、まだ10代なのかもしれない。鼻は高くはなかったけれど、女は可愛らしい顔立ちをしていた。目が大きく、睫毛《まつげ》が長く、顔が小さく、唇はふっくらとしていて柔らかそうだった。

女の身長は160センチほどだろう。この島の女にしては、かなり高いほうだった。

「どうぞ、お入りください」

僕は日本語で女を招き入れた。

女はろうけつ染め風のプリントが施された緑色のワンピースをまとい、長い黒髪を背中に垂らし、左の耳に白いプルメリアの花を飾っていた。足元は薄汚れたゴム草履《ぞうり》で、左の足首には細い銀のアンクレットが巻かれていた。足の爪にはエナメルが塗られ、そこに小さな花がいくつも描かれていた。

女はゴム草履をドアの外に脱ぎ、恐る恐るという様子で室内に足を踏み入れた。そして、広々とした部屋を少し不安げな表情で見まわした。

ワンピースの上からでも、女がほっそりとした体つきをしていることがうかがえた。剝《む》き出しになった肩は鋭く尖《とが》っていて、首の周りには鎖骨がくっきりと浮き上がっていた。この土地の女たちの多くがそうであるように、その女もまた褐色の皮膚をしていた。

「広くて、素敵なヴィラですね」

今度は英語で女が言った。

女が言う通り、新婚のカップルが好んで宿泊するというこのヴィラは、ひとりで使うのがもったいないほどに広々としていた。今、僕たちがいる70平方メートルほどのリビングルームには、シックなファブリックが張られた大きなソファのセットと、洒落《しゃれ》た木製のテーブルのセットが置かれ、部屋の隅にはがっしりとした木製のライティングデスクがあった。細い木材を美しく組み上げた天井は見上げるほどに高かった。

「ええ。そうですね。確かに、いい部屋ですよね」

今度は僕も日本語ではなく、拙《つたな》い英語を使って言った。

窓の外には、ついさっきまで僕がいた藁葺《わらぶ》き屋根が載ったガゼボが見えた。ガゼボの脇にはこのヴィラ専用のプールがあって、青い水底を照明灯に美しく光らせていた。

けれど、このヴィラがどれほど素敵でも、どれほど広くても、その女にとってはどうでもいいことのはずだった。

「アユさん、僕のことは聞いて来ていますよね？」

僕は女に英語で訊いた。

「はい……あの……うかがっています」

わずかに顔をこわばらせ、ためらいがちに女が答えた。

「それじゃあ、向こうの部屋に行きましょうか？」

僕は女の前に立って歩き始めた。女は俯《うつむ》くようにして僕のあとを歩いて来た。

部屋の片隅の分厚い木製のドアを開くと、そこがベッドルームだった。リビングルームと同じ大理石張りの部屋のほぼ中央に、とてつもなく大きなベッドが置かれていた。ベッドにはがっしりとした4本の木製の柱に支えられた天蓋《てんがい》があって、そこから白く透き通ったレースのカーテンがベッドを包むように垂れ下がっていた。

ベッドルームの広さはリビングルームとまったく同じだった。けれど、ベッドとサイドテーブルのほかには、ひとり掛けの籐《とう》製のソファが2脚あるだけなので、リビングルームよりさらに広く感じられた。

その巨大なベッドのすぐ脇で僕は足を止めた。そして、背後にいる女を振り向いた。

まるで王族が使うかのような豪華なベッドを一瞥《いちべつ》してから、女が僕のほうに目を向けた。

大きく見開かれたその目には、明らかな怯《おび》えの色が浮かんでいた。つややかに光る唇は、不安にわなないているかのようにも見えた。

「アユさん……帰りたいなら、そう言ってください」

女の目を見つめて僕は言った。「今なら、まだ間に合いますから」

その言葉に、女は一瞬、視線をさまよわせた。だが、すぐに僕の顔に視線を戻し、「いいえ。帰りたくありません」と、ぎこちない笑みを浮かべて言った。

僕は無言で頷《うなず》くと、バスローブのポケットに手を入れた。そして、そこから数枚の紙幣を取り出して女に差し出した。

「約束の額より、少し多めにあります」

僕は女に微笑みかけた。

「ありがとうございます」

相変わらず囁くような声で言うと、女が紙幣を受け取った。そして、枚数を数えもせずに、それを籐製のハンドバッグにしまった。女の手の爪にも、足と同じようにたくさんの小さな花が描かれていた。

鏡のように磨き上げられた大理石の床に、女の姿が映っていた。それを見つめながら僕は、この女はどんな体つきをしているのだろうと想像した。

「それじゃあ、始めましょう」

女が紙幣をしまい終えたのを見届けてから、僕は言った。

小さく喉《のど》を鳴らして、女が唾液を飲み込んだ。まだ何をされたというわけでもないのに、今にも泣き出しそうでさえあった。

僕は無言のままベッドに歩み寄り、天蓋から四方に垂れ下がった白い半透明のカーテンをまくり上げ、細い紐《ひも》でそれを柱に丁寧に束ねた。それから、ベッドに掛けられていた大きな羽毛の布団を持ち上げ、大理石の床に無造作に放り出した。

布団からはみ出していたらしい白い羽毛の1枚が高く舞い上がり、広い部屋の中をひらひらと頼りなげに漂った。女は不安げな様子で、その羽毛の行方を目で追っていた。

「さて、アユさん……それじゃあ、そのワンピースを脱いでいただけますか？」

低く抑揚のない声で、僕は女に依頼した。

いや……それは依頼ではなく、拒否することの許されぬ命令だった。

2

やがて……意を決したかのように、女が左手で背中に垂れた長い黒髪を持ち上げた。それから、右手を使い、首の後ろで結ばれていた細い紐をためらいがちに解《ほど》いた。

次の瞬間、緑色をした木綿のワンピースが女の足元にぱさりと落ち、ほっそりとした体があらわになった。

ワンピースの下に、女はショルダーストラップのない白い木綿のブラジャーを着け、やはり白い木綿のショーツを穿《は》いていた。それらの下着は、どちらも飾り気のないものだった。

そんな女を、僕はじっと見つめた。

大理石の床に下着姿で立ち尽くした女の体は、華奢で骨細だった。ブラジャーのカップの下の乳房はほんのわずかしか膨らんでおらず、思春期前の少女のようにも見えた。明るい褐色の皮膚はなめらかで、つややかだった。小さなショーツの両脇からは、尖った腰骨が高く飛び出していた。

瞬きさえ惜しんで、僕は女の裸体を見つめ続けた。アユという女の華奢な体つきが、僕を喜ばせていたのだ。

女たちを部屋に呼ぶ時、僕はいつも、『できるだけ華奢な体つきをした女性を』と注文していた。けれど、欧米化した食事の影響で、今ではこの島でも女たちは早くから太り出したから、彼女のようにほっそりとした女がやって来ることはめったになかった。

褐色をした女の肌に、白い下着がよく映えていた。股間を申し訳程度に覆ったショーツの薄い布の向こうには、黒い性毛がうっすらと透けて見えていた。

僕の執拗《しつよう》な視線から逃れようとでもするかのように、女はほっそりとした右腕で小さな胸を、もう片方の手で股間の辺りを押さえた。そして、不安と怯えのないまぜになった表情で僕を見つめた。

その女がこれまでに何度、金銭の代償として男たちに身をまかせて来たのかは知らない。けれど、彼女の不安げな態度を見ると、今夜の僕のような要求を受けたことがないのは明らかだった。


「ベッドに仰向《あおむ》けに横になりなさい」

アユと名乗った娼婦に僕は命じた。

下着の上から胸と股間を押さえたまま、女が今にも泣き出しそうな顔で頷いた。それから、恐る恐るといった様子で大きな天蓋付きのベッドに上がり、骨張った背中を僕のほうに向け、体を丸めるような姿勢でそこに身を横たえた。そのベッドは本当に大きかったから、その女が4人で横になっても、まだスペースが余りそうだった。

横になった女をしばらく見つめていたあとで、僕はベッドのすぐ脇に置いてあった大きな黒革製のバッグから白いナイロン製のロープを何本か取り出した。そして、胸を抱くようにしていた女の右腕を摑むと、ロープを使って手際よく、その手首をベッドの柱に縛り始めた。

「ノー……ノー……」

自分の手首を縛り付けている僕の顔を見つめ、女が怯えた様子で繰り返した。耳に飾られたプルメリアの花が、シーツの上にぽとりと落ちた。

けれど、僕はその訴えには耳を貸さず、骨張った女の手首にナイロン製のロープをきつく巻き付け、それをベッドの柱にがっちりと強く縛り付けた。裸になった女からは、甘酸っぱいような、乳臭いような体臭が漂っていた。安物の香水のにおいもした。

右腕が終わると、今度は左腕も同じようにした。その作業は慣れたものだった。たちまちにして女の両腕は、バンザイをしている形に固定された。女の腋《わき》の下は汗ばんでいて、ほかの部分よりも白っぽかった。

女の両腕を縛り終えると、僕はベッドの足元にまわった。そして、今度はアキレス腱《けん》の浮き出た女の右足首をベッドの柱に縛り付けようとした。

「ノー……ノー……」

女が骨張った身をよじらせた。手首と柱とを固定したロープが、鈍い音を立てて軋《きし》んだ。

「動かないでください」

小さな声で僕が命じ、その言葉に、女が諦《あきら》めたように従った。

そう。これは契約なのだ。最初からの約束なのだ。これが彼女の仕事なのだ。

女が抵抗をやめたので、僕は難なく女の両足首を手首と同じようにベッドの柱にがっちりと縛り付けることができた。そのことによって、ついに女は両腕と両脚をいっぱいに広げた無防備な姿でベッドの隅の4本の柱に固定された。

「ノー……ノー……」

可愛らしい顔を強ばらせ、後頭部をシーツに擦り付けるようにして首を左右に振りながら、女が同じ英単語を繰り返した。少し前までは不安げだった女の顔には、今では明らかな恐怖の色が浮かんでいた。

両腕を頭上に掲げた女の脇腹には肋骨《ろっこつ》が浮き上がり、腹部はえぐれるほどに窪《くぼ》んでいた。ウェストは細くくびれていて、どこに内臓が収まっているのだろうと思うほどだった。

3

下着姿の女をベッドに残し、僕はリビングルームに戻った。

静かだった。相変わらず聞こえるのは、椰子の葉が風にそよぐ音と砂浜に打ち寄せる波の音、夜の虫たちの声、それにトカゲによく似た爬虫類の鳴く声だけだった。

もう旅客機の離発着は終わったのだろうか？　少し前まで断続的に聞こえていた飛行機のエンジン音は、今ではまったくしなかった。

窓から海を見下ろすと、暗い海面には相変わらず月が映って、揺れたり、砕けたり、元に戻ったりを繰り返していた。対岸にはいまだに家々の明かりが見えたけれど、少し前に比べると、その数は随分と少なくなっていた。

グラスに氷を入れ、ウィスキーを注ぐと、それを手に僕はベッドルームに戻った。

もちろん、女はそこにいた。両腕と両脚をいっぱいに広げてベッドに仰向けに横たわり、口を真一文字に結んで、目を閉じていた。

僕の立てる微かな足音に女が目を開いた。そして、「あなたは、わたしに……何をするつもりなんですか？」と、顔を強ばらせ、癖の強い英語で訊いた。

「何をって……それはもう知っているでしょう？」

磔《はりつけ》にされた女のすぐ脇に立ち、グラスの中のウィスキーを口に含みながら僕は微笑んだ。

強いアルコールが口の中をヒリヒリと刺激し、舌と喉を心地よく痺《しび》れさせた。

長い睫毛に縁取られた女の目には、早くも涙が浮かんでいた。おそらくそれは、屈辱のための涙だった。

そう。屈辱――。

たとえ予期していたにせよ、見ず知らずの男の前で服を脱ぐことを強要され、下着姿でベッドに磔にされた女が、どれほどの屈辱を味わっているかは容易に想像がついた。

けれど、自分がこれから受けることになるはずの屈辱を、彼女が本当にわかっていたとしたら、こんなことぐらいで泣いてはいられないはずだった。

僕はウィスキーのグラスをサイドテーブルに置いた。そして、ベッドの脇の黒いバッグから口枷《くちかせ》を取り出して女に示した。

それは黒い硬質プラスティックでできたゴルフボール大の球体で、中は空洞になっていて、表面にたくさんの穴が開いていた。その穴は、口にそれを押し込まれた者の呼吸を確保するためのものだった。ボールには黒いゴム製のベルトが付いていて、そのベルトを後頭部にまわすことで、しっかりと固定できる仕組みになっていた。

「それじゃあ、手初めに……これを口に含んでください」

そのグロテスクな口枷を目にした女の顔が、さらに強ばった。

「やめてください……お願いです……やめてください」

喘ぐように女が嘆願した。見開かれた女の目の縁から大粒の涙が溢《あふ》れ出た。

その訴えを無視して、僕は口枷を女の口の中に押し込もうとした。

「ノーっ！　ノーっ！」

磔にされた女が、嫌々をするかのように首を振った。

けれど、四肢の自由を奪われた女はあまりに無力だった。

僕はほっそりとした女の顎《あご》を左手で鷲摑みにし、指先で頰《ほお》を押して力ずくで口を開かせた。

そして、右手でその黒い球体を、難なく女の口の中に押し込んだ。

すぐにゴム製のベルトで、それを完全に固定する。そのゴムベルトはとても強力だったから、女が舌を使ってボールを口の外に押し出すことは困難だった。

「うむっ……うぶうっ……」

硬質プラスティック製の球体を口に押し込まれた女が、拘束された体を不自然によじり、低くくぐもった呻きを漏らした。

もしかしたら、何か言葉を喋《しゃべ》ったのかもしれない。けれど、今ではそれを聞き取ることはできなかった。

いずれにせよ、女に口枷をしたことで、もうホテルの従業員やほかの宿泊客たちに、彼女の悲鳴を聞かれる心配はなくなった。

僕はサイドテーブルに腕を伸ばしてグラスを手に取り、琥珀《こはく》色をした液体をゆっくりと口に含んだ。そして、半開きになった女の口からのぞく黒いボールと、強ばった女の顔をじっと見つめた。

四肢の自由を奪われた上に、口までを塞《ふさ》がれた女の目から、大粒の涙がぼろぼろと絶え間なく溢れ続けていた。

それはとても素敵な光景だった。

4

やがて僕は、ベッド脇のバッグから刃渡り10センチほどのナイフを取り出した。

「うむっ！　うぶうっ！」

ナイフを目にした女が、猛烈に身を悶えさせた。

殺されることはないとわかっていたとしても、そんなふうに無防備な状態に拘束されてナイフを突き付けられるのは、とてつもなく恐ろしいことに違いなかった。

女は激しく呻き続けながら、ほっそりとした体を左右によじり、骨の浮いた腰を上下に打ち振った。明るい褐色をした女の体に、細い筋肉が美しく浮き上がった。

そんな女の体に——その鳩尾《みぞおち》の辺りに、僕はナイフの先端を近づけた。

女が目を見開いてナイフを見つめ、さらに激しく身をよじった。

「危ないから、動かないでください」

女にそう命じると、僕はブラジャーのカップとカップのあいだの部分を指先でつまんだ。そして、そこにナイフの刃を宛《あ》てがい、それを勢いよく切断した。

口に押し込まれた硬質プラスティック製の球体の隙間《すきま》から、女がまたくぐもった呻きを漏らした。

僕はナイフをサイドテーブルに置いた。それから、切断したブラジャーを両側に開くようにして、その半円形のカップを女の胸から取り除いた。

剝き出しになった女の乳房は、思っていた以上に小さかった。乳首もとても小さくて、皮膚よりも濃い褐色をしていた。

ベッドの端に腰を下ろし、女の乳房を見つめながら、この時間を惜しむかのように、僕はゆっくりとウィスキーを飲んだ。屈辱に打ちのめされた女の目からは涙がとめどなく溢れ、その涙に目の周りの化粧が黒く滲んでいた。

椰子の葉のそよぐ音、砂浜に打ち寄せる波の音、メスを誘う虫たちの声、思い出したかのように始まる爬虫類の鳴き声……部屋の中は相変わらず静かだった。その静かな室内に、少し乱れた女の呼吸音が続いていた。

冷たいウィスキーを味わいながら、僕はしばらく女を見つめていた。それから、女の乳房に手を伸ばし、捏《こ》ねるかのようにそれを揉《も》みしだいた。女の乳房は小さかったけれど、張りと弾力があり、滑らかで、上質なパン生地のようだった。

「ぶぶっ……うぶっ……」

女が骨張った体をアーチのように反らせて腰を浮かせた。V字型に広げられた太腿の内側がぶるぶると震え、バンザイの形に固定された細い二の腕に筋肉が浮き上がった。

しばらく乳房をもてあそんでいたあとで、僕は再びナイフを手に取った。そして、その鋭利な刃先を女の下半身に——高く飛び出した腰骨のところに、ゆっくりと近づけた。

女がまた呻きを漏らしながら身を悶えさせた。

「動くと危ないですよ」

さっきと同じようにそう言うと、女の腰に食い込んでいるショーツの脇の細い布の下に、僕はナイフの刃を差し込み、白い木綿のそれを一瞬にして切断した。

ショーツの両脇の布を切断すると、今では小さな布切れと化したそれを、僕は女の股間から取り除いた。

女の性毛は、黒くてつややかだった。脚を左右に広げているために、そのあいだの女性器がよく見えた。

僕の視線から逃れようとするかのように、女が身をよじらせた。執拗に揉みしだかれた乳房には、指の跡が赤く残っていた。

ナイフをサイドテーブルに戻すと、僕は火照《ほて》った指先をグラスのウィスキーに浸《つ》けた。それから、濃いウィスキーに濡れたその指で、左右に開かれた女の脚のあいだの部分に触れ、陰核を、小陰唇を、膣の周囲を、そして肛門を、ゆっくりとまさぐった。

「うぶうっ……うっ……うぶぶうっ……」

ほっそりとした女の体が、再びアーチを描いて反り返り、右へ左へとのたうつようによじれた。汗を噴き出した褐色の皮膚が、柔らかなオレンジ色の照明に美しく光った。

拘束されて悶える女の裸体――何度見ても、それは胸が躍る光景だった。

5

女性器と肛門への刺激をしばらく続けていたあとで、僕はそこから指を離した。そして、またグラスの中のウィスキーを飲んだ。女の性器に触れていた僕の指先からは、少し古くなったチーズみたいなにおいがした。

ベッドの上で女は目を閉じ、半開きに固定された口の中に黒い口枷をのぞかせながら、凹《へこ》んだ腹部を激しく上下させて荒い呼吸を続けていた。大きな目からは相変わらず、涙が溢れ続けていた。

そんな女を見つめながら、僕はベッド脇のバッグからロウソクを取り出した。そして、女によく見えるように掲げると、ライターを使ってそれに火を灯《とも》した。

ゆらゆらと揺れるオレンジ色の炎を、女が虚《うつ》ろな眼差《まなざ》しで見つめた。

女には最初、僕が手にしたロウソクが何のためのものなのかを理解できていないようにも見えた。だが、数秒後にはその用途を悟ったようだった。女の目に、見る見る恐怖が浮かび上がるのがわかった。

「これから僕がアユさんに何をしようとしているのか、わかりますね？　でも、もしアユさんがもう続けられないというなら、今夜はやめにします。もちろん、その分のお金は返していただくことになります」

ゆっくりとした英語で言いながら、僕は女に近づいた。

「どうします？　もうやめて、帰りますか？　それとも……続けますか？」

汗の浮いた女の顔を見つめて僕は尋ねた。「嫌だったら、首を横に振ってください。そうしたら、あなたとの夜はこれで終わりです。でももし、アユさんがまだ続けてもいいというのなら、頷いてください」

僕は女の顔を見つめた。

女は少し迷っているような表情を見せた。だが、やがて……唾液に濡れた顎を引くようにして小さく頷いた。

そう。女は同意したのだ。


見開かれた女の目をのぞき込むようにして、僕は微笑んだ。それから、ほっそりとした女の体の上に、炎の揺れるロウソクをゆっくりと差し出した。

「ぶぶうっ……うぶ……うぶ……」

たった今、同意したにもかかわらず、女は顔をひどく引きつらせ、首を左右に振って後頭部をシーツに擦り付けた。新たに込み上げた涙が、目の縁から溢れた。

そんな女の顔が、僕の欲望を激しく煽《あお》った。

見開かれた女の目に、揺れる炎が映っていた。その目を見つめながら、僕は女の体の上で――皮膚の表面から50センチばかり離れたところで、ロウソクをゆっくりと傾けた。

熱く溶けたロウの雫《しずく》が、暗褐色をした右の乳首を目がけて、まるで吸い込まれていくかのように落下した。

ぽとり……。

「うぶうっ！」

次の瞬間、女がこれまでにないほど大きな呻きを上げた。そして、首を左右に打ち振り、汗に光る体をこれまで以上に強くよじった。女の四肢を拘束したロープが、今までにないほど大きな音を立てて軋んだ。

右乳首に流れ落ちたロウの雫は、最初は真水のように透き通っていた。だが次の瞬間には、それは白く濁って凝固した。

女を襲う恐怖と苦しみを僕は想像した。その恥辱と屈辱を想像した。そして、強い欲望に駆られながら、僕は再び女の体の上に——今度はさっきより皮膚に近いところ、皮膚から40センチほどの場所にロウソクを差し出した。

落下するロウの雫から逃れようと、女が必死で身を悶えさせ、腰を上下に打ち振った。つやつやとした性毛が、シェード越しのランプの柔らかな光に美しく輝いた。

次の瞬間、傾けたロウソクの縁から高熱の雫が溢れ、女の右の腋の下に滴り落ちた。

ぽとり……。

「ぶぶうっ！」

女が再び激しく呻き、拘束された肉体を目茶苦茶に悶えさせた。

「熱いですか？　それとも、思ったほどではないですか？」

微笑みかけながら、僕はまた女の体の上にロウソクを差し出した。そして、今度はさっきよりさらに低い位置から――女の皮膚から約30センチほどのところから、縦長の形をした女の臍《へそ》を目がけて熱く溶けたロウの雫を落下させた。

ぽとり……。

「うぶうっ!」

臍の窪みにロウが滴り落ちた瞬間、女がまた凄《すさ》まじい呻きを漏らして身をよじらせた。口に押し込まれたプラスティック製のボールから、唾液が噴水のように飛び散った。

首を左右に振りながら、何かを訴えるかのように女が僕を見つめた。

すでに女は後悔しているのかもしれなかった。金は返すから、もうやめたいと訴えているのかもしれなかった。

けれど、ここまで来たら、途中で終わらせることはできなかった。

6

その後も僕は、1回ごとにロウソクをより皮膚に近づけながら、四肢を拘束された女の体に溶けたロウを滴らせ続けた。最後の数回はロウソクが皮膚に触れるほど近い場所から、ロウの雫を続けざまに滴らせた。

そう。溶けたロウは皮膚に近いところで滴らせるほど熱いのだ。

ロウの雫が皮膚に滴り落ちるたびに、女はくぐもった悲鳴を上げ、猛烈な身悶えを繰り返した。けれど……時間の経過とともに、ロウが滴り落ちた瞬間の女の反応は、少しずつ弱々しいものに変わっていった。あれほど溢れ続けていた涙も、今ではもう止まっていた。

疲労と絶望。そして、慣れ——おそらく、それらが女の心を支配してしまったのだ。

反応の鈍くなった女に同じことを続けていても、楽しいことはあまりなかった。30回ばかり続けてロウの雫を滴らせたあとで、僕はロウソクの炎を吹き消した。そして、グラスの底に残ったウィスキーを口に含みながら、ぐったりとなった女を見つめた。

ほっそりとした女の体の正面は、ほぼすべての場所が、白く凝固したロウに覆い尽くされていた。その無残な姿は、なかなか刺激的なものだった。

だが、女にさらなる悲鳴を上げさせ、さらなる涙を流させるためには、今までより強い刺激が必要だった。

「ここまでで今夜の契約は終わりです。さて、これからどうしましょう？」

そう言うと、僕はベッド脇に置いたバッグから鞭《むち》を取り出した。細くて黒い、しなやかな鞭だった。

僕はそれを女の顔の前に突き出し、よく見せたあとで、何度か強く打ち振った。鞭がしなり、ヒュンヒュンという音を立てて空気を切った。

「次はこの鞭を使うつもりですが、それはオプションです。続けるも、続けないも、アユさんの自由です」

僕はバスローブのポケットに手を入れた。そして、そこからまた数枚の紙幣を取り出し、女の顔の脇に置いた。

女の顔の脇に置かれた紙幣は、最初に女に渡したよりも枚数が多かった。鞭はロウソクより辛《つら》いから、報酬も多いのだ。

「どうします？　続けますか？　それとももう帰りますか？」

さっきと同じように僕は訊いた。「嫌だったら、首を横に振ってください。まだ続けてもいいというなら、さっきのように頷いてください。言っておきますが……この鞭で打たれると、失神するほど痛いし、何日も跡が残ります」

女の目の涙は完全に乾き、その流れた跡が黒い何本かの筋となって残っていた。だが、もし女が鞭に同意すれば、その目からはさらに涙が溢れることになるはずだった。

僕が手にした鞭と、顔の脇に重ねられた紙幣を交互に見つめ、女はしばらく思案していた。それから……嫌々をするかのように、ゆっくりと首を左右に振った。

そのことが、僕をひどく落胆させた。

そう。僕は手にした鞭を女の体に振り下ろし、これまで以上の悲鳴を上げさせたかったのだ。そして最後は、失神しかけた女の口か性器か肛門に——あるいはそのすべてに男性器を押し込み、そのどれかに体液を注ぎ入れたかったのだ。

けれど、女が拒否した以上は、それを強いることはできなかった。

「わかりました。それじゃあ、もう終わりにしましょう」

ゆっくりと鞭を置くと、僕は女に微笑みかけた。それから、女の後頭部に手を伸ばし、そこで結び付けられていたゴムのベルトを解き、半開きの形に固定されていた女の口の中から、唾液にまみれた黒い硬質プラスティック製の口枷を取り除いた。

口枷を外された瞬間、女が激しく咳《せ》き込んだ。それは、内臓を吐き出そうとでもするかのような咳だった。

口枷に続いて、僕は女の手首を縛り付けていたロープを解き、それから足首のロープを解いた。激しい身悶えを繰り返したせいで、女の手首の皮と足首の皮は、すっかり擦り剝けて血が滲んでいた。

女の四肢の拘束を解いたあとで、僕は女の背中を支えるようにして、彼女がベッドに身を起こすのを手伝ってやった。

女の背は骨張っていて固かった。その背に鞭を振り下ろすことができなかったことを、僕はつくづく残念に思った。

女が体を起こすと同時に、乳房や腹部に張り付いていたロウの塊がシーツの上にボロボロと落ちた。ロウが剝がれたあとの皮膚には、軽い火傷《やけど》の跡がいくつも残っていた。

「アユさん、そこに置いてあるお金はみんな持って帰っていいですよ」

「えっ？　いいんですか？」

驚いたように女が訊いた。

「ええ。いいんです。僕がダメにしてしまった下着の代金だと思ってください」

僕は言い、できるだけ優しく微笑んだ。

女が僕を見つめ、小さく頷いた。それから、「ありがとうございます」と、たどたどしい日本語で言った。

7

緑色のワンピースを裸体に直接まとった女を、僕は戸口のところまで送って行った。

ついきっき、簡単な消毒をして、傷薬を塗ってやったのだけれど、擦り剝けた女の手首と足首からは相変わらず血が滲んでいて、それが痛々しかった。

「ゴミさん、今夜はありがとうございました」

ドアの外で、薄汚れたゴム草履を履き終えた女が僕に深く頭を下げた。「これからもよろしくお願い致します」

「アユさん……いろいろとひどいことをしてしまって、すみませんでした」

僕もまた女に頭を下げた。早くもあの自己嫌悪が、体の中に湧《わ》き上がって来たのだ。

「謝らないでください。悪いのはわたしなんですから。あの……できれば、これからもまた、わたしを呼んでください。わたし……今度は鞭も我慢しますから……ほかのことも、みんな我慢しますから……だから、またわたしを呼んでください」

僕を見つめて、女が縋《すが》るような口調で訴えた。あまりにたくさんの涙を流したために、その瞼《まぶた》はすっかり腫《は》れていた。

「そうですね。また、アユさんを呼ぶようにします」

「本当ですか？　約束してくれますか？」

女が嬉しそうに目を輝かせた。

もちろん、彼女はまた縛られたいと望んでいるわけではない。熱く溶けたロウの雫を皮膚に滴らせてもらいたいと望んでいるわけでも、鞭で打たれたいと望んでいるわけでもない。

それはよくわかっていた。

「ええ。約束します」

僕は女に微笑んだ。そして、「おやすみなさい」と、この国の言葉で女を送り出した。


女が帰ったあとで僕は再び庭のガゼボに出た。そして、プライベイトプールを照らしていた水中の照明灯を消し、黴臭いクッションにもたれ、氷を浮かべたウィスキーを飲んだ。すでに午前1時をまわっていた。ホテルの前に広がる湾には、もう船の光は見えなかった。対岸に並ぶ家々も、今ではほとんど消灯していた。

いつの間にか、風が強くなっていた。頭上の椰子の葉が大きな音を立てて鳴っていた。海面の波も少し荒くなったようで、そこに映った月は絶えず砕けて、散り散りになって光っていた。海を渡って来た風は湿っていて、強い潮の香りがした。

庭を囲んだブーゲンビリアの生け垣では、相変わらず夜の虫が鳴いていた。だが、今ではその声は随分と疎《まば》らになったように思われた。気温もさらに下がったようで、素肌にバスローブだけでは少し肌寒く感じられた。

僕は無数の星に彩られた夜空を見つめた。そして、自分では意識しないまま、「畜生……」

という言葉を呟《つぶや》いていた。

そう。僕は自分の欲望にうんざりしていた。濡れ手で粟のようにして得たあぶく銭を、意味もなく使い続けるだけの、こんな暮らしにもうんざりしていた。

娼婦を帰した直後にはいつも、こんなことはもうやめようと思う。そして、帰国して、犯した罪の償いをしようと思う。本当にそう思う。

だが翌日の晩になると、僕はまた女を部屋に呼び、サディスティックな欲望を満たしたくなってしまうのだ。その心情は、麻薬の中毒者のそれによく似ているような気がした。

広々とした庭のどこかで、またあの爬虫類が鳴き出した。

『トッケー……トッケー……トッケー……トッケー……』

よく響くその声の数を数えながら、僕はウィスキーのグラスを手に取った。

この島の言い伝えによれば、その爬虫類が11回続けて鳴くのを聞くと、その人には幸運が訪れるのだという。

そんな言い伝えを信じているわけではなかったが、この島の多くの人がそうしているように、今ではその爬虫類が鳴き始めると、僕もまた、それを数えるようになっていた。

この島に、僕はすでに3カ月も滞在していた。だが、これまでに、その爬虫類が11回続けて鳴くのを聞いたことはなかった。

『トッケー……トッケー……トッケー……』

6回目までは力強かったから、もしかしたらと微かに期待した。だが、7回目からその鳴き声は急に弱々しくなり、8回目に呻くような小さな声を出したあとで、それは闇の中に消えてしまった。

琥珀色をした冷たい液体を口に含み、僕は目を閉じた。

なぜか急に、最初の恋人のことを思い出した。

8

その女性と僕が付き合い始めたのは、今から10年以上前、僕が都内の私立大学に入学したばかりの頃だった。

彼女の名は今も覚えている。僕たちが交際を始めた切っ掛けもよく覚えている。美しく整った顔や、細くて透き通った声や、ほっそりとした肉体も思い出すことができる。

けれど、自分が本当に彼女を愛していたのかどうかは、今ではもうよくわからなかった。いや……当時でさえ、僕には自分が彼女を愛しているかどうか、わかっていなかったのかもしれない。

僕にとって、彼女は初めての恋人だったと同時に、初めての性交の相手だった。おそらく、彼女にとってもそうだったのだと思う。

すぐに僕はその行為に夢中になり、その虜《とりこ》になった。

その行為は、男にとって、ただそれだけで、とてもサディスティックなものだった。どう客観的に見ても、それは女を支配し、征服し、服従させることにほかならなかった。

自分の下で美しい顔を歪め、苦しげな呻きを漏らしながら身を悶えさせている女を見つめることは、僕の嗜虐的欲望を強く刺激した。僕は毎日のように、嫌がる彼女を繁華街のホテルに連れ込み、飽きることなくその行為を繰り返した。

けれど……3カ月も経たないうちに、ただ挿入し、ただ射精するだけというその行為に、僕はもの足りなさを覚えるようになった。僕の中の欲望が——その悪魔のような欲望が——彼女にもっと激しい悲鳴を上げさせ、彼女をもっと泣き叫ばせたいと望んだのだ。

その欲望に衝き動かされるかのように、彼女に対する僕の行為は日を追うごとに、荒々しく乱暴なものになっていった。

「お願いだから、乱暴なことはしないで……お願いだから、もっと優しくして……」

僕の下で声を喘がせながら、彼女はしばしば僕にそう嘆願した。

けれど、僕はその願いを聞き入れようとはしなかった。

ほとんど毎日のように、僕は嫌がる彼女をベッドに押さえ込み、レイプでもするかのように激しく犯した。それだけではなく、毎日のように硬直した男性器を彼女の口に含ませ、髪を乱暴に鷲掴みにして、それを彼女の口に——その喉の奥に、荒々しく突き入れた。

彼女はしばしば噎《む》せ返り、しばしば咳き込んだ。時には嘔吐《おうと》することもあった。

「もう、いやっ……きょうは、もう許して……」

僕が男性器を口に含ませようとするたびに、彼女はそう言って首を左右に振った。けれど、僕はそれを許さなかった。

顔をしかめ、眉のあいだに皺を寄せ、口いっぱいに男性器を含んだ彼女の横顔を見ることは、僕の大きな喜びだった。

だが、やがて、あの悪魔のような欲望は、行為をさらにエスカレートさせるよう僕に命じ始めた。

ある日、僕はホテルにロープを持ち込んだ。そして、彼女から衣類と下着を毟《むし》り取り、ベッドに全裸で縛り付けようとした。

「いやっ……そんなの、絶対にいやっ……」

僕の手の中のロープを忌《い》まわしいもののように見つめ、彼女はそれを強く拒んだ。

そんな彼女を僕はベッドに押し倒し、力ずくで俯《うつぶ》せに押さえ込んだ。そして、堅いナイロン製のロープで彼女の四肢をベッドにがっちりと縛り付けた。

拘束された彼女は、凄まじい声を上げた。だが、その声は僕の性的欲望をさらに煽っただけだった。

全裸で俯せに縛り付けられた彼女を見下ろしながら、僕は持参したロウソクに火を点けた。そして、熱く溶けたロウの雫を、彼女の背や肩や尻や腿やふくら脛に滴らせた。それは猥褻なビデオテープを見て学習したことだった。

「いやーっ！　いやーっ！」

亀のように首をもたげ、彼女が凄まじい悲鳴を上げて身をよじらせた。その姿に僕はいっそう高ぶった。

女の体にさんざんロウを滴らせて悲鳴を上げさせたあとで、僕は自分のズボンから革のベルトを引き抜いた。そして、それを頭上に振り上げ、ロウにまみれた女の体に強く振り下ろした。それもまた、猥褻なビデオテープで学習したことだった。

「あっ！　痛いっ！　いやーっ！　いやーっ！」

彼女がさらに激しい悲鳴を上げた。そして、俯せに縛り付けられた体をよじらせながら、その目からぼろぼろと涙を溢れさせた。

これ以上はダメだ。これ以上はやってはいけない。

恋人の体に革のベルトを振り下ろし続けながら、頭のどこかで僕はそう考えていた。

けれど、やめることができなかった。

まるで何かに憑《つ》かれたかのように、その後も僕は革のベルトを夢中になって振り上げ、彼女の肉体を夢中で打ち据え続けた。そして、最後にはベルトの跡が何本も残る彼女の背に身を重ね、背後から髪を鷲摑みにして激しく犯した。


「お願いだから、もうこんなことはやめて」

その日、僕がロープを解いたあとで、泣きながら彼女は僕に訴えた。

「ごめんよ。僕が悪かった。もう、しないよ」

僕はそう言って謝った。

その時は嘘をついたつもりはなかった。心からそう思っていたのだ。

だが、それにもかかわらず、その後もホテルに行くたびに、僕はロープやロウソクを持参した。そして、そのたびに同じような行為を繰り返した。最後の頃には電動の疑似男性器まで使って、ベッドに拘束した彼女の膣だけではなく、肛門までをも凌辱《りょうじょく》した。

やがて、彼女が「別れたい」と言い出した。「ユキくんのことは好きだけど……あんなことには耐えられない」と。

そんなふうにして、僕たちは別れた。

彼女を失ったのは辛かった。けれど、その辛さは、たぶん……僕が彼女を愛していたからではなく、その行為ができなくなったからだった。


それからも僕は何人かの女と付き合った。そして、そのたびにサディスティックな行為を繰り返した。

ロープ、手錠、首輪、口枷、ロウソク、鞭、電動の疑似男性器……僕の嗜虐的な欲望を受け入れ続けることのできる女はいなかった。

9

庭のガゼボでグラス1杯のウィスキーを飲んだあとで、僕はベッドルームに戻った。そして、ロウの飛び散ったシーツの掃除をし、床に投げ出されていた掛け布団を元に戻し、バスローブを脱ぎ捨ててベッドに全裸の身を横たえた。

波の音が続いていた。海風が椰子の葉を揺らす音も聞こえた。けれど、しばらく待っていたが、あのトカゲによく似た爬虫類は鳴き始めなかった。

僕が横になっているベッドの足元のほうの壁には、額に入れられた大きな油絵が飾られていた。それは数人の若い女が裸になって小川で水浴をしている絵で、西洋の技法と東洋の技法が一体となった、この島独自の不思議なタッチのものだった。

ベッドの周りから垂れ下がったレースのカーテン越しに、僕はその絵を見つめた。そして、アユと名乗った若い娼婦のことを思い出した。

もう家に帰り着いたのだろうか？　手首や足首の傷は、今も疼《うず》いているのだろうか？

女たちが水浴している絵のすぐ上の壁、小さな電球のそばを、小さくて白いヤモリが2匹、這《は》っているのが見えた。きっと、電球に寄って来る昆虫を捕食しようとしているのだろう。

どんなに高級なホテルでも、どんなに高級なレストランでも、この島の屋内では、そのいたるところでこのヤモリを必ず見かけた。

かつて新婚旅行でこの島を訪れた時、僕の妻だった女は、そのヤモリをとても気持ち悪がり、「あんなのがいる部屋じゃ、怖くて眠れない」と言っていたものだった。けれど、この島の女たちと同じように、僕の妻だった女も数日のうちに慣れて、そのヤモリにはまったく関心を向けなくなった。

僕はシェードランプの明かりを消した。そして、サイドテーブルに載っていたテープレコーダーのスイッチを入れ、柔らかな枕に後頭部を沈めるようにして目を閉じた。

やがて、テープレコーダーから女の声が流れ始めた。それは今から14年前、春一番が吹いたあの晩に録音した母の呻き声だった。

「あっ……うっ……痛いっ……ああっ……」

その声は驚くほどに鮮明で、驚くほどに生々しくて……今も母が僕のすぐ脇で呻き、悶えているかのようでさえあった。

母の呻き声を聞きながら、いつもそうしているように僕は想像した。鏡のように磨かれた大理石の床に、14年前に死んだ母が全裸で四つん這いになっている姿を想像した。その母が、息子の振り下ろす鞭を背や尻に受け、激痛に身を悶えさせている姿を想像した。

「ああっ、いやっ……あっ……あっ、ダメっ……」

僕が鞭を振り下ろすたびに、床に四つん這いになった母は、長い髪を激しく振り乱して悲鳴を上げた。そしてそのたびに、ほっそりとした母の背や、子供のような小さな尻に真っ赤な跡が付いた。

「ううっ、痛いっ……ああっ……」

僕はさらに想像した。ついさっきの娼婦と同じように、全裸でベッドに仰向けに縛り付けられた母が、息子である僕によって、体のいたるところに熱いロウを滴らされている様子を想像した。溶けたロウの雫が乳首や臍や性毛の茂みに滴り落ちるたびに、母が首を左右に打ち振り、骨張った腰を高く突き上げ、アーチのように身をのけ反らしている様子を想像した。

こんな不謹慎な想像をするべきではないことは、わかっていた。

けれど……いつものように、それをやめることはできなかった。


テープレコーダーを止めると、室内はしんと静まり返った。

閉めたガラス窓の向こうから、虫の声と波の音がした。湿った風が椰子の葉を揺らす音も聞こえた。子守歌のようにそれらを聞きながら、その晩も僕は、強い自己嫌悪を抱えて眠りに落ちた。

浅い眠りの中で、あのトカゲによく似た爬虫類が鳴き始めるのが聞こえた。それを数えているうちに意識がなくなった。

第2章

1

その朝も僕は、目が覚めるとすぐに全裸で浴室に向かった。

このヴィラの浴室は半屋外に設置されていて、ほとんど露天風呂のような雰囲気だった。けれど、浴槽と洗い場の上には藁葺《わらぶ》きの屋根があったから、強い雨が降りしきる時でも入浴に支障はなかったし、庭の周囲にはブーゲンビリアの生け垣があったから、外からのぞき込まれる心配もなかった。

そんな浴室で毎朝、鳥たちの囀《さえず》りや、椰子の葉のそよぐ音や、砂浜に打ち寄せる波の音を聞きながら、温《ぬる》いジャグジーバスに浸かるというのが、この3カ月間の僕の日課だった。

新婚の夫婦が一緒に入れるようにという配慮からか、このジャクジーバスはとても大きかった。その浴槽に身を横たえ、僕は透き通った湯の中に差し込む朝の光や、庭を舞うチョウやトンボや、そこに咲くプルメリアやハイビスカスをぼんやりと眺めた。

乾季から雨季へと季節が変わったせいで、朝は雲が出ることが多かった。けれど、きょうはよく晴れていた。遮《さえぎ》るものなく照りつける強烈な日差しが、庭にあるすべてのものを光らせていた。このヴィラ専用のプールにも、眩《まばゆ》いほどの朝日が降り注いでいた。

温かな水流に身を任せながら、僕は痩《や》せこけた自分の体を眺めた。今では僕の皮膚は、この島の人たちと同じような褐色に染まっていた。

僕はいったい何をしているんだろう？　これからどうするつもりでいるんだろう？

この3カ月、毎朝のように思っていることを、僕は今朝もぼんやりと思った。けれど……いつものように、それ以上は考えなかった。

そう。今の僕はほとんど何も考えていなかった。ただ獣のように、自分の欲望を——悪魔のような嗜虐的欲望を、満たすことだけを思って生きていた。

体を起こすと、僕は両手で湯をすくい上げた。細くて長い左の薬指に、プラチナの結婚指輪が光っているのが見えた。

ブーゲンビリアの生け垣の向こうの小道を、誰かが歩いて行く音がした。その人が付けているらしいココナッツオイルの香りもした。

すくい上げた湯で、僕はごしごしと顔を洗った。

2

この島に来るまでの僕は、横浜のマンションの一室で株式の売買の仕事をしていた。

いや、それは決して、仕事と言えるような類《たぐ》いのものではなかった。僕はただ、部屋にひとりで引きこもり、何台ものパソコンに向かい、株を買ったり、買ったばかりのそれを売ったりという不毛な行為を、毎日毎日、果てしなく繰り返していただけだった。

不毛——そう。不毛だ。

農家の人々は農産物を生み出し、それを必要とする人たちの役に立っている。自動車メーカーの人たちは車を生み出し、それを必要とする人々の役に立っている。不動産の仲介をしている人たちは、家主と借り主のあいだに立ち、彼らの必要を満たしている。

けれど、僕は何も生み出さなかった。誰の役にも立っていなかった。

株式の売買を始めたのは、大学に通っていた頃のことだった。

最初はほんの小遣い稼ぎのつもりで、大きく儲《もう》けてやろうという考えはなかった。

けれど、ある日、ふと気がつくと、その行為は僕に、信じられないほどの利益をもたらすようになっていた。

いったい、この金はどこから来たのだろう？

学生だった僕は考えた。

答えはただひとつ——僕が儲けているということは、どこかで誰かが損害をこうむっているということだった。僕が笑っている陰で、誰かが泣いているということだった。もしかしたら、大損をして自らの命を絶った人もいるかもしれなかった。

けれど、当時の僕はそれ以上は考えなかった。パソコンのキーボードを叩くだけで利益が転がり込んで来るということが、楽しくてしかたなかったのだ。

僕は株式の売買にのめり込み、やがて大学を辞めた。大学を卒業して就職をするより、ひとりで株の売買をしていたほうが、遥かに金になると考えたからだった。

それから10年……つい3カ月前まで、僕は株式の売買を続けていた。

10年のあいだには、大きく損をしたことも何回かあった。ほんの数時間でサラリーマンの年収分もの損害をこうむったことも1度や2度ではなかった。

だが、それにもかかわらず……僕はその10年間に、サラリーマンが一生かかって稼ぎ出す金額の何倍もの金銭を手にしていた。

株で成功したことを、僕が自慢をしている？

いや、それは違う。そうではないのだ。

労働なき富――。

あのガンジーが言った言葉だ。そして、その『労働なき富』が、僕が現在有している資産のすべてなのだ。

いったい、その何を自慢できるというのだろう？


金というものは不思議なものだ。

小さな額の時には、ただ減り続けるしか能がないというのに、まとまった額になると、勝手に大きくなっていく。それは雪の坂道を転げ落ちながら、どんどん巨大になっていく雪の玉によく似ていた。


「株で儲けるコツは何なんだい？」

つい3カ月前まで、友人や知人から、僕はしばしばそんな質問を受けた。

そのたびに僕は、「値上がりしそうな株を買い、値下がりしそうな株を売ることだ」と答えて来た。

「それじゃあ、どんな株が値上がりしそうで、どんな株が値下がりしそうなんだい？」

僕が答えるたびに、友人や知人はさらに尋ねた。

けれど、それを口で説明することは難しかった。

でも、あえてそれを言うのなら……『においがする』ということだろうか？

そうなのだ。上がる株には上がる株の、下がる株には下がる株の、それぞれのにおいがあるのだ。そして、おそらく僕には、そのにおいを嗅《か》ぎ取る先天的な能力があるのだ。

勘がいい……つまり、そういうことなのだろう。

そう。僕は勘がいいのだ。

けれど、ただそれだけのことで、何ひとつ努力をしていない僕が、サラリーマンの生涯賃金の何倍もの金銭を、たった10年のあいだに手にしていいものなのだろうか？　果たして、それは公平と言えるのだろうか？

3

入浴を終え、髪を乾かしたあとで、僕は木綿の短パンとシャツをまとった。そして、ベッドの上にハウスキーパーへのチップを置き、朝食を摂《と》るためにヴィラを出た。

半島に作られたホテルの敷地の北側は、白砂のビーチになっていた。だが、その南側には青々とした稲の茂る広大な水田が広がっていた。その水田はすべてホテルの所有地で、ここで出される米はすべて、そこで収穫されたもののようだった。

今もその水田には何人もの人々が身を屈めていて、稲の根元に生える雑草を1本1本手で抜き取っていた。農薬や除草剤、化成肥料をいっさい使わないというのが、ホテルの方針らしかった。水田の上を風が吹き渡るたびに、鮮やかな緑色をした稲の葉が、まるで沼か湖の水面のように美しく波打っていた。

雨季に入ったせいで、稲の葉の色は、1カ月前に比べると遥かに美しくなっていた。南半球に位置するこの島では、11月から4月にかけての雨季が夏に当たる季節だった。

食堂の巨大な平屋建ての家屋は、そんな広大な水田の中に埠頭《ふとう》のように突き出していた。敷地内に点在する客室ヴィラと同じように、食堂の屋根もまた藁葺きだった。

食堂への小道を僕が歩いて行くと、いつものように楽器の演奏が始まった。きっと従業員の誰かが僕の姿を見つけ、演奏を始めるように命じたのだろう。

木琴のような楽器を使ったその曲の調べは、単調ではあったが、とても美しかった。この島を訪れる観光客の多くは、その音色に心を癒《いや》されると感じるらしかった。けれど僕は、その音色を聴くたびに、いつも少し切ないような、やる瀬ないような気持ちになった。

どうやら今朝は、僕が最後の朝食の客のようだった。無数の柱の上に屋根を載せただけの明るい食堂には、もう客たちの姿はなかった。

僕が来た8月には、この島には夏休みを利用してやって来た日本人の観光客が大勢いた。だが、11月の今は、街を歩いていても、日本人を見かけることはそれほど多くなかった。この時季は外国からの観光客も少ないようで、このホテルのヴィラも半数近くは空室になっているようだった。

僕が食堂に入って行くと、ろうけつ染めの布をスカートのように腰に巻いた華奢な男が、顔の前で祈るかのように両手を合わせて歩み寄って来た。

「おはようございます、ゴミさま」

若い従業員が、顔に笑みを浮かべて日本語で言った。

「おはようございます」

サングラスを外すと、僕もまた日本語で答えた。この島に来て3カ月が過ぎた今では、『ゴミ』と呼ばれることに僕はすっかり慣れていた。

僕の本名は『多田由紀夫《ただゆきお》』だ。この島の空港に降り立った時には、その名前が書かれた本物のパスポートを使った。けれど、この島での僕は『五味零《れい》』と名乗っていた。ゴミのような人間で、生きている価値がゼロの男という意味だ。空港の入国審査では偽造パスポートが通用するはずもなかったが、ホテルのフロントでは怪しまれることはなかった。

「きょうは朝からいいお天気ですね？」

片言の日本語で従業員が言った。

「ええ。いい天気ですね」

若い従業員はいつものように、水田の中に埠頭のように突き出した食堂の、いちばん先端に当たる席に僕を案内してくれた。そこからだと、水田のすべてが一望できた。

澄ました顔をしてはいるが、もちろんその若い従業員は、僕が毎夜のように娼婦を呼びつけ、おぞましい行為をしているのを知っているはずだった。いや、彼だけではない。おそらく、このホテルに勤務するほとんどの者たちが今ではそれを知っていて、心の中では僕のことを『とんでもない変態』だと考えているに違いなかった。

この島のほとんどすべての高級ホテルがそうであるように、このホテルもまた、娼婦の立ち入りを禁じていた。だが、それはあくまで建前で、実際には僕のような客も少なからずいるようだった。

「いつものメニューでよろしいですか？」

若い従業員がまた日本語で訊いた。

「はい。お願いします」

僕が答えると、従業員は微笑みながら頷き、グラスにたっぷりと水を注《つ》いでくれた。それから、さっきと同じようにまた顔の前で両手を合わせた。

歩み去って行く若い従業員の背中を眺めながら、僕はテーブルに置かれたグラスを手に取り、注がれたばかりの冷たい水を口に含んだ。

レモンの香るその爽《さわ》やかな水が、昨夜の退廃的な行為に汚れた体を浄化してくれるような気がした。

4

自分だけのために演奏されている曲の調べを聴きながら、僕はゆっくりと食事をした。僕の朝食はいつものように、トウガラシをたっぷりと使った野菜の炒《いた》め物、バナナの葉に包まれた白米、それにトマトジュースとコーヒーという質素なものだった。

明るくて広々とした食堂を、北にある海のほうから吹いて来る風が、気持ちよく通り抜けていった。

きょうも暑くなりそうだった。ここは南半球で、北風の吹く日は耐え難いほどに気温が上がるのが常だった。

食事の途中で何度も手を止めて、僕は辺りの景色を眺めた。それはどれほど見ていても飽きることのない、とても素敵な光景だった。

水面のように波打つ青々とした稲の上に、無数のトンボが飛んでいた。時折、スズメの群れが稲の中からいっせいに飛び立った。空に浮かんだ楕円《だえん》形の雲が、広大な水田に楕円形の影を落としながら、ゆっくりと南へと流されて行った。そんな水田の中に身をひそめるようにして、たくさんの人が働いているのが見えた。

夜になると、水田の上には無数のホタルが乱れ飛び、カエルたちの大合唱が始まるのが常だった。それは信じられないほどに幻想的な光景だったから、この食堂でのディナーには別のホテルに泊まっている観光客までが訪れた。

ふと見ると、ゴム草履を履いた僕のすぐ足元――磨き上げられた大理石の床の上に、30センチほどのトカゲが這っていた。背中の鱗《うろこ》を青く光らせた美しいトカゲだった。

しばしばそうしているように、今朝も僕は野菜炒めの中から小さな鳥肉を取り出すと、それをさらに小さく千切《ちぎ》って、トカゲの顔のすぐそばに落としてやった。

トカゲは一瞬、ためらうように後ずさった。だが、次の瞬間には、青い背中を眩《まぶ》しく光らせて鳥肉に食らいついた。

朝食を済ませると、いつものように僕はホテルの敷地内をそぞろ歩いた。ハウスキーパーたちはこの時間に僕のヴィラの掃除をすることになっているから、すぐに戻るわけにはいかないのだ。

ほとんど真上から照りつける太陽が、僕の足元に短くて濃い影を刻み付けていた。こめかみから流れ落ちた汗が絶え間なく頬を伝い、汗の噴き出した背中に木綿のシャツがぺったりと張り付くのがわかった。

砂浜に面したメインプールには、水着姿の欧米人のカップルが2組いて、布製の大きなパラソルの下に身を横たえ、本を読んだり、飲み物を飲んだりしていた。

広大な敷地内にはいくつもの沼があり、今朝もそこにはたくさんの水鳥たちが浮かんでいた。腰を屈めて池をのぞき込むと、透き通った水の中を小さな魚が無数に泳いでいるのが見えた。別の沼では水着の上に白いシャツをまとった男たちが、腰の辺りまで水に浸かりながら、クワのような道具を使って沼の底に生えた藻を抜いていた。

敷地内に点在するヴィラを縫うようにして作られた小道を、いつものように僕はゆっくりと歩いた。ヴィラはどれも、ピンクの花を咲かせたブーゲンビリアの生け垣で囲まれていて、大勢の職人たちが植木バサミやカマを使ってその生け垣の手入れをしていた。

炎天下の沼で藻を抜く人々、石畳の小道にしゃがみ込んでその隙間から生えた雑草を1本1本手で抜き取る人々、汗まみれになって生け垣の手入れをする人々……。

彼らは本物の労働者だった。そんな彼らの前にいると、僕はいつも恥ずかしいような、申し訳ないような気持ちになった。

ホテルの敷地内を30分ほど散歩をしたあとで、自分のヴィラに戻った。そして、いつものように、庭のプール脇に置かれたビーチチェアに腰を下ろし、食堂からもらって来たパンを紙袋から取り出した。

指先でパンを細かく千切って、プールサイドのタイルの上にばらまく。すると、どこで見ていたのか、何羽もの小鳥たちがいっせいに舞い降りて来て、パンくずを奪い合うようにして啄《ついば》み始めた。

降り注ぐ灼熱の太陽が、青いプールの底に複雑な模様を描いていた。水面に浮かんだプルメリアやハイビスカスの影も映っていた。

ふと左手の薬指の結婚指輪に目をやる。それとお揃いの指輪を左薬指に嵌めて、冷たい土の中に横たわっている女の姿を思い浮かべる。

ああっ、今、ここに、彼女がいれば……。

パンくずを啄む小鳥たちの姿を見つめながら、僕はそっと唇を噛《か》み締めた。

5

今から1年半ほど前、僕は父の知り合いの会社経営者の娘と見合いをした。本当は断りたかったのだけれど、断ることができなかったのだ。

見合い、といっても大袈裟なものではなく、女と待ち合わせてふたりで食事をするという、ただそれだけのものだった。

あらかじめ写真を見せてもらっていたから、自分の見合いの相手が美しくてスタイルの良さそうな女だということはわかっていた。それにもかかわらず、待ち合わせのイタリア料理店に女が現れた瞬間、僕は目を見張らずにいられなかった。

そう。少し冷たそうで、少し意地悪そうで、少し高慢そうではあったけれど……その女はほとんど欠点のない美しい容姿をしていた。すらりと背が高く、とてもほっそりとしていて、腕と脚がとても長かった。そして、その華奢な全身からまるでオーラのように、華やかな雰囲気を放っていた。

女は丈の短いぴったりとした黒いノースリーブのワンピースをまとい、踵《かかと》の高い黒のサンダルを履き、高級ブランドの小さなバッグを抱えていた。整った顔に濃く化粧を施し、伸ばした髪の先を柔らかくカールさせ、その全身にたくさんのアクセサリーを光らせていた。決して老けているということはなかったが、僕より2歳年下にしては女は大人びて見えた。

「初めまして。臼井瑠璃子《うすいるりこ》です」

そう言うと女は、値踏みでもするかのように僕の全身を見まわした。高いサンダルのせいで、向かい合った女の視線の高さは、僕のそれとほぼ同じだった。

「多田由紀夫と申します。あの……きょうはよろしくお願いします」

堂々とした女の態度に気圧《けお》されながら、僕は女に頭を下げた。

けれど、女のほうは頭を下げたりはしなかった。ただ無言で頷いただけだった。

裕福な家庭に生まれ育ったひとり娘の例に漏れず、臼井瑠璃子と名乗った女は生意気そうで、我がままそうで、とても気が強そうだった。

「わたし、ご飯も作れないし、洗濯も掃除もしたことがないの。だから、多田さん、もしも、わたしと結婚するつもりだったら、そこのところはちゃんと理解していてね」

ほっそりとした指先でワイングラスの脚をもてあそびながら、彼女はそんなことを言った。僕を見る女の目は、とても挑戦的だった。

女はすべすべとした、とても綺麗な手をしていた。長く伸ばした爪には、その1本1本に立体的なネイルアートが施されていて、言われなくても、彼女に家事をする習慣がないのは一目瞭然だった。

「そうですね。それじゃあ、あの……もし僕が瑠璃子さんと結婚したら、お手伝いさんを雇わなくてはならないですね」

ぎこちなく微笑みながら、僕は言った。

けれど、女は微笑まなかった。ただ、女王陛下のように頷きながら、「ええ。そうしてね」と言っただけだった。

その日の食事代は僕が払った。僕が支払いをしているあいだ、女はそばにあったソファに腰を下ろし、その長い脚を優雅に組み、手の爪や、サンダルの先からのぞく足の爪を眺めていた。女の足の爪には手と同じように、派手なネイルアートが施されていた。

「瑠璃子さんとご一緒できて、今夜は楽しかったです」

別れ際に僕は女にそう言った。もちろん、お世辞だった。

けれど、女は『ごちそうさま』も言わなかったし、微笑みもしなかった。さっきと同じように、無言で頷いただけだった。

店の前で止めたタクシーに彼女が乗り込んだのを見届けた時には、僕はほっとして溜め息を漏らしていた。


すぐに相手が断って来るだろうと思っていた。イタリア料理店で話をしていた時の様子では、彼女が僕を気に入ったふうにはまったく見えなかったからだ。

けれど、意外なことに、数日後に女から、『また会いたい』という連絡が来た。

本音を言えば、僕はもう彼女とは会いたくなかった。

彼女が嫌いだったわけではない。ただ、どうせ結婚はしないのだから、そんなふうに何度も会うことは、意味のないことに思えたのだ。けれど、女が『会いたい』と言って来た以上、男である僕のほうから断るわけにはいかなかった。

2度目には女と僕は六本木の寿司屋で食事をし、3度目には乃木坂のフランス料理店に行った。どちらも隠れ家のような小さな店で、どちらもとても高かった。待ち合わせの店はいつも彼女が指定したが、その費用はいつも僕が支払った。

最初の時と同じように、その後も、僕に対する女の態度は高飛車で傲慢《ごうまん》なままだった。僕を見る女の視線は、いつも意地悪そうで、いつも挑戦的だった。だが、ほっそりとした女の肉体や、冷たく整った顔は僕の心を引き付けた。

この生意気な女を鞭で打ち据えたら、どんなに楽しいだろう。この女が悲鳴を上げ、泣き叫ぶのを見たら、どんなにいいだろう。

女と会うたびに、僕はそう思った。

6

女と4回目に会ったのは、赤坂の料亭だった。そこは彼女の父親が商談にしばしば利用しているという店だった。

前菜、生物《なまもの》、椀物、蒸し物、焼き物、箸休め、揚げ物と続いた食事がようやく終わり、炊き立てのご飯とシジミの味噌《みそ》汁、それに香《こう》の物が出された頃、僕は女に「もう会うのはやめましょう」と告げた。

「えっ、どうして？」

女はひどく驚いた顔をした。冷やした日本酒をかなり飲んだせいで、女の頰はほのかに上気していた。

「こんなことを続けていても、何の意味もないからですよ」

洒落た漆のテーブルの向こうに座った女に、ぎこちなく微笑みながら僕は言った。

「意味がないって……どういうこと？」

女は気色《けしき》ばんだ。その顔もまた美しかった。

「それは……瑠璃子さんと僕とは結婚できないからです」

「どうして？　わたしのことが嫌いなの？」

女が僕に詰め寄った。それは、自分を好きにならない男など、この世に存在しないと言わんばかりの横柄な口調だった。

「いいえ……僕は瑠璃子さんを嫌いじゃありません」

僕は言った。それは嘘ではなかった。

「それなら、どうして？　お父様か誰かが反対なさっているの？」

「いいえ。そうじゃないんです。反対は誰もしていません」

それも嘘ではなかった。早くに妻を亡くした僕の父は、ひとり息子である僕が一日も早く結婚し、一日も早く孫の顔を見る日が来ることを切望していた。

「それなら、どうして？」

濃い化粧が施された目で僕を見つめ、女が同じセリフを繰り返した。

僕は言葉に詰まり、口をつぐんだ。そして、意味もなく部屋の中を見まわした。

僕たちが案内された部屋は個室になった8畳間で、開け放った障子の向こうには、錦鯉《にしきごい》が泳ぐ池を有した美しい日本庭園があった。庭園は古びた木製の塀で囲まれていて、その塀の向こうにいくつもの高層ビルが聳《そび》えているのが見えた。床の間には、月の夜空を飛ぶ雁《かり》の掛け軸が飾られ、その下の水盤に青いアヤメが生けられていた。

「なぜ黙っているの？　理由を聞かせて」

女がさらに僕に詰め寄った。

「あの……実は……」

迷った末に、僕はついに自分の異常な性癖について打ち明けた。そして、おそらくあなたには、こんな自分と結婚生活を続けることはできないだろうと言った。

しばらくの沈黙があった。まるで珍しい動物でも見るかのように、女は僕の顔をまじまじと見つめていた。

女が僕の顔を見つめているあいだに、担当の仲居さんが食事の進み具合を見に来た。そして、僕たちがご飯や味噌汁に箸を付けていないことに気づき、「お口に合いませんか？」と心配そうに尋ねた。

「いいえ。もうお腹がいっぱいなんで……気になさらないでください」

僕は仲居さんにぎこちなく微笑んだ。

仲居さんが出て言ったあとで、女がようやく口を開いた。

「それじゃあ……あの……もし、わたしたちが結婚したら……多田さんはわたしをロープで縛り付けたり……わたしの体を鞭で叩いたり……わたしの体に、溶けたロウソクを垂らしたりするっていうことなの？」

戸惑ったような口調で女が訊いた。

「ええ。たぶん、僕は瑠璃子さんに、毎日のようにそんな行為を繰り返すことになると思います。いや……おそらく、それ以上のことをすることになると思います」

ぴったりとしたワンピースに包まれた女の上半身を見つめて僕は言った。

剝き出しになった女の肩は尖って骨張っていた。浮き上がった鎖骨の内側には深い窪みができていて、そこにワインを注いで飲むことができそうだった。

「そんな……そんなこと、許せない」

うろたえたような口調で女が言った。いつも強気で、自信満々だった女が、そんな態度を見せたのは初めてのことだった。

「だから、僕は瑠璃子さんとは結婚できないんです。あの……今まで黙っていて、申し訳ありませんでした」

目を伏せるようにして僕は言った。そして、ベッドに縛り付けられて泣き叫ぶその女の声を聞けないことを、その姿が見られないことを、心の底から残念に思った。

その日、僕たちは次に会う約束をせずに別れた。そして、僕はそれがふたりの永遠の別れになるはずだと確信していた。

けれど、数日後、女からまた電話が来た。

驚いたことに、女は僕の性癖に付き合ってみると言った。

7

今から1年4カ月ほど前の夏のある日、僕は彼女を車に乗せて東名高速道路の横浜インターチェンジの近くに林立する悪趣味なホテルのひとつに行った。そして、そのホテルの悪趣味な部屋で、女の体から黒いワンピースを剝《は》ぎ取るようにして脱がせた。

ワンピースの下に、女は光沢のある黒くて小さなショーツを穿き、ショーツと同じ色と素材のショルダーストラップのないブラジャーを着けていた。

「明かりを消して……」

下着姿になった女が、少し怯えたような口調で言った。

けれど、僕は女の願いを聞き入れなかった。

最初に会った時に女が僕にしたように、踵の高いサンダルと黒い下着だけの姿になった女を、僕は値踏みするかのようにまじまじと見つめた。

僕が想像していた通り、女はとても美しい肉体をしていた。ファッション誌のモデルのようでさえあった。

ブラジャーのカップに隠された乳房は、大きくなかったけれど、上を向いていて形が良さそうだった。ウェストは指をまわせば届くのではないかと思うほどにくびれていた。体には皮下脂肪がほとんどなく、腹部にはうっすらと筋肉が浮き上がっていた。

「じろじろと見ないで」

女は両腕を使って僕の視線から体を隠そうとした。高慢そうなその顔には、怯えと戸惑いと恥じらいとが混在しているように見えた。

僕は女を見つめ続けた。見つめずにはいられなかったのだ。

女の臍は縦長の形をしていて、そこにダイヤモンドを5つ繋《つな》いだ高価そうなピアスが揺れていた。首に下げたペンダントでも大粒のダイヤモンドが光っていたし、右手首のブレスレットにもダイヤモンドがちりばめられていた。

随分と長いあいだ下着姿の女を見つめていたあとで、僕は持参したバッグから大型犬用の首輪を取り出した。

「それ……何なの？」

濃く化粧の施された顔を強ばらせて女が訊いた。今ではその顔には、明らかな怯えの色が浮かんでいた。

「首輪です。瑠璃子さんの首に巻くんですよ」

女の目をのぞき込むように見つめ、口元に微かな笑みを浮かべて僕は答えた。

両腕で胸を隠しながら、女が細く描かれた美しい眉を寄せた。そして、サンダルの高い踵をぐらつかせながら、わずかに後ずさった。

僕はそんな女に歩み寄り、ほっそりとして長い女の首に、大型犬用の黒革の首輪を巻き付けようとした。

「いやっ……いやっ……」

さらに後ずさりながら、女は僕の手を払いのけようとした。

けれど、その抵抗はそれほど激しいものではなかったから、僕は華奢な女の首に易々《やすやす》と黒革の首輪を巻き付けることができた。

首輪を嵌められた女が、ルージュに彩られた下唇を悔しそうに嚙み締めた。

そんな女の顔を見つめながら、僕は女の首に巻き付けた首輪に、今度は犬を散歩させる時に使うような赤いリードを取り付けた。

「瑠璃子さん、よく似合いますよ」

微笑みながら、僕は言った。

そう。鉄の鋲《びょう》がいくつも打ち込まれたそのごつい首輪は、ほっそりとして長い女の首に、本当によく似合っていた。

僕の言葉を聞いた女が、また悔しそうに顔を歪めた。その顔もまた美しかった。

8

その日、下着姿の女の首に大型犬用の首輪を巻き付けたあとで、僕は彼女に床に四つん這いになるように命じた。

「いやよ……そんなこと、できないわ」

女が嫌々をするかのように首を振った。毛先がカールした長い髪の中で、大きなピアスが揺れて光った。

「言われた通りにしてください」

女の首輪に取り付けた赤いリードを手に、僕は静かな口調で命じた。

女はしばらく無言で僕の顔を見つめていた。

怒り、憎しみ、戸惑い、怯え、恐れ、屈辱……整った女の顔には、それらの感情のすべてが凝縮されているように見えた。

やがて……悔しそうに顔を歪めたまま、女がゆっくりと身を屈めた。そして、骨張った膝《ひざ》頭を床に突けて四つん這いの姿勢になった。長い髪の先が、カーペットが敷き詰められた床に触れた。

「これでいいの？」

吐き捨てるような口調で女が言った。僕を見上げる女の顔は、相変わらずとても悔しげで、その大きな目には強い憎しみと、強い怒りとが満ちていた。

「さあ、それじゃあ、少し歩いてみましょうか？」

そう言うと、僕は女の首に繋いだリードを引っ張った。そして、まるで犬の散歩でもするかのように、黒い下着姿の女を引きまわして歩いた。女は諦めたかのように、僕の後ろを四つん這いになってついて来た。

「こんなことをして、楽しいの？」

サンダルを履いたまま、犬のように床を這いながら、女が訊いた。

「ええ。楽しいです」

床の女を振り向いて僕は答えた。

大きくて悪趣味なダブルベッドの周りを3回か4回まわったあとで、僕は足を止めた。そして、床に這いつくばった女を、勝ち誇ったような気分で見下ろした。

「それじゃあ、瑠璃子さん、今度は僕の靴にキスをしてください」

僕は白いランニングシューズの右足を、女の顔の下に突き出した。

「いやよ……そんなこと、絶対にいやっ」

床に這った女が、また首を左右に振った。その大きな目がわずかに潤んでいた。

「言われた通りにしてください」

自分の足元にひれ伏した下着姿の女を見下ろし、僕はさっきと同じ言葉を、だが、さっきよりは強い口調で繰り返した。

なおもしばらく女はためらっていた。だが、やがて、意を決したかのように僕のランニングシューズに顔を近づけ、そこに唇を押し付けた。

「これでいいの？　これで満足なの？」

顔を上げた女が怒ったような口調で言った。その目の縁から、大粒の涙が流れ落ちた。

女を見下ろして僕は微笑んだ。サディスティックな強い感情が、下腹部で風船のように膨らんでいくのがわかった。

9

その日、女にランニングシューズにキスをさせたあとで、僕は自分も服を脱ぎ捨てた。そして、全裸でベッドの縁に腰を下ろし、四つん這いになったままの女に、男性器を口に含むように命じた。

僕の股間ではすでに、性器が痛いほど強く硬直していた。

「いや……もう、いやっ……」

僕を見上げて女が言った。目の縁から、また涙の雫が滴った。細くて長い女の首には、相変わらず黒革製の首輪が巻かれていた。

「言われたことをしてください」

僕は女の髪を無造作に摑み、顔を引き寄せるようにして彼女の口に男性器を近づけた。

女が諦めたかのように目を閉じた。そして、ルージュに彩られた唇を開き、硬直した男性器を口に含み、ゆっくりと顔を上下に動かし始めた。

僕はそんな女をまじまじと見つめた。

女はその整った顔を悩ましげに歪め、ファンデーションが塗り込められた頬を凹ませ、小鼻を膨らませて顔を振り続けていた。あでやかな色をした唇から、唾液に濡れた男性器が出たり入ったりを繰り返していた。

「なかなか経験が豊富のようですね。瑠璃子さんみたいな上品な女の人は、こんなことをしたことがないかと思っていたから、少し意外です」

自分の股間に顔を埋めた女を見下ろして僕は笑った。

女が顔をリズミカルに打ち振るたびに、耳元で大きなピアスが揺れ、そこに嵌め込まれたダイヤモンドが美しく光った。

「悔しいですか、瑠璃子さん？　僕が憎いですか？」

そう言うと、僕は女の髪を両手でがっちりと鷲摑みにした。そして、その顔をさらに激しく打ち振らせ、女の喉の奥を男性器の先端で荒々しく突き上げた。

長く美しい女の髪が、まるで生きているかのように激しく舞った。

「うむっ……ううう……うむうっ……」

女が体を悶えさせ、男性器で塞がれた唇のあいだからくぐもった呻き声を漏らした。

その苦しげな声が、僕の嗜虐心をいっそう刺激した。

僕はさらに激しく女の顔を打ち振った。そのあまりの激しさに、女は何度も噎せ返り、何度も咳き込んだ。閉じた女の目から涙が溢れ、涙に溶けたマスカラやアイラインが目の下を汚し、頬に何本もの黒い筋を作っていた。

「もう、ダメ……もう、いやっ」

途中で顔を上げた女が、骨張った肩を喘がせながら言った。尖った顎の先から、黒い涙がぽたぽたと滴り落ちた。

「続けてください」

僕は女の口を男性器の先端でこじ開けた。そして、石のように硬直したそれを再び女の口の中に深く押し込み、再び女の顔を激しく打ち振った。

「むっ……ううっ……うむっ……」

女のくぐもった呻きと、濡れた唇と男性器が擦れ合う音が僕の耳に届いた。

15分以上に及ぶ長く強制的なオーラルセックスのあとで、僕はようやく性的絶頂を迎え、強烈な快楽に体を震わせながら、女の口の中に体液を放出した。

「瑠璃子さん、飲み込んでください」

女の口から男性器を引き抜き、僕はそう命じた。

整った顔を、涙と鼻水と唾液でぐちゃぐちゃにした女が僕を見上げた。

口に僕の体液を含んだまま、女はしばらくためらっていた。だが、やがて、諦めたかのようにそれを嚥下《えんげ》した。

女の喉が鳴る音が、僕の耳に届いた。


その後、僕は黒い下着姿の女をロープでベッドに仰向けに縛り付けた。

「もう、いや……もう、やめて……」

女はひどく顔を強ばらせ、わずかに抗《あらが》った。だが、それほど激しい抵抗ではなかった。

下着姿の女をベッドに大の字に拘束し終えると、僕は持参したビデオカメラで、両腕と両脚をいっぱいに広げたその姿を、いろいろな角度から撮影した。

「いやっ……ビデオはいやっ！　お願いっ！　ビデオはやめてっ！」

僕がカメラのレンズを向けるたびに、女がほっそりとした体をよじらせた。その大きな目からは、相変わらず涙が溢れ続けていた。

それは、ゾクゾクするほど美しく、官能的な光景だった。四肢を拘束された女の顔からは、いつの間にか怒りや憎しみが消え、今では恐れと怯えだけが残っていた。

僕は持参した三脚を立てて、そこにビデオカメラを固定した。そして、撮影を続けたまま、ベッドの端に腰を下ろした。

「さて、瑠璃子さん、その下着も脱ぎましょう」

持参したバッグから、僕はカッターナイフを取り出した。そして、女がしていた黒いブラジャーのカップのあいだの部分を切断し、それを胸からゆっくりと取り除いた。

「ああっ……ダメっ……」

僕とは反対側に体をよじらせて女が言った。

けれど、そんなことで僕の視線から身を隠すことはできなかった。

あらわになった女の乳房は汗ばんでいて、そこに小さなトライアングル型のビキニの水着の跡が残っていた。パチンコ玉ほどの大きさの乳首は淡い小豆《あずき》色で、指先でつまんでみると、こりこりとしていて堅かった。

「いやっ……もう、やめてっ！　お願いっ！」

乳房を剝き出しにした女が激しく身を悶えさせた。骨の浮き出た薄い胸の上で、小さな乳房がゼリーのように揺れた。

ブラジャーに続いて、僕はカッターナイフを女のショーツに近づけた。そして、その鋭利な刃でショーツの両脇の細い紐を切断した。

女の股間から、その小さな黒い布をゆっくりと取り除く。

「ああっ……いやっ……」

四肢を拘束された女が、再び僕とは反対側に体をよじらせた。

女の股間には、申し訳程度にしか性毛が生えていなかった。骨張った下半身には乳房と同じように、トライアングル型のビキニの水着の跡が残っていた。

わずかばかりの女の性毛を、僕は指先で何度か撫でた。

「これ以上はいやっ！　約束よっ！　もう、終わりにしてっ！」

ほっそりとした体を左右によじりながら、全裸にされた女が泣き叫んだ。黒革の首輪に打ち込まれた銀色の鋲がキラキラと光った。

10

女が嫌だと言ったら、それで終わりにするというのが約束だった。

けれど、もはや僕には自分を制御することはできなくなっていた。

全裸で仰向けに縛り付けられた女の姿を横目に見ながら、僕は持参したバッグから太いロウソクを取り出した。

「それを……どうするつもりなの？」

僕が手にしたロウソクを見つめて女が訊いた。充血した女の目には、それまで以上に強い怯えが浮かんでいた。

「これに火を点けて、熱く溶けたロウの雫を瑠璃子さんの体に滴らせるんですよ」

「本気なの？」

僕の目を見つめ、再び女が訊いた。その声が震えていた。

涙に濡れた女の赤い目を見つめ、僕は静かに頷いた。そして、ロウソクに火を点けた。

「多田さん、もう、やめて……そういう約束だったでしょう？……お願いだから、もうロープを解いて……これでもう終わりにして……」

そんな女の訴えを無視して、僕は女の体に火のついたロウソクを近づけた。

ゆらゆらと揺れるロウソクの炎を見ながら、女が再び激しく身をよじらせた。

「これ以上やったら訴えるわ。告訴する。脅しじゃないわ。本気で訴えるわよっ！」

女が本当にそうするだろうと思った。けれど、僕にはやめることができなかった。

僕は女の体の真上にロウソクを突き出した。そして、そこでそれをゆっくりと傾けた。

「いやーっ！　誰か来てーっ！　助けてーっ！　いやーっ！」

拘束された体を無茶苦茶によじり、凄まじい声で女が助けを求めた。

僕は女の体の上でさらにロウソクを傾けた。そして、ダイヤモンドのピアスが嵌められた女の臍の窪みに向かって、熱く溶けたロウを滴らせた。

「ああっ、熱いっ！　いやーっ！」

ほっそりとした体を猛烈に悶えさせて女が絶叫した。

そんな女の叫び声を、まるで音楽のように楽しみながら、僕は再びロウソクを傾けた。そして再び、女の臍の窪みの中に、高熱のそれを注ぎ入れた。

女が再び、全身を雑巾のようによじって、凄まじい叫び声を上げた。


女の臍の窪みに数滴のロウの雫を続けざまに流し込んだあとで、僕は両方の乳首に数滴のロウを滴らせ、鳩尾《みぞおち》の窪みにも数滴のロウを滴らせた。さらには筋肉の浮き出た両方の二の腕と、引き締まった両方の太腿にも、それぞれ数滴ずつのロウの雫を滴らせた。

ロウの雫が皮膚に滴り落ちるたびに、女は凄まじい悲鳴を上げた。あまりに大きな声で叫び続けたために、その声はやがて嗄《か》れて、かすれ始めた。

女の悲鳴には僕の欲望を煽る力はあったが、それをやめさせる力はなかった。ついさっき女の口の中に体液を注ぎ入れたばかりだというのに、僕の性器は再び硬直を始めていた。

僕は夢中になって女の皮膚に熱いロウを滴らせ続けた。

「もう、いやっ！　もう、やめてっ！　お願いっ！　告訴なんてしないから、これ以上はやめてっ！　いやーっ！　いやーっ！」

かすれた声で女が必死の哀願を続けた。

けれど、やめることなど、できるはずがなかった。

その後も僕は、首輪を嵌められた女の首に、鎖骨の窪みに、腋の下に、飛び出した腰骨の上に、そして性毛の茂みの中に……熱く溶けたロウの雫を滴らせ続けた。

悪趣味な部屋の中に、女の悲鳴が絶え間なく響いた。


いったい女の皮膚に何十滴のロウの雫を滴らせただろう？

あげくの果てに、僕はロウソクの炎で女の股間に生えていた性毛を焼き始めた。

それまでも僕は、悪魔のような欲望が募って来るたびに、ホテルの部屋に娼婦たちを呼んでいた。そして、特別料金を支払って、女たちを鞭打ち、その体に溶けたロウを滴らせていた。けれど、彼女たちの性毛を焼き払った経験はなかった。

その初めての行為に僕は没頭した。炎に触れた性毛は一瞬にしてちりちりに縮れ、ぼろぼろになって女の恥丘から離れていった。

「いやーっ！　熱いっ！　熱いっ！　いやーっ！　いやーっ！」

かすれた悲鳴を上げながら、女は骨張った腰を激しく打ち振った。けれど、それは僕の作業の何の妨げにもならなかった。性毛を焼いている途中で、何滴ものロウの雫が、盛り上がった女の恥丘に滴り落ちて白く固まった。

股間の毛を完全に焼き尽くしたあとで、僕は手にしたロウソクの炎を吹き消した。そして、随分と短くなってしまったそれを、サイドテーブルの上にそっと置いた。

密閉された部屋の中には、焼けた性毛のにおいが強烈に充満していた。

全裸で四肢を拘束された女は、ぐったりとなってベッドに横たわっていた。今では疲れ切って、声も出せないようだった。ほっそりとした体は、白く凝固したロウで、そのほとんどの部分が覆い尽くされていた。額は噴き出した汗で光り、そこに何本かの髪がべったりと張り付いていた。

「ひどいわ……約束が違うじゃない……ひどい……ひどい……」

ベッドに大の字になったまま、かすれた声で女が言った。すでに尽きてしまったのか、女の目から涙は流れてはいなかった。

僕は立ち上がり、ロウにまみれた女の全身を見下ろした。

今ではもう、女の目の周りの化粧は完全に流れ落ち、唇のルージュはすっかり滲んでいた。顔は疲労のために、やつれ果てていた。だが、それでも女は美しかった。いや……ここに来た時よりも、さらに美しくなったようでさえあった。

「ひどいわ……こんなことをするなんて……ひどい……ひどい……」

ベッドの上で、女が弱々しく繰り返した。

本当は女を俯せに縛り直して、その背中を鞭やベルトで、気を失うまで打ち据えてみたかった。けれど、いったん拘束を解いたら、女は凄まじい抵抗を試みるはずで、再び縛り付けることは難しそうだった。

痛いほどに硬直した男性器を静めるために、しかたなく僕は女の体に自分の体を重ね合わせた。そして、男性器の先端を膣の入り口に宛てがい、腰を前方に強く突き出した。

それが彼女との初めての性交だった。

「ああっ、いやっ……あっ……いやっ……」

男性器が肉体を貫いた瞬間、女は華奢な上半身をベッドから浮き上がらせ、かすれた声で低く呻いた。

意外なことに、女の性器はすでに充分な分泌液で潤っていた。

この女と僕が体を合わせるのは、これが最初で最後になるのだろう。このことによって、僕は社会的な制裁を受けることになるのだろう。もしかしたら、刑事罰を受けることになるのかもしれない。

頭の片隅でそんなことを思いながら……僕は女の体の奥深くへと、何度も何度も硬直した男性器を突き入れ、繰り返し繰り返し女の子宮を突き上げた。

四肢を拘束された女にできることは、かすれた声で呻き続けながら、凝固したロウにまみれた体をよじることだけだった。

11

女の中に体液を注ぎ入れたあとで、僕はロウにまみれた女の上からゆっくりと下りた。そして、無言のまま、女の四肢を拘束していたロープを解いた。

あまりに激しく身悶えを繰り返したため、女の右手首に巻かれていた華奢なブレスレットは切れていた。骨の浮いた手首と足首には、ロープによる擦り剝き傷ができ、そこから血が滲んでいた。

「ひどいわ……ひどい……ひどすぎる……」

長い病に臥《ふ》せっていた人のように、女は骨の浮き出た上半身をよろよろと、力なくベッドに起こした。そして、虚ろな目で僕を見つめ、低く呟くように「ひどい」という言葉を繰り返した。

女が体を動かすたびに、凝固したロウが皮膚からボロボロと剝がれ落ちた。女の声は相変わらずひどくかすれ、泣き腫らした目は真っ赤に充血していた。

「約束が違うじゃない？　やめてって言ったら、すぐにやめる約束だったじゃない？　それなのに……こんなこと……ひどいわ……ひどすぎるわ……」

力なく僕を見る女の目から、また涙が流れた。

僕は俯いて、自分の足の爪を見つめた。いつものように、たった今まで自分がしていたことを、ひどく後悔していたのだ。

いつだって、そうなのだ。娼婦に対して嗜虐的な行為をしたあとでは、泣き濡れた女の顔を見ながら、僕はいつもひどく後悔し、強い自己嫌悪の感情に襲われるのだ。

女のいるベッドの端に、僕は浅く腰を下ろした。そして、女の顔をじっと見つめた。

丁寧に塗られていたファンデーションは、今では完全に剝げ落ちて斑《まだら》になっていた。流れ落ちたマスカラやアイラインで目の周りは真っ黒になり、顔には涙の跡が幾筋も黒く残っていた。唇の周りにはルージュが滲んでいた。

「ひどいことをして、すみませんでした。僕は……こういう男なんです」

女の口の辺りを見つめ、呟くように僕は言った。

ついさっきまで、自分が女の髪を乱暴に鷲掴みにし、その口に性器を荒々しく突き入れていたことを僕は思い出した。その時に女が感じていたはずの苦しみや、恥辱や屈辱を思った。

女は僕から視線を逸《そ》らした。そして、放心したように俯いて、無残に毛を焼き払われた股間や、全身のいたるところにこびりついた白いロウや、血の滲んだ足首を見つめていた。

「あの……すみませんでした。許せないとは思いますが、許してください」

僕は俯いたままの女に頭を下げた。

けれど、女は顔を上げなかった。ただ、俯き続けているだけだった。

そんな女の姿を、僕はぼんやりと見つめていた。

誇り高く、高慢で、自信に満ちていた女の姿は、今はもうどこにもなかった。そこにいるのは、恥辱と屈辱にまみれた、哀れで無力な女だった。

「瑠璃子さん。あの……この償いは、あの……できる限りするつもりです」

そう言うと、僕はまた女に頭を下げた。

やがて、女がゆっくりと顔を上げた。

「いったいどうやって、償いをするっていうの？」

顔を上げた僕をまじまじと見つめて女が言った。

けれど、意外なことに、僕を見る女の目には怒りはなかったし、恨みもなかった。

「あの……損害賠償を支払います。瑠璃子さんが望むだけ払います」

凝固したロウが張り付いた女の乳房や鳩尾や、鎖骨の辺りを見つめて僕は言った。僕には昔から、何でも金で解決しようという、心のさもしいところがあった。「あの……告訴してくださってても結構です。覚悟はしてます」

「わたしが告訴したら、多田さんの人生は目茶苦茶よ。それでもいいの？」

女が言った。その口調はいつもながらの、女王陛下のようなものに戻っていた。

「はい。あの……しかたないです」

僕は言った。そして、また女に頭を下げた。

「どうしようかしら？」

女が腕を胸の前で組んだ。そのほっそりとした腕から、凝固したロウが剝がれ落ちた。

判決を待つ被告のように僕は俯いた。そして、女の足の先をぼんやりと見つめた。

女は全裸だったが、いまだに黒いハイヒールのサンダルを履いていた。そのサンダルの先端で、派手なペディキュアが施された爪が美しく光っていた。女の足首は傷だらけだったが、とても引き締まっていて、アキレス腱がくっきりと浮き上がっていた。

「わたし、さっきは本当に悔しかったんだから……もう何年も泣いたことなんてないのに……悔しくて、悔しくて、泣かずにはいられなかったんだから……」

俯いた僕の耳に、女の声が届いた。相変わらず嗄れてはいたが、その声には怒りは感じられなかった。

「はい。わかっています」

女の足の爪を見つめて僕は言った。

「悔しくて、辛くて……頭がどうかなってしまいそうだったんだから……」

女が沈黙し、悪趣味な室内を静寂が支配した。

自分の呼吸する音がした。時折、女が鼻を啜《すす》り上げる音と、小さく咳き込む音もした。

やがて、女が手を伸ばし、サイドテーブルの上にあったティッシュペーパーを取った。そして、音を立てて鼻をかんだあとで、僕のほうに裸の上半身を向けた。

「そうね……告訴はしないことにするわ」

僕は顔を上げた。そして、女の顔を見つめ返した。

すっかり化粧は崩れていたけれど、女の顔はいつもの生意気で、高慢で、高飛車な表情に戻っていた。

「あの……告訴、しないんですか？」

「ええ。しないわ。裁判なんてしたら、わたしが恥ずかしいだけじゃない？」

「あの……それじゃあ、僕はどうしたらいいんでしょう？　どうしたら、この償いをさせてもらえるんでしょう？」

怖《お》ず怖《お》ずと僕は尋ねた。万引きの現場を押さえられた高校生のような気分だった。

「そうねえ……」

僕の目を真っすぐに見つめて女が言った。「わたしたち、もう少し付き合ってみましょうか？」

女の言葉はあまりにも意外なものだった。

「あの……瑠璃子さん……あの……本気ですか？」

「ええ。本気よ」

女が挑むように僕を見つめた。それはすっかり見慣れた、あの高慢そうな目だった。

「でも、あの……もし僕と付き合い続けたら、瑠璃子さんは僕と会うたびに、こんな目に合わされるんですよ」

「そうなの？　これからも、わたしにあんなひどいことを続けるつもりでいるの？」

女が笑った。その部屋に来て、女が笑うのを見たのは初めてだった。

「たぶん、そうなります……あの……僕はそういう男なんです。ああいうことをせずにはいられないんです……瑠璃子さん、そんな生活に、耐えていけるんですか？」

女の顔色をうかがうようにして、僕は言った。

「さっきは本当に辛かったし、本当に悔しかったの。多田さんが憎くて、憎くて……殺してやろうとさえ思ったわ。でもね……」

そこで女は言葉を区切り、僕の目をじっと見つめた。「でも……実は……すごく刺激的で、すごくドキドキする体験だったことも確かね」

女の言葉は、僕をさらに驚かせた。

「そうなんですか？」

「ええ。すごく刺激的だった……おしっこが漏れそうなほどゾクゾクしたわ」

充血した目で女が僕を見つめた。それから、体をひねるようにして僕のほうに両腕を伸ばし、僕の体を抱き締めた。

肩甲骨が浮き出た女の背中を、僕は怖ず怖ずと抱き締め返した。

「あのビデオに、わたし、どんなふうに映っているのかしら？」

僕の耳元で女が言った。それから、僕から上半身を離し、顔を少し上に向け、ほんの少し唇を開き、その大きな目をそっと閉じた。

そんな女の唇に、僕は自分の唇を怖ず怖ずと重ね合わせた。

ガゼボに敷かれた分厚いマットの上に横たわり、かつて自分の妻だった女のことを思い出しながら、僕は冷蔵庫から出して来た冷たいビールを1本飲んだ。

パンくずを食べ終えた小鳥たちは、プールの水を飲んだり、その縁で水浴びをしたり、羽繕いをしたりしていた。何匹かのトンボがやって来て、水面にチョンチョンと尾の先を浸けながら飛んでいるのも見えた。ブーゲンビリアの生け垣の上では、相変わらず何羽ものチョウが軽やかに舞っていた。

暴力的な日差しが、今ではほとんど真上から照りつけていた。プール脇のタイルに刻み付けられた椰子の葉の影が、海からの風にゆっくりと揺れていた。

ああっ、今、ここに、妻がいれば……。

思ってみてもしかたのないことを、僕はまた思わずにはいられなかった。

ビールを1本飲み干すと、僕はゆっくりと立ち上がった。そして、額に噴き出た汗を拭《ぬぐ》いながら、ヴィラの中に戻った。

12

朝食後はほとんど毎日そうしているように、その日も僕はホテルの駐車場に待機していたタクシーに乗った。

ホテルのタクシーは、流しのタクシーに比べると割高だったが、運転手はみんな片言の英語が話せたし、車はみんな日本製の高級車で乗り心地がよかった。

「こんにちは、ゴミさん」

若い運転手が後部座席の僕を振り向いた。そして、真っ白な歯を見せて爽やかに笑いながら、歯切れのいい日本語で言った。

「こんにちは、ユラさん」

僕は若い運転手に微笑み返すと、いつものように繁華街にあるマッサージサロンの名を告げた。

そう。午前中はマッサージサロンでくつろぎ、午後からはホテルに戻ってプールサイドで過ごすというのが、この3カ月の僕の習慣だった。

「きょうは特別に暑くなりそうですね」

ゆっくりと車を発進させながら、若い運転手が日本語で言った。妻が日本人だということもあって、彼はなかなか綺麗な日本語を話した。

「ええ。暑くなりそうですね」

頷きながら、僕はシートにもたれて目を閉じた。


マッサージサロンに着くと、アロマオイルの香りの充満する更衣室で衣類を脱ぎ捨てて全裸になった。そして、木製の洒落たロッカー内にあった黒くて小さな紙製のショーツを穿き、その痩せこけた体を背後の大きな鏡に映してみた。

この3カ月で僕の体重は5キロ近くも落ちていた。日焼けしているというのに顔色はひどく悪く、目が落ち窪み、まるで死人の顔のようだった。

そんな不健康な男の顔や体をしばらく眺めていたあとで、僕はロッカー内にあったろうけつ染めの焦げ茶色のガウンを取り出し、それをまとって更衣室を出た。

更衣室のドアの前には、もうすっかり顔見知りになった若い女が僕を待っていた。

「大丈夫ですか、ゴミさん？」

たどたどしい日本語で言うと、女は歯を見せずに微笑んだ。僕が長く更衣室にこもっていたことを言っているのだろう。

女は白いノースリーブのブラウスをまとい、僕が羽織っているのと同じ柄の、ろうけつ染めの長いスカートを穿いていた。足元は革製のサンダルで、右の足首に銀のアンクレットを巻いていた。マニキュアは地味だったが、足の爪に塗られたペディキュアはとても派手で、そこにいくつもの小さな花が描かれていた。

「はい。大丈夫です」

僕が答えると、女は再び歯を見せずに微笑み、それから薄暗い廊下を僕の前に立って歩き出した。

僕たちが歩いている廊下の先には、噴水を備えた円形の中庭があった。噴水の周りに咲いた白やピンクのハスの花が、降り注ぐ太陽に眩しく輝いていた。勢いよく噴き上がる水の脇には、小さな虹ができていた。

僕は自分の目の前を歩く小柄な女の、ほっそりとした背や尖った肩を見つめた。

いったいいくら払えば、この女を僕のヴィラに呼び付けることができるのだろう？　そして、いくら払えば、あの忌まわしい行為の相手をさせることができるのだろう？

女の華奢な背を見つめて、僕はそんなことを考えた。そして、女を目にするたびにそんなことしか考えられない自分の卑しさを、心の底から嫌悪した。

案内された個室で僕を待っていたのは、初めて見る女だった。年は40歳前後だろうか？　女は彫りの深い、エキゾティックな顔立ちをしていた。背が高く、痩せていて、長く真っすぐな黒髪を後頭部で結んでいた。

きっと欧米人の男と、現地人の女との混血なのだろう。女の顔を見た瞬間に僕はそう思った。この島には、その女のような顔をした人が少なくなかったから。

けれど、そうではなかった。

「エリコと言います。よろしくお願いいたします」

ハスキーな声で女が言った。それは日本人の話す日本語だった。

「あの……日本のかたですか？」

大きくて窪んだ女の目や、高く尖った鼻や、薄い唇を見つめて僕は尋ねた。女の目には濃い化粧が施されていたが、そのほかの部分にはほとんど化粧がされていなかった。耳たぶでは、銀製の大きなピアスが揺れていた。

「ええ。日本人です。でも、人生の半分以上はこの島で暮らしているから、半分は現地人みたいなものですけど……」

女が白い歯を見せて笑った。そんなふうに笑うと、大きな目の脇に小皺ができた。

向かい合って立った女の全身を、僕はまじまじと見つめた。

女の肌は明るい褐色で、ここに案内して来た女と同じ白い木綿のブラウスをまとい、ろうけつ染めの長いスカートを穿いていた。薄いブラウスの布の向こうに、ほっそりとした体の線が透けて見えた。

「どうかなさいましたか？」

僕の視線に気づいた女が、戸惑ったように笑った。

その瞬間、僕の心臓が息苦しいほどに高鳴った。

けれど、その時はまだ僕にも、そのはっきりとした理由はわからなかった。

第3章

1

6畳ほどの個室には、あの木琴のような楽器で奏でられた曲の調べが、低く、静かに流れていた。窓のブラインドはすべて下ろされていて、明るい廊下から入って来ると、室内はかなり暗く感じられた。

その薄暗い部屋の壁を、香りロウソクの明かりがほのかに照らしていた。ブラインドのわずかな隙間から、戸外に満ちた強烈な光が、細く、微かに差し込み、その光の中に塵《ちり》のような埃《ほこり》が漂っているのが見えた。

素肌に紙製のショーツだけを身につけた僕は、サンダルを脱いで細長いベッドのような木製の台に上がり、マットの上に敷かれた分厚いバスタオルに俯せに身を横たえた。

ドーナツ型をした柔らかな枕に顔を伏せる。その枕の下は空洞になっていて、そこからアロマオイルを湛《たた》えた小さな壺が見えた。

「この仕事を始めて、まだ間もないもので、あまりうまくないかもしれませんが、どうぞよろしくお願いいたします」

エリコと名乗った女がハスキーな声で言った。そして、薄くて骨張った掌で、俯せになった僕の体の背面に生温かいオイルを丁寧に塗り込み、首から順番に揉みほぐしていった。

主婦として家事に勤《いそ》しんでいるためだろうか？　女の掌は荒れていて、少しガサガサとしていた。

僕の妻だった女はこの島でのマッサージが気に入り、新婚旅行でこの島を訪れた時には、半月ほどの滞在中、毎日のようにマッサージサロンに通い詰めたものだった。

2日に1度か3日に1度、妻だった女は「由紀夫も一緒に行きましょうよ」と言って、僕をマッサージサロンに誘った。僕はたいてい、その誘いに応じ、薄暗い個室にこんなふうにして妻と並んで横たわったものだった。

そんな時、マッサージの途中で僕はしばしば顔を上げ、すぐ隣の台に横たわった妻の様子をうかがった。毎日のようにプールサイドでくつろいでいるせいで、オイルに光る妻の皮膚にはビキニの日焼け跡がくっきりと残っていた。

そんな妻を眺めながら、僕はいつも、その夜のふたりの行為に思いを馳《は》せた。跡が残ると水着になれないので、新婚旅行中の僕たちは鞭はほとんど使わなかった。

あの時、妻が通い詰めていたマッサージサロンは、ここよりずっと高級な店だった。そこは設備も従業員の教育もマッサージの質も、ここより遥かによかったから、本当は僕も毎日そこに通いたかった。

けれど、それは危険だった。そのマッサージサロンの従業員たちの何人かは、僕の顔を覚えているかもしれなかった。

「新婚旅行ですか？」

手荒れした指を肩甲骨から背中の中央に移動させながら、女が尋ねた。たぶん、僕の左薬指の結婚指輪に気づいたのだろう。

「いいえ。ひとりで滞在しているんです」

枕から顔を上げずに僕は答えた。

「そうなんですか？　いつまでこの島にいらっしゃるんですか？」

「実は……決めていないんですよ」

「えっ、そうなんですか？」

女が少し驚いたような声を出した。「あの……それじゃあ、いつからここにいらっしゃるんですか？」

「そうですね。かれこれ3カ月になります」

「3カ月っ！」

女がまた驚いたように言った。「あの……この島でお仕事をなさっているんですか？」

「いいえ。ただの休暇なんです」

僕が言い、女が「そうなんですか……優雅でいいですね」と、あまり納得していないような口調で言った。

僕は目を閉じた。そして、顔の下の壺から立ちのぼるアロマオイルの香りを、ゆっくりと吸い込んだ。僕はこういう、ジャスミンのような甘い香りが好きだった。

木琴の調べが静かに流れる狭い部屋の中に、オイルにまみれた女の手と僕の皮膚とが擦れ合う音が単調に続いていた。下ろしたブラインドの向こうでは、鳥たちが甲高い声で鳴き合っていた。セミたちの声もしたし、海沿いの街道を行き交う車のクラクションの音もした。

「エリコさんでしたよね？　あなたは、いつからこの島にいらっしゃるんですか？」

目を閉じたまま僕は女に訊いた。

「そうですね……ええっと……もう21年……人生の半分になります」

僕が穿いた紙製のショーツを押し下げ、尾てい骨の付近を揉みながら女が答えた。

「ええ。20でここに来て、それから21年だから、半分以上ですね」

女の吐く湿った息が、オイルに濡れた僕の背中に優しく吹きかかった。

「ということは……エリコさんは、41歳なんですか？」

枕から顔を上げ、僕は女を振り向いた。女は細長くて骨張った顔を俯け、オイルにまみれた僕の尻を、両手で執拗に揉みしだいていた。

裸でいる客が寒くないようにとの配慮から、部屋の温度は高めに設定されていた。そのためだろう。女の額には細かい汗の粒が浮き、そこに何本かの髪が張り付いていた。

「ええ。いつの間にか、41歳……嫌になってしまいます」

顔をしかめるようにして女が微笑んだ。そんなふうに笑うと、目の脇だけではなく、薄い唇の周りにも小さな皺が浮き上がった。

またしばらくの沈黙があった。その沈黙を破ったのは、またしても僕だった。

「エリコさんは、あの……どうして、この島で暮らしていらっしゃるんですか？」

枕に顔を伏せたまま、再び僕は女に訊いた。

ふだんの僕は、マッサージを受けている時にはほとんど話をしなかった。けれど、きょうは別だった。その日本人の女のことを、僕はもっとよく知りたかったのだ。

「そんなこと聞いても、楽しくないですよ」

僕の体に指を這わせ続けながら、女が笑った。

「そうなんですか？　でも、ちょっと聞いてみたいですね」

下腹部に男性器の強ばりを感じながら、僕は枕から顔を上げた。

そう。いつの間にか、僕は勃起していたのだ。

いつもなら、そんなことは決してないのに……骨張った女の指先が皮膚を撫でるたびに、どういうわけか、マットに押し付けられた僕の性器は少しずつ硬くなっていった。

その女はもう若くはなかった。日本人らしからぬエキゾティックな顔立ちをしてはいたが、飛び抜けて美しいというわけでもなかった。痩せてはいたけれど、プロポーションがいいというわけでもなかった。

だが、どうやら……僕の母が死んだ時と同じ年のその女は、僕の中に潜んだ悪魔のような欲望を強く刺激するタイプのようだった。

「それでしたら、お話ししますけど……退屈でしたら、遠慮なさらずに、そうおっしゃってくださいね」

下腹部とマットとのあいだで男性器がさらに硬直するのを覚えながら、僕はそのハスキーな声を聞いた。

2

彼女の名は『松下英理子《まつしたえりこ》』といった。都内の百貨店で販売員をしていた19歳の時に、彼女は同僚の女とふたりでこの島に遊びに来た。そして、イルカと一緒に泳ぐというオプショナルツアーで、たまたま彼女たちのガイドを務めたこの島の男と恋に落ちた。

その男は小柄だったけれど、ハンサムで精悍《せいかん》で、陽気で優しくて、日焼けした体は野生の馬のように美しく引き締まっていたという。

彼は彼女よりひとつ上の20歳だった。だが、子供っぽい日本の男たちを見慣れた彼女の目には、彼はとてもしっかりとしているように映った。

「会ったばかりの外国人を好きになるなんて、どうかしているとお思いでしょう？」

僕の皮膚に手を這わせ続けながら、彼女が言った。

「いいえ。そうは思いません。それに……ここには、そういう日本の女の人がたくさんいるじゃないですか？」

枕に顔を伏せたまま僕は答えた。

そう。彼女の体験は決して珍しいものではなく、ありきたりで、ありふれたものだった。

この3カ月のあいだに、僕は島のいたるところで、現地の男と結婚した日本の女を何人も見かけた。そんな女たちの多くは、ホテルや旅行代理店や土産物店やレストランや、こんなマッサージサロンで、日本人観光客相手の仕事に携わっていた。

短い休暇が終わって日本に帰国したあとも、彼女は男のことが忘れられなかった。そして、休暇のたびに今度はひとりでこの島を訪れるようになった。

彼はいつも空港まで彼女を迎えに来てくれた。そして、彼女が滞在中は仕事を休み、島のいろいろなところに案内してくれた。

やがて彼女は妊娠した。男はそれをとても喜び、彼女に求婚をした。

「全然、戸惑ったふうじゃなくて、本当にものすごく喜んでくれたんですよ。それで、すぐに結婚を申し込まれたんです」

僕の足裏を強く押しながら、女が言った。

それもまた、ありがちな話だった。この島の少なくない男たちは、日本人との結婚を強く望んでいたのだから。

日本人を妻に迎えることは、この島の男たちの多くにとって、一種の憧れであり、一種のステイタスシンボルだった。もっと露骨に言えば、彼らにとって、日本の女たちは金づるだった。

埼玉県に住む彼女の両親は猛反対をした。けれど、彼女はその反対を押し切って、この島のホテルの教会でその男と簡単な結婚式を挙げた。結婚に反対していた両親も、渋々といった感じで式に参列した。彼女はまだ20歳で、新郎は21歳だった。

結婚して半年後に赤ん坊が生まれ、夫が『ノラ』という名前をつけた。『野良犬』や『野良仕事』を連想させるその名前は、彼女には気に入らなかった。だが、夫は頑として譲らなかった。

今になって思えば、それが夫との最初の軋轢《あつれき》だった。

それでも、最初の1年……いや、半年ほどは楽しかった。けれど、赤ん坊が生まれた頃から、彼女は自分のした選択を後悔するようになっていった。

『神々と芸能の島』とも呼ばれるこの島は、外国人観光客たちの目には、エキゾティックで神秘的に映る。彼女も結婚前は、そんなイメージをこの島に抱いていた。

けれど、ここでの実際の生活は、観光に訪れた彼女が抱いていたイメージとは掛け離れたものだった。

ふたりの新居として、夫は自分の実家の近くに家を新築した。だが、夫が家族や友人の協力を得て、主に廃材を使って建てたその家は、驚くほどに狭く、いい加減なものだった。

大工の手を借りずに作られたその家は、畳に換算すれば3畳ほどのキッチンと、やはり3

畳ほどの寝室があるだけの、家というより小屋のようなものだった。床には板が張られておらず、すべてが剝き出しの土だった。キッチンには小さな窓がひとつあったが、寝室には窓はなかった。だから、室内はいつも薄暗くて、ひどく蒸し暑くて、今のような雨季には耐えられないほどの湿度がこもった。

狭い庭にあったトイレは汲《く》み取り式で、顔を逸らしたくなるほどに不潔だった。家には浴室どころか洗面所もなく、庭の片隅に冷水しか出ないシャワーがあるだけだった。

結婚の直後に、彼女はなけなしの貯金をはたいて小さなテレビを買った。けれど、彼らの新居には、エアコンも冷蔵庫も洗濯機もなかった。電話もCDプレイヤーもビデオプレイヤーもなかった。キッチンには中古の簡易ガスコンロがひとつあるだけで、料理をすることもままならなかった。家の中には常に蚊が飛びまわっていて、雨季でも乾季でも一年中、蚊取り線香を点けておく必要があった。

そんな馬小屋のような家で、ロマンティックな新婚生活が送れるはずはなかった。

彼女の夫は特別に貧乏というわけではなく、この島ではそんな生活がごく当たり前のことだった。けれど、そんな暮らしは、日本人である彼女には耐え難いものだった。

この島の人々は炊いた白米を主食にしていたが、それは日本の米のように粘り気のあるものではなく、パサパサとしていて彼女の口に合わなかった。

米だけではない。この島のものは、野菜も肉も魚も果物も、菓子もコーヒーも酒も、すべてが口に合わなかった。

かつて観光で来ていた時には、食事のことはまったく気にならなかった。いや、むしろ、おいしいとさえ思っていた。

だが、それは彼女がかつては、外国人観光客向けのリゾートホテルや高級レストランで主に食事をしていたからだった。実際にこの島に暮らし、この島の庶民と同じものを常に食べるようになると、食事のまずさと貧しさは彼女をうんざりとさせた。

この島には祭りが多かった。その頻度は毎月といってもいいほどだった。そういう祭りにはいつも親戚一同が会した。男たちは踊ったり、歌ったり、楽器を奏でたりして祈りを捧げていればよかったが、女たちはそうはいかなかった。祭りのたびに、彼女は手伝いに駆り出され、近所の女たちと食事や菓子を作ったり、供え物を作ったり、男たちに酒を注いだりと、目がまわるほど忙しく働かなければならなかった。

さらに大きかったのは言葉の問題だった。

結婚前は言葉の問題など、あまり気にしたことはなかった。愛さえあれば、それで充分に思えたのだ。

けれど、それは間違っていた。

夫と彼女は主に英語で話した。けれど、ふたりとも英語が堪能なわけではなかったから、お互いに伝えたいことがうまく伝えられず、そのことがまた、夫婦のあいだにいくつもの軋轢を生んだ。

この国の言葉がわからない彼女には、親しく話せる友人ができなかった。テレビを見ることも、新聞や雑誌を読むこともできなかった。夫が出勤したあとの彼女にできたことは、圧倒的な孤独に耐えながら、慣れぬ土地での子育てに勤しむことだけだった。

娘を連れて日本に帰ろう。

その頃の彼女は、毎日のようにそう思っていた。いつの間にか、夫への愛情はすっかり冷めてしまっていたのだ。けれど、両親の猛反対を押し切って結婚した手前、そんなことはできなかった。

娘が1歳の誕生日を迎えた頃から、彼女は娘を夫の両親に預けて、街にある観光客向けの洋服屋で働き始めた。生活費を得るためというのが目的だったが、それ以上に、息が詰まるような狭い家を出たくてたまらなかったのだ。

夫も彼の両親も、彼女が外で働くことを喜んだ。庶民の大半が貧しいこの島では、結婚した女も外に働きに出るのが普通だった。

3

「こんな話、退屈じゃありませんか？」

松下英理子と名乗った日本人の女が訊いた。

「いいえ。何ていうか……すごく興味深いです」

僕は木製の台の上に仰向けになっていて、女は肋骨の浮き出た僕の胸のまわりに指を這わせていた。

俯せから仰向けになる時に、僕は女から手渡されたろうけつ染めの布を腰の辺りに素早く掛けた。今もその布は、僕の下腹部と股間を覆っている。だから女は、僕の性器が硬直していることには気づかなかったはずだ。

「松下さん、いろいろと大変だったんですね」

すぐ目の前にある女の顔を見つめて僕は言った。

そう。女の名字を知ってからは、僕は彼女を『松下さん』と呼んでいた。

「ええ。すごく大変でした。でも、本当に大変だったのは、それからだったんです」

薄い唇のあいだから尖った八重歯を見せて女が笑った。松下英理子という女の歯は、白くて、とても綺麗だった。

今から10年前、娘が10歳になった頃、彼女は日本の企業が出資しているリゾートホテルの日本人スタッフの職を得た。

その仕事から得られる収入は、ガイドをしている夫の3倍近かった。夫や彼の両親はそのことを喜んだ。彼女もとても嬉しかった。

けれど、彼女が喜んだのは、夫やその家族とは別の意味からだった。

そう。彼女は夫と別れ、娘とふたりで暮らそうと考えていたのだ。もはや愛していると感じられなくなってしまった夫と暮らし、すぐ隣に住む夫の両親と毎日のように顔を会わせる生活には、何年も前からうんざりしていたのだ。

ある晩、彼女は夫に離婚話を切り出した。

意外なことに、夫は驚いたふうではなかった。だが、別れる条件として、夫は金銭を要求して来た。それは彼の3年分の収入に相当するほどの大金だった。

それはあまりにも不当な要求に思われた。けれど、彼女はその条件を受け入れた。金を払ってでも、一刻も早く夫と別れたかったのだ。要求された金額を10年の分割で支払うということで、彼女は夫と協議離婚した。

そんなふうにして、彼女はこの島で娘とふたりで暮らすようになった。

娘とふたりの暮らしは、貧しくはあったけれど楽しかった。町外れの狭くて古いアパートも、それまでの馬小屋のような家に比べれば快適だった。

そんなふうにして、さらに数年が過ぎた。

その数年のあいだには、彼女にも何度か好きな男ができた。いずれも年上の現地の男たちだった。そういう男たちの何人かは彼女に熱心に求婚した。けれど、彼女は男たちの求婚には応じなかった。

「ここの男たちは、本当に働かないんですよ」

僕に片膝を立てさせ、太腿の付け根の辺りを揉みながら女が言った。「それに、自分の家族や親戚は大切にするけど、奥さんのことは大事にしないんですよ」

香りロウソクに照らされた、女の細長い顔を見つめて僕は頷いた。骨張った女の指先が、脚の付け根を這うたびに、男性器がさらに硬くなるのが感じられた。


今から3年ほど前のこと、当時まだ17歳だった娘が妊娠した。

娘は相手の男を彼女のところに連れて来た。そして、結婚したいと言った。男は娘より3歳上で、娘と同じレストランで働いていた。

本音を言えば、彼女は娘の結婚に反対だった。けれど、反対しなかった。お互いに好きだと信じ込んでいる男女の仲を引き裂こうとするのは無意味なことだと、自分自身の経験で知っていたから。

結婚してすぐに娘は男の子を産んだ。さらに、翌年にも妊娠が判明した。そして、その直後に娘は夫と別れ、彼女のアパートの部屋に転がり込んで来た。

離婚の理由は娘の不貞だった。娘によれば、お腹にいるのは夫の子ではないということだった。

彼女は娘をなじった。けれど、身重の娘を部屋から追い出すことはできなかった。

妊娠中の娘と、幼い孫を抱えて、彼女は途方に暮れた。だが、その直後にもっと困ったことが起きた。彼女は勤務していたホテルを解雇されてしまったのだ。

途方に暮れながらも、彼女は就職活動を始めた。外資系のほかのリゾートホテルで働くのが希望だった。

だが、それは容易なことではなかった。数年前に観光客を狙った爆弾テロ事件が起きて以来、島を訪れる観光客の数は激減し、この島の最大の産業である観光業は、かつてないほどの打撃をこうむっていたのだ。

3カ月ほど職を探し続けたが、結局、リゾートホテルでの再就職はかなわなかった。そのあいだに金銭の蓄えも尽きてしまった。しかたなく、彼女はこのマッサージサロンに就職をした。そして、1カ月ほどの研修のあと、つい数日前から実際に働き始めた。

この店での彼女の報酬は、ホテルに勤務していた頃の5分の1にも満たなかった。けれど、文句を言っている時間はなかった。娘はすでに臨月になっていた。


「娘さんはもう出産をされたんですか?」

足元に立っている女に僕は尋ねた。彼女は今、足の指を揉んでいた。

「ええ。2週間前に……また男の子だったんですよ」

僕の足の指の1本1本を強く引っ張りながら、ハスキーな声で女が笑った。「だけど、赤ちゃんを産んだあと、何だか具合がよくなくて、今は家で寝てるんです。長男の時はそんなことはなかったのに、お乳も出ないみたいだし……」

「それじゃあ、生活は大変ですね」

「ええ。本当に大変。生きていくのがやっとで、欲しい物どころか、赤ん坊のミルクを買うのもためらってしまうほどなんです」

顔を上げた女が笑った。女の話を聞いたせいか、エキゾティックなその顔はやつれて、日々の生活に疲れ切っているようにも見えた。

4

いつものように、マッサージは1時間ほどで終わった。

「つまらない話を聞かせてしまって、ごめんなさい」

台の上に上半身を起こした僕に、ろうけつ染めのガウンを手渡して女が言った。「きょうはありがとうございました。ぜひ、またいらしてくださいね」

「ええ。また来ます」

相変わらず硬直したままの男性器を隠すようにして、僕は台の上で素早くガウンをまとった。それから、台の端に腰掛け、女の顔をじっと見つめた。さっきからずっと考えていた卑劣な提案を、女にするかしないか迷っていたのだ。

「どうなさったんですか？」

訝《いぶか》しげに微笑みながら、女が言った。

「あの……実は、松下さん。あの……僕から、ひとつ提案があるんですが……」

迷い迷った末に、僕はその卑劣な提案を女にすることに決めた。

「わたしに提案？　何ですか？」

口元に笑みを浮かべて女が首を傾げた。耳元の大きなピアスが揺れた。

「ええ。あの……もしよかったら……あの……僕のホテルの部屋に来て……あの……ちょっとしたアルバイトをしませんか？」

小さな声で、言い訳でもするかのように僕は言った。

そう。僕は金に窮しているという女の弱みに付け込もうとしたのだ。

「アルバイト？　あの……それは、どんなお仕事なんですか？」

「はい。実は……」

ひどくためらい、恥じながらも……僕はその仕事の内容を彼女に告げた。

「そんな……」

女はひどく顔を強ばらせ、反射的に何歩か後ずさった。

何かとてつもなく忌まわしい物でも見たかのように、エキゾティックな女の顔は強ばっていた。アイラインに縁取られたその目には、軽蔑と嫌悪の念が浮かんでいた。

僕はひどく後悔した。けれど、口から出た言葉を取り戻すことはできなかった。

「あの……無理だったらいいんです……忘れてください」

強い自己嫌悪に苛《さいな》まれながら、僕は女に頭を下げた。そして、乗っていた台から素早く下り、サンダルを履いて部屋を出て行こうとした。

「ちょっと待って」

そんな僕を女が呼び止めた。

僕は振り返った。けれど、女の顔を真っすぐに見ることはできなかった。

「あの……もしも、わたしがそのアルバイトをしたら、いくらもらえるんですか？」

ためらいがちに女が訊いた。僕を見る女の目には相変わらず、軽蔑と嫌悪の念が込められているように思えた。

僕はふーっと長く息を吐いた。それから、黒いアイラインに縁取られた女の目を見つめ返して金額を告げた。

「えっ、そんなに……」

次の瞬間、驚いたように女が言った。「それって……ここでのわたしの1カ月分のお給料です」

もちろん、僕にはそれはわかっていた。

この島での3月《みつき》に及ぶ日々の中で、マッサージサロンに勤務する女たちの1カ月分の報酬がどれくらいなのかを、僕はおおよそ把握していた。ずる賢くて卑劣な僕は、まさにその金額を口にしたのだ。

「あの……松下さん……僕の部屋に来て、アルバイトをしますか？」

相変わらず自己嫌悪に苛まれながらも、淡い期待を込めて僕は尋ねた。

そう。僕はいまだに期待を抱いていたのだ。女が僕に嫌悪と軽蔑を抱いていることは明らかなのに、それなのに……自分より11歳も年上のその女を、濡れ手で粟のようにして得た金銭の力で、自分の言いなりにさせようとしていたのだ。

女は僕から目を逸らし、薄暗い室内に視線をさまよわせた。

ブラウスの中に透けた女の痩せた体を、僕はじっと見つめた。そして、自己嫌悪に苛まれ、ひどく恥じ入りながらも、女が僕の提案を受け入れてくれることを願った。

やがて女が僕のほうに視線を戻した。

「確かに魅力的な報酬です……でも、やっぱり、できません」

軽蔑と嫌悪と怒りの入り交じった目で僕を見つめて、女が低く言った。

「わかりました。あの……このことは忘れてください。失礼なことを申し上げて、すみませんでした」

そう言うと、僕は女に背を向け、逃げるかのように部屋を出た。

5

マッサージサロンを出ると、僕は海沿いの街道の左側の歩道をゆっくりと歩いた。

僕が宿泊しているホテルの前の道と同じように、ここでも街道の海に面した側には広大な敷地を有した高級リゾートホテルが立ち並んでいた。

この島では景観を損ねるような高層建築物は禁止されている。だから、この島の高級リゾートホテルはどれも、ゆったりとした敷地に建てられた低層の洒落た建物で、たいていは木造で、オレンジ色の瓦《かわら》か藁葺きの屋根を載せていた。

道路の反対側には観光客向けのレストランや土産物店などが軒を連ねていた。ちょうど昼時ということもあって、レストランはどこも観光客で混雑していた。

相変わらず暴力的なまでの太陽が、ほぼ真上から照りつけていた。気温はさらに上がったようで、マッサージサロンでさっぱりして来たばかりだというのに、僕の全身は早くも汗を噴き出していた。その汗からは、甘いアロマオイルの香りがした。

足元に刻まれた自分の影と、街路樹の椰子の葉影を見つめて歩きながら、松下英理子という女にバカな提案をしてしまったことを、僕はひどく後悔していた。

明日からは別のマッサージサロンを探さなくてはならないな。

そんなことを考えながら歩き続けていると、すぐそばから、「ゴミさん、こんにちは」と、日本語で話しかける少女の声が聞こえた。

僕は顔を上げた。照りつける日差しの中に、見覚えのある少女がふたり立っていた。

「やあ、君たちか。こんにちは」

僕はサングラスを外し、少女たちに笑顔で言った。

彼女たちはどちらも13〜14歳なのだろう。ふたりとも、目が大きくて、なかなか可愛らしい顔をしていた。どちらの少女もほっそりとしていて、つややかな黒髪を背中に長く垂らしていた。ひとりの少女は背が高く、もうひとりはとても小柄だった。

「ゴミさん、お元気ですか？」

小柄なほうの少女が人懐こそうな笑みを浮かべ、たどたどしい日本語で僕に訊いた。

たぶん身長は140センチもないだろう。少女はぴったりとした黄色のタンクトップに、擦り切れたデニムのショートパンツを穿き、足に薄汚れたゴム草履を突っかけていた。

「うん。元気だよ。君たちは？」

ふたりの少女を交互に見つめて、僕は笑顔でそう訊き返した。

「はい。元気です」

今度はもうひとりの少女が、やはりたどたどしい日本語で答えた。

その少女もまた、華奢な体に張り付くような白のタンクトップをまとい、デニムのミニスカートにゴム草履というファッションだった。タンクトップの裾から、細くくびれたウェストがのぞいていた。この島の女にしては背が高く、身長は160センチ近くありそうだった。

少女たちはふたりもとよく日焼けしていたが、背の高いほうの少女は肌の色が薄く、彫りの深い顔をしていて、欧米人との混血のように見えた。小柄なほうの少女は典型的な現地人の顔立ちだった。

「マニキュアとペディキュア、いかがですか？」

小柄なほうの少女が白い歯を見せて微笑みながら、たどたどしい日本語で僕に言った。それは彼女たちと最初に出会った時のセリフとまったく同じものだった。

今から2週間ほど前にも、僕はちょうどこの場所で、こんなふうにその少女たちに声を掛けられた。

僕は即座に断った。マニキュアやペディキュアは男には無用のものだったから、断るのは当然のことだった。

けれど、少女たちは諦めずに食い下がり、必死になって僕にマニキュアとペディキュアを勧め続けた。

その少女たちの顔があまりに真剣で、あまりに必死で、今にも泣き出してしまいそうなので、僕はだんだん彼女たちが可哀想に思えてきた。

「わかった、わかった。それじゃあ、ペディキュアだけ、お願いするよ」

あの日、そう言うと僕は歩道の椰子の木陰に腰を下ろし、少女たちにペディキュアを塗ってもらった。

行きずりの観光客相手なんだから、どうせ、いい加減な仕事をするんだろうな。

埃だらけの歩道にしゃがみ込み、僕の足に顔を寄せるようにしてペディキュアを塗っている少女たちを見つめて、僕は心の中でそんなふうに考えていた。

けれど、そうではなかった。

安物のエナメルと先の傷んだ小筆を使って描かれたペディキュアは、目を見張るほどに素晴らしい出来栄えだったのだ。

「君たち、うまいなあ」

ペディキュアに彩られた自分の足の爪を見つめ、僕は思わず日本語でそう言った。

言葉が通じなくても、その意味は理解したのだろう。少女たちは顔を見合わせ、少し照れたように笑った。

あの日、ホテルに戻るとすぐに、僕は除光液を買ってそれを落とした。けれど、ペディキュアを落としてしまう前に、携帯電話のカメラを使って写真を撮った。

彼女たちが塗ったペディキュアは、それほどに美しかったのだ。

6

「ゴミさん、マニキュアとペディキュア、いかがですか？」

今度は背の高いほうの少女が僕の肘《ひじ》を摑んで、小柄な少女と同じ言葉を繰り返した。

僕は笑顔で首を左右に振った。こめかみから、汗が一筋流れ落ちた。

確かに彼女たちの技量は確かなものだった。だがやはり、男の僕にはペディキュアもマニキュアも不要だった。

もちろん、少女たちにもそれはわかっているはずだった。それにもかかわらず、先日と同じように、少女たちはしつこく食い下がった。

5分ほどの押し問答の末に、僕はきょうも根負けした。

「しようがないなあ。それじゃあ、きょうもペディキュアだけ、お願いするよ」

僕が日本語で言って歩道に腰を下ろすと、少女たちは嬉しそうに微笑んだ。それは本当に可愛らしくて、本当に嬉しそうな笑顔だった。

僕の前にしゃがみ込み、背の高いほうの少女が僕の右足を、小柄なほうの少女が僕の左足を、それぞれ手に取った。だが、すぐには塗り始めずに、この国の公用語ではなく、この島の人々のあいだだけで使われる言語で何かしきりに喋っていた。

3カ月の滞在中に、何となくではあったけれど、この国の公用語は僕にもわかるようになっていた。けれど、この島の言葉は今もまったくわからないままだった。

ペディキュアの色やデザインの相談をしているのだろうか？　それとも、きょうもいいカモが引っ掛かってよかったと言っているのだろうか？

彼女たちがペディキュアの代金を、かなり吹っかけているのは僕にもわかっていた。たぶん、相場の3倍か4倍……もしかしたら、それ以上なのかもしれない。

だが、先日と同じように、僕は値切らなかった。

そう。ここでの僕は、何を買うにも決して値切らなかった。

この島では観光客向けの商品には、値段など、あってないようなものだった。だから、観光客たちはみんな、どんなものを買う時でも値切っていた。新婚旅行で訪れた時には、妻も僕も張り切って値切っていた。

けれど、今の僕は値切らないことに決めていた。

やがて少女たちが喋《しゃべ》るのを止め、僕の足にペディキュアを施し始めた。きょうはどうやら、鮮やかなライトブルーの下地にするつもりのようだった。

僕たちがしゃがんでいるのは街路樹の木陰だったが、それでも敷石は床暖房のように温まっていた。路上に刻まれた椰子の葉の影のあいだを、鳥たちの影が何度もよぎるのが見えた。

そぞろ歩いている欧米人の観光客たちが、男なのにペディキュアを塗ってもらっている僕を不思議そうに眺めていった。

鋭利に尖った少女たちの肩や、ほとんど肉のついていない二の腕が、噴き出した汗に美しく光っていた。ふたりともブラジャーをしていなかったから、前屈みになった襟元から、ほとんど膨らみのない乳房と、小豆粒ほどの乳首がちらりちらりと見えた。

もし金を渡せば、この少女たちをホテルの部屋に呼ぶことができるのだろうか？

僕の足にくっついてしまうほど顔を近づけてペディキュアを塗っている少女たちを見つめながら、僕はそんなことを思った。

ふたりの少女を裸にし、ロープでベッドに磔にし、その未熟な肉体に熱いロウを垂らしたり、鞭で打ち据えたりすることを僕は想像した。ふたりが身をよじり、激しい悲鳴を上げ、その可愛らしい顔を苦痛に歪め、大きな目から涙を流している姿を想像した。

僕がそんな邪《よこし》まな空想を巡らせているとも知らず、少女たちは時折、顔を上げて楽しげに何かを喋りながら、僕の足の爪に熱心にペディキュアを塗り続けていた。

どこからかほのかに、クローブ煙草のにおいがした。濃い潮の香りのする生温《なまぬる》い風が、少女たちの長い髪を静かにそよがせていった。ほっそりとした少女たちの体の上で、椰子の葉の影が何度も行ったり来たりを繰り返していた。


10分ほどで少女たちは僕の10本の足の爪にエナメルを塗り終えた。きょうの花は赤と黄色のハイビスカスだった。

「うまいなあ」

ペディキュアの施された自分の足を見つめて、先日と同じように僕は言った。きょうのそれは、先日よりさらに美しく、さらに華やかで、さらに精巧で、まるで高価な漆器に描かれた雅絵のようでさえあった。

少女たちが顔を見合わせた。それから、僕の顔を見つめて照れたように笑った。

7

少女たちと別れると、ひどく喉が渇いていることに気づいた。それで僕は、すぐ近くにあるレストランのひとつに向かった。

そのレストランはローカル料理の専門店で、あまり清潔ではなかったし、冷房もなくて店内を無数のハエが飛びまわっているような店だった。だが、値段が安く、味も悪くないので、いつも大勢の観光客で賑《にぎ》わっていた。従業員たちも明るくて親切だったから、僕もマッサージサロンの帰りにはしばしばその店に立ち寄っていた。

いつもそうしているように、僕は混雑した店内ではなく、店の前の椰子の木陰に並べられた安っぽいプラスティック製のテーブルのひとつに向かった。

「こんにちは、ゴミさん」

僕が席に着くとすぐに、顔見知りのウェイトレスが注文を取りにやって来た。彼女は2カ月後に出産を控えているということで、その腹部は大きく前方に突き出していた。

この島では、こんなふうに大きな腹をした女たちが働いているのをしばしば目にした。彼女たちが臨月近くまで働き続けるのは、おそらく経済的な理由からなのだろう。

「こんにちは、ロミさん」

僕もまた日本語で女に挨拶を返した。そして、メニューは見ず、冷えたビールと竹串に刺した焼き鳥と、甘酸っぱいあんを掛けた揚げ魚を注文した。

先にビールが運ばれて来た。よく冷えた地元のビールで、さっきの妊娠中のウェイトレスがそれを僕のグラスに丁寧に注いでくれた。

よく冷えたビールを飲みながら、僕はぼんやりと辺りを見まわした。

昨日の午後の猛烈な雨のせいか、すぐそこの歩道に大きな水たまりができていた。その水面に白っぽい空が映り、白いプルメリアの花が浮かんでいた。

今夜はどんな娼婦が来るのだろう？

ビールを飲みながら、僕はぼんやりと思った。

そうなのだ。麻薬中毒患者が麻薬のためだけに生きているように、今の僕はそのためだけに生きているのだ。

毎晩の娼婦の派遣は、いつも同じ売春エージェントに一任していた。だから、実際に女たちがやって来るまで、僕にはいつも、どんな女が訪ねて来るかわからなかった。

だが、3カ月も滞在を続けている今では、昨夜のように初めてという娼婦は少なくなっていて、たいていは僕の鞭を何度か受けた経験のある女たちがやって来た。

食事が終わりかけた頃、近くの植え込みの下に1匹の猫がうずくまっていることに気づいた。痩せこけた白と黒の斑《ぶち》の猫で、生まれてからそれほど時間が経《た》っていないようだった。

「あの子猫はここで飼ってるの？」

2本目のビールを運んで来た妊娠中のウェイトレスに、僕は英語で尋ねた。

「いいえ。野良猫の子ですよ」

ロミという名のウェイトレスが聞き取りにくい英語で答えた。

子猫は目を閉じ、湿った土の上に丸くなっていた。気持ちよく眠っているという感じではなく、少し弱っているように見えた。

「何だか弱っているみたいに見えるけど……母猫はいないの？」

ファンデーションの剝げたウェイトレスの顔を見上げ、僕はさらに英語で訊いた。

「ええ。いないんです」

「どうして？」

「一昨日《おととい》だったと思うけど……母猫はそこで車に轢《ひ》かれて死んだんです」

顔を歪めるようにしてウェイトレスが答えた。

「それじゃあ、あの子猫は一昨日から何も食べていないの？」

植え込みの下にうずくまったままの子猫を見つめて、僕はさらに訊いた。

「そうかもしれませんね」

そう言うと、ウェイトレスはまた顔を歪めてみせた。けれど、その子猫のことをたいして気にしているふうではなかった。

この島では、そのいたるところで、野良犬や野良猫を見つけた。彼らの多くは痩せこけていて、とても飢えていた。ひどい皮膚病を患っている犬猫や、目ヤニだらけの目を涙で潤ませているような犬猫も少なくなかった。

だが、この熱帯の島の人々は、概してそんな動物たちに無関心だった。きっと自分たちが生きるのに精一杯で、そんな犬や猫の心配をしている余裕はないのだろう。

そう。だからこの島では、その子猫は死んでいくべき存在なのだ。それがその子猫に与えられた運命なのだ。

考えてみれば、野生の動物はすべてそうなのだ。母親が肉食獣に殺されたり、病気や事故で死んだりしたら、その乳飲み子には死を待つ以外に選択肢がないのだ。

それは僕にもわかっていた。その子猫を可哀想だと思うのは、生活に困らない人間の気まぐれに過ぎないのだということもわかっていた。

ビールを飲み干すと、少し多めの料金をテーブルに置いて僕は席を立った。そして、植え込みの下にうずくまっている子猫に近づき、両手でそっと抱き上げた。

子猫はひどく痩せていて、驚くほどに軽かった。まるで小鳥を抱いたのではないかと思うほどだった。白と黒の毛はふわふわとしていて、びっくりするほどに柔らかかった。

僕が抱き上げた瞬間、子猫はわずかに目を開いた。けれど、声を出すことはなかったし、もがくこともなかった。そして、目ヤニにまみれた目を、すぐにまた閉じてしまった。

子猫を抱いたまま振り向くと、すぐ背後に妊娠中のウェイトレスが立っていた。

「ノミが移るから、触らないほうがいいですよ」

大袈裟に顔をしかめてウェイトレスが言った。

8

レストランの前で僕はタクシーを止めた。そして、子猫を抱いてその後部座席に乗り込み、よく太った若い運転手に動物病院に行くように頼んだ。

僕の膝の上で子猫は体を丸め、目ヤニだらけの目を閉じていた。よく見ると、柔らかな毛に覆われた子猫の皮膚をノミのような小さな虫が這いまわっていた。

車内には冷房が強く効いていたから、衰弱した子猫には寒すぎるのかもしれない。子猫はその小さな体を小刻みに震わせていた。それで僕は運転手に、子猫が寒がっているので冷房を止めてくれるように頼んだ。

僕の言葉に運転手が振り向き、少し呆《あき》れたような顔をして笑った。けれど、文句は言わずに冷房を消し、代わりに窓をいっぱいに開けた。

次の瞬間、熱くて湿った熱帯の空気が、子猫と僕をすっぽりと包み込んだ。


タクシーの運転手が連れて行ってくれたのは、日本によくある犬猫病院ではなく、豚や牛や鶏などの家畜を専門に診《み》ている診療所のようなところだった。広くて殺風景な診察室は床が土間になっていて、動物のにおいが強く立ち込めていた。

「ついさっき拾ったんです。一昨日、母猫が車に轢かれて死んだらしいんです。それから何も食べていないようなんです」

たどたどしい英語を使って、僕は初老の獣医師に必死で説明した。

僕の話を聞いた獣医師は、タクシーの運転手と同じように、少し呆れたような顔をして笑った。すぐ脇に立っていた助手らしい太った中年の女も、獣医師と同じように笑った。

この島ではそんな子猫を、わざわざ獣医師のところに連れて来るような人間はいないのだろう。獣医師と助手の女は子猫のことより、僕の足の爪に塗られた派手なペディキュアを気にしているように見えた。

診察を終えた獣医師によれば、子猫は雌で、生後1カ月か1カ月半ほどではないかということだった。幸いなことに、怪我《けが》や病気をしているというわけではなく、ただ飢えて弱っているだけのようだった。

獣医師は子猫に栄養剤の点滴をし、体の何カ所かにノミ取り薬を塗布したあとで、助手の女に動物用の粉ミルクと小さなスポイトを持って来させた。そして、粉ミルクをぬるま湯で溶き、その白い液体をスポイトで子猫の口に静かに注ぎ入れた。

子猫は一瞬、ためらったような顔をした。だが、すぐにそれを飲み始めた。

「1日に4回、朝と昼と夕方と夜に、こんなふうにしてミルクをやりなさい。それから、保温に気をつけるように。そうすれば、1日か2日で元気になるよ」

獣医師が僕を見つめて笑った。その笑顔は優しそうだった。

「そうですか。よかった」

「ああ。よかったな、お前。命拾いしたな」

今度は子猫を見つめて獣医師が英語で言い、僕は「ありがとうございます」と、この国の言葉で言って頭を下げた。

「どういたしまして」

獣医師と助手がこの国の言葉で答えた。それから、顔を見合わせて微笑んだ。


子猫を連れてタクシーでホテルに戻ると、エントランスホールでさっそく、「ゴミさん、猫は困りますよ」とフロント係の男に言われた。

もちろん、こんな高級ホテルの部屋に動物を持ち込んではいけないことは、僕も知っていた。だが同時に、3カ月の滞在中に、この島ではたいていのことは金銭で解決できるということも学習していた。

「ヴィラからは出さないようにするから、見逃してくださいませんか？」

そう言いながら、僕は何枚かの高額紙幣をフロント係の男に差し出した。

「うーん。しかたないですね。わかりました」

困ったように笑いつつも、フロント係の男は僕の手から素早く紙幣を受け取り、それをズボンのポケットに素早くねじ込んだ。「でも、ヴィラからは出さないでくださいね」

「はい。約束します」

僕が頷くと、男はどこからか小さな籐製のバスケットを取り出し、それをフロント越しに僕に渡した。

「さっ、この中に入れて」

「はい。ありがとうございます」

そう礼を言うと、僕は男が渡してくれたバスケットの中に子猫を入れた。

9

自分のヴィラに戻ると、僕は子猫の入ったバスケットにバスタオルを分厚く敷き詰めた。そして、それをダブルベッドの上に置き、子猫の体にもタオルをかけてやった。

バスケットの中で子猫は自分の体をなめたり、ゴソゴソと動いて体の向きを変えたり、差し出された僕の指のにおいを嗅いだりしていた。

栄養剤の点滴が効いたのだろうか？　それとも、さっき飲んだミルクのせいだろうか？

子猫は急激に元気を取り戻しているように見えた。

自分もベッドに上がると、僕はバスケットの脇に身を横たえた。そして、バスケットの中の小さな生命体をぼんやりと眺めた。

その時、サイドテーブルの上の電話が鳴った。

僕は首を傾げながらも受話器に手を伸ばした。

『もしもし、五味さんですか?』

瞬間、心臓が高鳴った。

耳に押し当てた受話器から聞こえて来たのは、ハスキーな女の声だった。

「はい。五味です。あの……松下さんですね」

強く受話器を握り締め、僕は言った。心臓がさらに激しく高鳴っていた。そして、その瞬間、僕は自分がその日本人の女に、何を期待しているのかということに気づいた。

第4章

1

電話で今夜の娼婦の派遣を断り、除光液でペディキュアを落としたあとで、僕は水着に着替えた。そして、バスケットの中で眠っている子猫をベッドの上に残し、いつものようにホテルのメインプールへと向かった。

雨季とはいえ、雨が毎日、降るというわけではなかった。それに日本の梅雨とは違い、雨が降るのはたいてい1時間か2時間ほどで、その後はまた強烈な日差しが照りつけるというのが熱帯の雨季の特徴だった。

白砂のビーチに面したホテルのプールには、午後の太陽がこれでもかというほど強く照りつけていた。プールの向こう側には青い海が広がり、そこで観光客がバナナボートに乗ったり、水上スキーをしたり、パラセイリングを楽しんだりしていた。砂浜では現地の人々が観光客に、アイスクリームや冷たい飲み物や、帽子や水着やサングラスやアクセサリーを売り付けようと歩きまわっていた。

このホテルのプールは少し複雑な形をしていた。プールの中には小さな島がいくつも浮かび、その島で熱帯の植物が色とりどりの花を咲かせていた。プールの周囲には何本もの椰子の木が植えられていて、プールサイドのあちらこちらに、ささやかな木陰を作っていた。

このホテルには約30のヴィラがあり、今もその半分ぐらいに客が宿泊しているという話だった。だが、いつものようにプールには数えるほどしか人がいなかった。

白と黒のビキニの水着をまとったロシア人の少女がふたり、いつものように、わざわざ日なたに引っ張り出したビーチチェアに寝転んで、そのほっそりとした体を強烈な太陽に容赦なくさらしていた。

彼女たちは姉妹で、どちらも背が高く、顔も大人びていたから、最初は20歳ぐらいなのかと思った。だが、どうやらふたりとも、まだ10代の前半らしかった。ファッションモデルのようなプロポーションが自慢でたまらないのだろう。その金髪の少女たちは、暇さえあればハイヒールのサンダルを履いて、意味もなくプールサイドを歩きまわり、その美しい四肢を人々の視線に惜しげもなくさらしていた。

　砂浜にいちばん近い木陰のビーチチェアには、初老の白人の夫婦が寝そべっていた。そこが彼らの指定席だった。でっぷりと太った夫のほうは、いつものようにビールを飲んでいた。夫とは対照的に痩せた妻は、きょうも本を読みながらカクテルを飲んでいた。もう60歳はとっくに越えているように見えるのに、彼女は毎日、違う水着をまとっていた。

　プールの水の中ではオーストラリアから来たという大柄な白人の男女が、ビーチボールで遊んでいた。彼らは3日ほど前からここに滞在していたが、フロント係の男の話によると新婚旅行のようだった。

　ロシア人少女たちの反対側のプールサイドには、色白で太った東洋人の男たちが7〜8人いて、ビールを飲んだり、泳いだり、お互いに写真を撮りあったり、ロシア人少女を不躾《ぶしつけ》に凝視したりしていた。彼らは中国からの団体旅行客のようだった。

　広々としたプールサイドにいる宿泊客はそれだけで、客よりホテルの従業員のほうが遥かに多かった。

　僕がプールサイドに姿を現すと、すぐにタオルを手にしたプールボーイが、「ゴミさん、こんにちは」と日本語で言いながら近づいて来た。

「きょうは、どのチェアにしますか？」

　今度は英語でプールボーイが訊いた。

「そうですね。きょうは日差しが強いから、あそこにします」

「はい。わかりました」

まだ20歳ぐらいのプールボーイは、僕が指さしたビーチチェアに素早く歩み寄ると、大きなタオルをチェアの上に敷き詰め、閉じられていたビーチパラソルを開いてくれた。

「どうもありがとう」

この国の言葉で僕はプールボーイに礼を言い、いつものようにチップを渡した。

チップを受け取ったプールボーイが、真っ白な歯を見せて嬉しそうに微笑んだ。

プールボーイが立ち去ると、僕はいつものようにビーチチェアに日焼けした体を仰向けに横たえた。

いたるところから鳥たちの声がした。すぐそこの砂浜に打ち寄せる波の音も聞こえた。頭上に広げられたパラソルの白い布に、椰子の葉の影が映って揺れていた。

やがてプールサイドバーのウェイトレスが、グラスに注いだビールを持ってやって来た。プールではビールを飲むのが僕の習慣だったから、ウェイトレスたちは注文をされなくても、すぐにビールを運んで来てくれるのだ。

「ゴミさん、こんにちは。暑いですね」

汗をかいたグラスを僕に手渡しながら、ウェイトレスが微笑んだ。

僕はウェイトレスに微笑みを返した。そして、小さな伝票にサインをし、ついでにチップを渡した。

この島にはチップの習慣はなかった。だが、僕はいつもチップを渡していた。ホテルでだけではなく、町のレストランでも、マッサージサロンでも、薄汚れた小さな屋台でも、タクシーでもそうしていた。

チップだけではない。町を歩いていて物売りたちに声をかけられれば、その商品が何であろうと、僕はたいてい、それらを値切らずに買った。

そうなのだ。僕は免罪符を買おうとしているのだ。金をばらまくことで、僕はこの島の人々に——いや、もしかしたら、神のような何者かに——自分の悪行を見逃してもらおうとしているのだ。親を亡くした子猫の命を救い、不必要なペディキュアを少女たちに塗ってもらっているのも、おそらく、同じような理由からなのだ。

歩み去って行くウェイトレスの後ろ姿を見つめながら、僕はビールのグラスを手に取り、それを一息に飲み干した。冷たい液体が喉をピリピリと刺激しながら、胃の中に心地よく流れ込んでいくのがわかった。

プールの上をたくさんのツバメが舞うようにして飛んでいた。ツバメたちは時折、水面に触れ、直後に高く舞い上がった。水底の青いタイルを映して、ツバメたちの羽根の裏側が鮮やかな青に染まって見えた。

空になったグラスを、パラソルの下の小さなテーブルに置く。ふと、左薬指に嵌めたプラチナの結婚指輪が目に入った。

2

あの初めての行為のあと、のちに僕の妻になる女と僕は会うたびにホテルに行った。

「いいのかい？」

会うたびに、僕は彼女にそう訊いた。

そのたびに彼女は、少し緊張したような面持《おもも》ちで頷いた。

彼女はいつも自信まんまんで、いつも高慢で高飛車だった。けれど、そういう時にはまるで、まだ何も知らない少女のような顔付きになった。

ホテルの部屋では毎回のように、僕はビデオカメラを載せた三脚を立て、裸になった彼女の首に大型犬用の首輪を巻き付けた。そして、彼女の首輪に犬用のリードを付け、四つん這いにさせて部屋の中を引きまわしたり、僕の靴にキスをさせたり、土下座した彼女の頭を靴の裏で踏み付けたりした。

そんな時、彼女はたいてい唇を噛み締め、悔しそうな顔で僕を見上げた。悔しさのあまり、目に涙を浮かべていることも少なくなかった。

裸で四つん這いになった彼女を引きまわしたあとでは、僕は毎回必ず、彼女をロープでベッドに仰向けに縛り付けた。そして、熱く溶けたロウの雫を乳房や臍や鳩尾や腋の下に滴らせたり、俯せに縛り直して、鞭で背や尻や太腿を打ち据えたりした。

そんな時、彼女はいつも気の強そうな顔を苦痛に歪め、部屋に響き渡るような悲鳴を上げた。そして、引き締まった四肢に美しい筋肉を浮き上がらせ、ほっそりとした体を猛烈に悶えさせた。

さらに僕は彼女に、さまざまなことをした。髪を鷲摑みにして、嘔吐するほど激しいオーラルセックスを強要することもあったし、拘束されて抵抗する術《すべ》のない彼女の性器や肛門に、電動の疑似男性器を押し込んだりすることもあった。目隠しや口枷や手錠を使うこともしばしばだった。

彼女の口の中に放尿し、それを嚥下するように命じたこともあった。縛り付けた彼女の股間にシェイビングクリームを塗り、カミソリで性毛を剃《そ》り落とすのは毎回のことだった。

裕福な両親に宝石のように大切に育てられた彼女にとって、それらの行為はどれも、耐え難いほどの屈辱を伴うものに違いなかった。

「もう、やめてっ！　お願いだから、きょうはもう、ここまでにしてっ！」

大粒の涙を流して泣き叫びながら、彼女はしばしばそう訴えた。彼女がやめて欲しいと言ったら、それで行為を打ち切るというのが約束だった。

けれど、僕が途中で行為を打ち切ることはなかった。僕はいつも、これでもかというほど徹底的に彼女をいたぶり、彼女の声が嗄れ、涙が尽きるまで凌辱を続けたのだ。

だから、行為のあとでは、いつも彼女はぐったりとなった。疲れ切って、ベッドに身を起こすことも容易ではないほどだった。

行為のあとの彼女の化粧は、いつも完全に剝げ落ち、泣き腫らした目は真っ赤に充血していた。ロープで縛り付けられた手首や足首には、うっすらと内出血ができていた。

「もう、いや……こんなこと、もう耐えられない……」

凄まじい凌辱を受けたあとで、彼女はいつも僕にそう言った。けれど、不思議なことに、「別れたい」と切り出すことはなかった。

サディスティックな行為のあとで、僕たちはしばしば裸のままベッドに並んで横たわり、撮影したばかりのビデオを一緒に眺めた。彼女がそうしたがったからだ。

「あの女がわたしだなんて……信じられないわ」

モニターの中で悶絶する全裸の女を見つめて、彼女はしばしばそう言った。「わたしったら……嫌がってたくせに、あんなに夢中になって咥《くわ》えてる……見ていられないわ」

そう言いながらも、彼女はいつもモニターの中の自分を、顔を紅潮させて見つめ続けた。時には、ビデオを見ている途中で僕の体を両腕で抱き寄せたり、ベッドの中で僕の脚に自分の脚を絡ませたり、濃厚なキスを求めたりもした。

3

のちに僕の妻となった女は、肉体的な苦痛を受けることより、精神的にいたぶられ、踏みにじられることに、より大きな性的高ぶりを覚えるようだった。両親に溺愛《できあい》されて育った彼女には、いじめられたり、虐《しいた》げられたりという経験が乏しかったから、そういうことが新鮮に感じられたのかもしれない。それで僕たちの行為は、彼女を精神的に凌辱することに重点を置くようになっていった。

そういう行為の時、僕はたいてい手加減した。火のついたロウソクは彼女の体から離れたところで傾けるようにしたし、鞭を振り下ろす時も、あまり痛くないように、皮膚に傷跡が残らないように力を抜いた。

僕としては、手加減なしに痛め付け、彼女が上げる凄絶《せいぜつ》な悲鳴を聞きたいと思うこともないではなかった。

けれど、そうはしなかった。大切なのは、彼女と長く続けていくことだった。

そう。彼女は僕がようやく出会えた、理想のパートナーのように思われたのだ。


僕はしばしば彼女に、自慰行為をするように命じた。

「嫌よ……それだけは、嫌なの……お願い……きょうは許して」

それを命じられるたびに、彼女は今にも泣き出しそうに顔を歪めてそれを拒んだ。

だが、もちろん僕は命令を撤回したりはしなかった。

「それじゃあ、ビデオはやめて……言われた通りにするから、ビデオはやめて……」

両手で胸と股間をカメラから隠すようにして、いつも彼女はそう訴えた。

けれど、僕がその訴えに耳を傾けることもなかった。

ふたりで食事をしたり、街で買い物をしたり、港や公園を散歩したりしている時は、彼女は僕の女王陛下だった。けれど、ホテルの部屋では彼女は僕の奴隷だった。

「言われた通りにしなさい」

僕が繰り返し、彼女は悔しそうに顔を歪めた。けれど、それ以上は逆らわず、諦めたかのように投げやりにベッドに身を横たえ、嫌々といった様子で、自分の手で乳房や股間を愛撫し始めた。

鮮やかなマニキュアに彩られた彼女の指が、乳房を揉みしだき、乳首をつまみ、性器をまさぐるのを、僕はいつもうっとりとして見つめた。

あれほど嫌がっていたというのに、すぐに彼女は淫らな声を漏らし始めた。そして、激しく悶えながら、夢中になって自身の肉体を愛撫するのが常だった。

彼女はたいてい、その華奢な体をアーチ型に反らし、骨の浮き上がった腰を高く突き上げて絶頂に達した。そして、その後はいつも、体を痙攣《けいれん》させながら絶頂の余韻に浸っていた。

そう。自慰行為を命じられ、自分がそれをしている姿を撮影されることは、彼女がいちばん恥ずかしがっていたことだった。だが同時に、その命令は彼女がいちばん好み、いちばん待ち侘《わ》びているものでもあった。

4

今からだとちょうど1年前、去年の11月に、彼女と僕は都内のホテルで結婚式を挙げた。披露宴会場に２００人もの客を招いた盛大なものだった。彼女の両親はもう少し準備の時間を欲しがった。だが、僕の父が結婚式を急いだのだ。

父は一日も早く孫の顔を見たがっていた。

挙式の数日後に、僕たちはこの島に新婚旅行に訪れた。そして、僕が今、滞在しているホテルより遥かに豪華なリゾートホテルに半月にわたって宿泊した。

その半月のあいだ、妻は午前中はたいていマッサージサロンに行き、午後からはホテルのプールサイドで、読書をしたり、ビールを飲んだりして過ごした。

人に見られることが好きだった妻は、毎日違うビキニをまとい、臍には毎日、違うピアスを付けた。そして、ここでロシア人の姉妹がしているように腰を左右に振りながらプールサイドを歩きまわり、人々の視線を一身に集めたものだった。

そして……その半月のあいだ、ほとんど毎夜のように、豪華なベッドルームで妻と僕はあの淫らな行為に没頭した。

行為の時には、僕たちは必ずそれをビデオで撮影した。そのカメラを意識して、妻はいつも入念に化粧を施し、長い髪を丁寧にセットした。撮影用のガーターベルトやガーターストッキングを身に着けることもあったし、撮影用のハイヒールを履くこともあった。

皮膚に傷やアザができると水着になることができないので、新婚旅行のあいだは鞭を使うことはめったになかった。その代わり、ロープや手錠や目隠しや、首輪や口枷や、合成樹脂製の電動疑似男性器やロウソクは大活躍をした。

溶けて透き通ったロウの雫が水着の跡が残る皮膚に滴り落ちるたびに、妻は拘束された体をしゃにむによじって悶絶し、細かい振動を発する疑似男性器が女性器や肛門に押し込まれるたびに、口枷のあいだからくぐもった悲鳴を漏らしたものだった。

あれは新婚旅行に来て何日目の晩だったのだろう？

ある深夜、妻と僕は裸体にバスローブを羽織り、ホテルの前に広がる砂浜に出た。そして、人気のない砂の上に並んで腰を下ろし、真っ暗な海と、打ち寄せる波を見つめた。

僕たちの尻の下の砂はひんやりとしていた。けれど、砂の中に爪先を押し込むと、そこには昼間の熱気がほんのりと残っていた。

「ねえ、最初にわたしを見た時、由紀夫はわたしのことをどんな女だと思った？」

あの夜、海のほうに顔を向けたまま妻が尋ねた。

その頃には彼女は、僕を『由紀夫』と呼んでいた。

「そうだなあ……すごく高慢で、すごく自信まんまんで、自分勝手で我がままで、すごく付き合いづらそうな人だと思ったよ」

妻の横顔を見つめて僕は答えた。湿り気を帯びた海風が、洗ったばかりの妻の髪を優しくそよがせていった。

「それじゃあ、今はどう思ってるの？」

僕のほうに顔を向け、妻がさらに尋ねた。

「そうだね。今もすごく高慢で、すごく自信まんまんで、自分勝手で我がままで、いつもすごく横柄だけど……今はとてもいとおしいと思ってるよ」

見開かれた妻の目を見つめて僕は笑った。

静かだった。耳に入って来るのは、打ち寄せる波の音と、椰子の葉の揺れる音、それに背後の草むらで思い出したかのように鳴くあの爬虫類の声だけだった。

「瑠璃子は僕と会った時、どう思ったの？」

今度は僕が訊いた。

　いつの頃からか、僕も彼女を『瑠璃子』と呼ぶようになっていた。

「そうね……おとなしそうで、育ちが良さそうで、妻には干渉しなさそうで、お金も持っていそうで、おまけに美男子で……旦那にするにはうってつけの男だと思ったわ」

　足元の砂をすくい上げて、妻が答えた。妻の手の砂は、真新しい結婚指輪が光る指のあいだから、水のようにさらさらと流れ落ちた。

「今はどう思ってるの？」

　ついさっき、妻がしたのと同じ質問を僕は返した。

「そうね。今もおとなしくて、育ちが良くて、わたしには干渉しなくて、稼ぎもよくて、ハンサムだと思ってるけど……今では、どうしようもない変態男だと思ってるわ」

　再び僕のほうに顔を向けて妻が笑った。そして、僕の肩にそっと首をもたせかけた。わずかに湿った妻の髪からは、レモングラスのような香りがした。

「変態男でもいいの？」

　細くくびれた妻の腰に腕をまわしながら、僕は尋ねた。

「よくはないけど……しかたないでしょう？」

　僕の肩に首をもたせかけたまま彼女が言った。「妻としてはすごく大変だけど……夜は由紀夫の奴隷になることにするわ。その代わり……昼のあいだは由紀夫が、奴隷のようにわたしに奉仕してちょうだいね」

ああっ、こんな僕に、これほど幸せな日が訪れるだなんて……。

骨張った妻の体を抱き寄せながら、僕は彼女と出会えたことの幸運に感謝した。

そうだ。僕は彼女が好きだったのだ。これからの人生を彼女とふたりで歩んで行くつもりだったのだ。

それなのに……そんなに大切な人だったというのに……ほんの不注意から、僕はその女性を永久に失うことになってしまった。


子猫にミルクを与えたあとで、僕はルームサービスに電話をして、部屋にシャンパンを運んでもらった。それから、いつものように半屋外の浴室で満天の星を見ながら入浴を済ませ、素肌にバスローブを羽織り、庭のガゼボでウィスキーを飲んだ。

本当に来るのだろうか？

ゆっくりとグラスを傾けながら、僕は自分より11歳年上の女のエキゾティックな顔や、薄いブラウスの向こうに透けていた痩せた体を思い浮かべた。

5

ヴィラのドアチャイムが鳴らされたのは、約束の10分ほど前だった。

「こんばんは」

ドアの外に佇《たたず》んだ女が、強ばった顔で僕を見つめ、ハスキーな低い声で言った。

頭上の照明灯が、彫りの深い女の顔に濃い陰影を刻んでいた。昼間とは違い、女の顔には濃い化粧が施されていた。マッサージサロンでは首の脇で結んでいた長い黒髪を、今は額の真ん中で分け、無造作に背中に流していた。

ドアの外には強烈な熱気がいまだに残っていた。色の濃いファンデーションを塗り込めた女の額には、噴き出した汗が光っていた。ほっそりとした女の体からは、安物の香水のにおいと、微かな汗のにおいと、ほのかな石鹸《せっけん》のにおいがした。

「こんばんは、松下さん。よくおいでくださいました」

僕は女を見つめて微笑んだ。

けれど、女は微笑みを返しては来なかった。その目には強い不安と、微かな恐怖の色が浮かんでいた。

女はとても丈の短い、白くてタイトなノースリーブのワンピースをまとっていた。骨張った脚は長く、引き締まっていて、アキレス腱の浮き出た左の足首では細い銀のアンクレットが鈍く光っていた。手の爪には昼間はなかったエナメルが施され、睫毛には昼間はなかったマスカラが塗り重ねられていた。耳元で光るピアスは昼間と同じように安っぽかったが、昼間よりはずっと大きくて派手なものに替わっていた。足元は、あまり踵の高くないストラップサンダルだった。

「こちらにどうぞ」

先に立って僕は女を室内に招き入れた。

ここに初めて来る娼婦たちの多くがそうしているように、その女もまた、広々としたリビングルームを少し驚いたように見まわした。けれど、口を開くことはなかった。

「そこにお掛けください」

僕が言い、女は指示されたソファに、骨張った膝を揃えて浅く腰を下ろした。白いワンピースの裾がせり上がり、皮下脂肪のほとんどない太腿があらわになった。

「松下さん、よく日焼けされていますね。海で泳いだりされるんですか？」

背筋を伸ばし、姿勢よくソファに座った女に僕は訊いた。

「ええ。あの……時々、サーフィンをするんです」

女が顔を歪めるようにして笑った。

「松下さん、サーファーなんですか？」

「いえ……ただの遊びです。前に付き合っていた人がサーフィンをやっていたんで、その時に少し教えてもらっただけです」

「そうなんですか」

僕は笑った。

だが、今度は女は笑わなかった。せり上がったワンピースの裾に骨張った指をかけ、あらわになった太腿を隠そうとでもするかのように、それを膝のほうに引っ張っただけだった。

女が座っている長いソファの端には籐製のバスケットが置かれていて、その中で子猫が眠っていた。けれど、彼女は子猫について何も言わなかった。

そう。今の彼女の関心事は、これから自分が何をされるのかということだけなのだ。

「松下さん、何を飲まれます？」

テーブルの上のワインクーラーに歩み寄りながら、僕は女に訊いた。「これはシャンパンですけど、ビールやウィスキーもあります。アルコールが苦手なら、ジュースやコーラも冷えてます」

「あの……それじゃあ、そのシャンパンをいただくわ」

女が答えた。その目付きは相変わらず不安げで、道に迷った少女のようでさえあった。

僕はワインクーラーからボトルを取り出した。そして、タオルでボトルの表面を丁寧に拭いてから、音がしないようにそっと栓を開けた。

静かだった。すべての窓を閉め切ってあるために、砂浜に打ち寄せる波の音も、夜風が椰子の葉をそよがせる音も、夜の虫たちやあの爬虫類の声も聞こえなかった。

薄黄色をした液体を、僕は細長いグラスにゆっくりと注ぎ入れた。まずは女のグラスに、それから自分のグラスに……グラスの底から小さな泡がさかんに立ちのぼり、気泡が弾ける微かな音がした。

2個のグラスを持って女の向かい側のソファに腰を下ろすと、僕はそのひとつを女のほうに差し出した。

女は少しためらったあとで、僕が差し出したグラスを受け取った。マニキュアに彩られた指が微かに震えていた。

僕たちは無言のまま、手にしたグラスを軽く触れ合わせ、その縁に唇をつけた。

「今夜のことなんですけど……」

グラスを置いた女がそう切り出した。その縁に微かにルージュが付いていた。

微笑みを浮かべて頷きながら、僕はグラスの中の液体を飲み干した。

「五味さんは今夜……あの……わたしにどんなことをするつもりなんですか？」

吊り上がった細い眉を寄せ、その大きな目で忌まわしげに僕を見つめて女が訊いた。

「そうですね……」

グラスを置いて、僕は女の目を見つめ返した。「今夜はまず、松下さんに裸になってもらいます。それから……松下さんをベッドに仰向けに、大の字に縛り付けます。そして……身動きできなくなった松下さんの体に……首や肩や鎖骨の窪みに……それから、乳首や鳩尾や臍の中に……ドロドロに溶けた熱いロウの雫をたっぷりと滴らせます」

ひとつひとつ言葉を区切るようにして僕は言った。

昼間はそれを口にするのが恥ずかしかった。けれど、今はそうではなかった。

女が視線をさまよわせ、口の中の唾液を飲み込んだ。その小さな音が聞こえた。

現地の娼婦とはよく言葉が通じなかったから、行為の前に細かい説明をしたことはなかった。けれど、彼女は日本人だった。言葉だけで充分に怯えさせることができた。

「松下さんの体が固まったロウで覆い尽くされて、もう垂らすところがなくなったら……今度は松下さんをベッドに俯せに縛り直します。そして……松下さんの肩や背中を、それから……尻や太腿やふくら脛を、鞭でたっぷりと打ち据えます。そのあとは……そうですね……傷だらけになった松下さんの背中に僕が覆い被さって、背後から挿入させてもらいましょう……こんな感じでいかがですか？」

僕の口から出る言葉を耳にするたびに、女の顔がよりいっそう強ばり、目の中の怯えがよりいっそう強くなっていった。

女の顔色の変化を楽しみながら、僕はさらに言葉を続けた。

「本当はもっといろいろとしたいんですよ……猿轡《さるぐつわ》とか、首輪とか、手錠とか、目隠しとか……バイブレーターとか、浣腸とか……オーラルセックスとか、アナルセックスとか……天井からの逆さ吊りとか……でも、とりあえず、今夜はこれだけにしておきましょう」

僕が微笑み、女が一段と強く顔を強ばらせ、薄い唇をわななかせた。

強ばった女の顔をしばらく見つめていたあとで、僕はバスローブのポケットに手を入れた。そして、紙幣の束を取り出し、テーブルの上にそっと置いた。

女は紙幣に手を伸ばさなかった。何かとても忌まわしいものでも見ているかのように、それを見つめているだけだった。

今の言葉が、女を怖じけづかせてしまったのだろうか？　もしかしたら仕事を断って、席を立ってしまうのだろうか？

そんなことを危惧《きぐ》しながら、僕は女を見つめ続けた。

やがて……女が、恐る恐るという感じで紙幣に腕を伸ばした。そして、骨張った指でそれを摑み上げた。

そう。これで奴隷契約は成立だった。

6

金銭の受け渡しが終わると、女と僕は隣の部屋へと移動した。

ベッドルームの窓はどれも、分厚い黒のカーテンで覆われていた。ベッドの周りに垂れ下がっていた白いレースのカーテンは、今は紐で四隅の柱に縛り付けてあった。羽毛の掛け布団と大きな枕はクロゼットの中に押し込まれ、今は真っ白なシーツが剝き出しになっていた。

女は磨き上げられた床の中央に立ち尽くし、広々とした室内を忌まわしげに見まわしていた。そんな女の全身を、間接照明の光がさまざまな方向から柔らかく照らしていた。その姿は、これから演技を始めようとする舞台女優のようにも見えた。

「それでは、松下さん、まずそのワンピースを脱いでください」

僕は女に最初の命令を下した。

女はその言葉にすぐには従わなかった。顔を強ばらせて、僕を見つめているだけだった。

ドラが鳴らされるどおーんという音が、遠くから微かに聞こえた。それは新たな宿泊者の到着を知らせるドラだった。きっとホテルのエントランスホールでは今、彼らを歓迎するために、あの木琴のような楽器が奏でられているはずだった。けれど、窓が閉め切ってあるために、その音までは聞こえなかった。

女は無言のまま、僕の顔を見つめ続けていた。

「どうしました、松下さん？　僕の言葉が聞こえませんでしたか？」

床に映った女のすらりとした姿を見つめ、僕は静かに言った。

さらに数秒の沈黙があった。やがて、意を決したかのように女が背後に腕をまわし、ワンピースの背中のファスナーを引き下ろした。そして、脱皮でもするかのように、体に張り付くようなそれを床の上に脱ぎ捨てた。

白くタイトなワンピースの下に、女はショルダーストラップのない純白のブラジャーを着け、同じ色をしたサイドストリングの小さなショーツを穿いていた。

もしかしたら、今夜のために購入したばかりなのかもしれない。それらの下着はどちらも、かなり扇情的なデザインのものだった。

女はとても痩せていた。日焼けしたその肉体には、加齢による衰えのようなものは、ほんの少ししか現れていなかった。

女のウェストは細くくびれ、下腹部にはまったく皮下脂肪がなかった。腹部の皮膚の下には、うっすらと筋肉が透けて見えた。ブラジャーのカップに包まれた乳房は小さくて、その両脇にはくっきりと肋骨が浮き上がっていた。

僕の母もこんな体つきをしていたのだろうか？

下着姿の女を見つめて、僕はそんなことを思った。

ちょうどその女と同じ年の時に、僕の母は死んだのだ。

絡み付くような視線から逃れようとするかのように、女は体を前方に屈めた。そして、ブラジャーに包まれた胸を両腕で押さえ、体をねじるようにして僕に背中を向けた。

女の背にもまた、肋骨がくっきりと浮き上がっていた。翼のような形をした肩甲骨の下には、小さな影ができていた。尻は少年のように骨張っていて、小さなショーツからはみ出した右側の尻に、黒いアゲハチョウのタトゥーが彫られているのが見えた。

「松下さん、ちゃんと僕のほうに体を向けてください。それから、両手を下ろし、真っすぐに背筋を伸ばして立ってください」

女の尻のアゲハチョウを見つめ、僕は再び命令を下した。

泣き出しそうに顔を歪めながらも、女はのろのろとした動作でその命令に従った。

そう。この部屋で彼女に与えられた選択肢は、命令に従うことだけだった。

再び体の正面を僕に向けた女の全身を、僕はさらにまじまじと見つめた。そして、また自分の母のことを思った。

その女はどういうわけか、僕に母のことを思い出させた。

いや……そうではない。そうではないのだ。

その女と僕の母は、たいして似ているわけではないのだ。はっきり言えば、まったくといっていいほど似ていないのだ。それにもかかわらず……僕は、ただ年が同じというだけのふたりの女を、自分の心の中で無理に重ね合わせようとしていた。

何のために？

もちろん、理由はひとつだった。

つまり僕は、かつて、したくてもできなかったことを——今夜これから、しようとしているのだ。たぶん、その女を最初に見た時から、僕はそれをたくらんでいたのだ。

そうなのだ。その女は母の代理なのだ。

若い娼婦たちを相手にしていた時には一度として覚えたことのない背徳的な喜びが、全身に広がっていくのがわかった。

7

次に僕は、女に下着を脱ぎ捨てるように命じた。

女はその命令を予期していたはずだった。それにもかかわらず、僕の言葉を聞いた瞬間、細長い顔をさらに強ばらせた。そして、わずかに後ずさりながら、嫌々をするかのように細かく左右に首を振った。耳たぶにぶら下がった大きなピアスが、鈍く光りながら揺れた。

僕は命令を繰り返さなかった。ひとり掛けの籐製のソファに座ったまま、自分より11歳上の日本人の女を、瞬きさえ惜しんで見つめていただけだった。

「明かりを……消してください……お願いします……明かりを消してください」

少しの沈黙のあと、今にも泣き出しそうな顔で、声を震わせながら女が訴えた。

けれど、僕がしたのは、女と同じように首を左右に振ることだけだった。まだ何をしたというわけでもないのに、バスローブの中では男性器が痛いほどに硬直していた。

しばらくのあいだ、女は身を固くして、ひんやりとした床の上に立ち尽くしていた。だが、やがて……女の目付きが変わった。突如として変わった。

たった今まで恐怖と怯えに支配されていた女の目に、強い敵愾心《てきがいしん》と、怒りと憎しみが、突如として浮かび上がって来たのだ。

そう。それは怒りだった。憎しみだった。金を武器に、11歳も年上の自分に理不尽なことを強要する者への、凄まじい敵愾心だった。

顔をぶるぶると震わせ、アイラインで縁取られた目に怒りと憎しみを浮かべ、女が薄い唇を噛み締めた。その顔はまさに、反逆者のそれだった。

怒りと憎しみに支配されながらも、女は背中に腕をまわした。そして、ブラジャーのホックを外し、純白のそれを床に乱暴に投げ出した。

剝き出しになった女の乳房は、とても小さかったが、若い女たちのように張り詰めていた。そこに三角形のビキニの水着の跡が白く残っていた。乳首はオリーブの実のように大きくて、黒ずんでいた。

ブラジャーを外すと、女はその骨張った体をふたつに折った。そして、小さくて扇情的な純白のショーツを両手で足首まで引き下ろし、そこから素早く足を抜いた。

「どう？　これでいい？　これで満足？」

女は全裸の肉体を僕のほうに真っすぐに向け、両脚を開くようにして立っていた。もう胸を隠すこともなかったし、体を屈めるようなこともなかった。彫りの深いその顔には、さらに強烈な怒りと憎しみが浮かんでいた。

女の性毛は黒く、つややかだった。乳房と同じように、性毛の周りにも三角の形をした水着の跡が白くついていた。

ソファから立ち上がり、僕はゆっくりと女に近づいた。そして、女と向かい合うように立ち、濃く化粧された女の顔をじっと見下ろした。

母の全裸を見た覚えはなかった。下着姿を見たという記憶もなかった。だが、僕は今、その貧弱な女の肉体に、14年前の母のそれを重ね合わせようとしていた。

「さあ、次は何？　次はどうしたらいいの？」

挑むように僕を見上げ、吐き捨てるかのように女が言った。女の口から出た唾液が、僕の顔に飛沫《しぶき》となって吹きかかった。

そんな挑戦的な女の顔が、どす黒い僕の欲望をさらに掻《か》き立てた。

8

娼婦たちを相手に夜ごとにしているように、僕はまず全裸になった女を、白いロープを使ってベッドに仰向けに、大の字の形に縛り付けた。

女は相変わらず怒りと憎しみのこもった目で僕を睨《にら》み続けてはいたが、抵抗らしい抵抗はしなかった。

女を縛り付け終えると、僕はベッドのすぐ脇に立って、その痩せた肉体を凝視した。

真っ白なシーツの上に、骨張った腕と脚をいっぱいに広げて拘束された女の姿は、解剖台に磔にされたカエルのようで、あまりにも無防備で、あまりにも惨めで……そして、あまりにも淫らで扇情的だった。

肋骨の浮き出た女の胸部には、丸いパンをふたつに切ったような小ぶりな乳房がちょこんと載っていた。腹部はえぐれるほどに窪み、その代わり、腰骨と恥丘が高く突き出していた。皮膚は全体によく焼けていたが、腋の下の皮膚は白く、汗ばんで光っていた。

「気分はどうです、松下さん？」

真っ黒なアイラインに縁取られた女の目をのぞき込み、微笑みながら僕は尋ねた。

けれど、女は答えなかった。怒りと憎しみに顔を震わせながら、ルージュに彩られた薄い唇を悔しそうに嚙み締めただけだった。

四肢の自由を奪ったらすぐに、僕は行為を始めるつもりだった。けれど、敵愾心に満ちた女の顔を見ていると、すぐに始めるのはもったいないような気がして来た。

現地の娼婦たちに対しては、僕はすぐに行為を開始した。彼女たちとは言葉による意思の疎通が難しかったから、すぐに直接的な行為を始めるしかなかったのだ。

けれど、今、目の前に全裸で磔にされている女は、僕と同じ言語を母国語としていた。

「松下さん、胸はほとんどないのに、乳首は随分と大きいんですね」

嘲《あざけ》るように笑いながら、僕は女の体に手を伸ばした。そして、乳首を指先でつまみ、何度か軽くひねった。「それに色も真っ黒で、随分と使い込んであるみたいですね」

女の乳首は堅くてコリコリとしていた。表面の皮膚は荒れて、少しザラついていた。

乳首をつままれた女は一瞬、顔を歪め、骨張った体を震わせた。それから、長い首を窮屈にひねるようにして僕から顔を背けた。

「いったいどうしたら、こんなふうになるんですか？　やっぱり、たくさんの男の人に吸われるとこうなるんでしょうかね？」

なおも指先で乳首をもてあそびながら、僕は嘲るかのように女に笑いかけた。

けれど、女は僕から顔を背けたままで、どれほど乱暴に乳首をひねられても声を漏らすことはなかった。もう身を震わせることもなかった。

「これまでに何人の男の人がこれを吸ったんですか？　20人ですか？　30人ですか？　それとも、それ以上ですか？　若い頃はさぞかしお盛んだったんでしょうね？」

僕は女に対する侮蔑の言葉をさらに続けた。

だが、やはり女は返事をしなかった。僕のほうに顔を向けることもなかった。

なおもしばらく両の乳首を指先でもてあそんでいたあとで、僕は女のそこに顔を伏せた。そして、黒くて大きな乳首を口に含み、何度も繰り返し強く吸った。その淫靡《いんび》な音が、静かな部屋に響いた。

女は僕に顔を背けたままだったから、その表情をうかがい知ることはできなかった。けれど、その心は恥辱と屈辱にまみれているに違いなかった。僕に対する怒りと憎しみは、凄まじいまでに膨れ上がっているに違いなかった。

もちろん、それは僕が望んでいることだった。

左右の乳首を交互に吸ったあとで、僕はそれを前歯で何度か軽く噛んだ。途中からはかなり強く噛んだ。

女の乳首は噛み心地がよかった。そのまま噛み千切ってしまいたくなるほどだった。けれど、僕がどんなに強く噛んでも、やはり女は声を漏らさなかったし、身を悶えさせもしなかった。ただ、体を固くしていただけだった。

おそらく女は、声を出したり、身を悶えさせたりすることは、僕を喜ばせるだけだと考えているのだ。そして、絶対にそうしないように決心したのだ。そうすることが、自分にできる唯一の抵抗だと信じているのだ。

その女の決意が、僕をまた喜ばせた。

9

　ベッドに磔にされた女の乳房と乳首を、しばらくもてあそんでいたあとで、僕は部屋の隅に置いてあった大きな黒革製のバッグをベッドの脇に運んだ。そして、その中から折り畳み式のカミソリと、スプレー式のシェイビングクリームの缶を取り出した。

「何を……するつもり？」

　僕が手にしたものを見た女が、低く呻くような声を出した。

「カミソリで、この毛を剃り落とすんです」

　女の股間の毛に指先を絡ませながら、僕は笑った。

「やめてください。そんな契約はしていません」

　ベッドに四肢を広げた全裸の女が、首をもたげて言った。

「ああ、そうでしたね。ええっと……それじゃあ……これでいかがですか？」

　僕はバスローブのポケットに手を入れ、そこから数枚の紙幣を取り出し、女の顔のすぐ前にかざした。

　金の力で女を無理やり服従させる——。

　それは卑劣な僕が最も得意とすることだった。

　女は数秒のあいだ、目の前の紙幣を見つめていた。その顔付きは、何かを計算しているかのように見えた。

やがて……女が悔しそうに顔を歪めた。それから、奥歯を強く嚙み締め……そして……尖った顎を引くようにして小さく頷いた。

そう。女は同意したのだ。今度も金の力に屈服したのだ。

「この島の売春婦たちでさえ同意してくれなかったのに……松下さんは、お金のためになら何でもさせてくれるんですね」

なおも嘲るかのように笑いながら、僕は手にした紙幣の束を女の顔の上に落とした。紙幣は女の頰に当たり、その脇にパラパラと広がった。

女の顔にさらに強い怒りと憎しみが浮き上がった。厚くファンデーションを塗り込めた頰が、込み上げる怒りのために紅潮していた。

そんな女の顔をしばらく見つめていたあとで、僕は再びシェイビングクリームの缶を手に取った。そして、そのノズルを女の股間に向け、強くボタンを押した。

次の瞬間、メレンゲみたいな真っ白な泡が勢いよく吹き出し、つややかな女の性毛をあっと言う間に包み隠した。

僕は折り畳み式のカミソリを開いた。そして、真っ白な泡に包まれた女の股間に顔を近づけ、研ぎ澄まされたカミソリの刃を恥丘に慎重に宛てがい、そのカーブをなぞるようにして、そこに生えた毛を上のほうからゆっくりと剃り落としていった。

カミソリの刃が自分の股間を撫でているあいだ、女は身動きをしなかった。ただ、凹んだ腹部が、不規則な上下運動を繰り返していただけだった。

かつて妻だった女に毎日のようにしていたことだったから、それは慣れたものだった。わずか数分のあいだに、僕は股間に生えていた毛を1本残らず剃り落とした。

毛を剃られた部分の皮膚は青々としていた。

「見てください、松下さん。思春期前の女の子みたいになりましたよ」

女の股間をタオルで丁寧に拭いながら僕は笑った。

けれど、女は自分の股間に視線を向けはしなかった。ただ、その大きな目でベッドの天蓋の裏側を見つめ、歯を食いしばっていただけだった。

女の股間の毛を剃り落とすと、僕は黒革製のバッグから今度はカメラを取り出した。

実は僕は女の裸体や、自分たちの行為を撮影することにはあまり興味がなかった。撮影したものを見ることも、今ではまったくなかった。けれど、撮影されるということ自体が、女の羞恥心を煽《あお》り、強い屈辱を与えるものだということは知っていた。

「いやっ！……カメラはやめてっ！」

女が強い口調で言った。「そんな約束はしていないわっ！」

もちろん、女の言う通りだった。

さっきと同じように、僕はバスローブのポケットに手を入れた。そして、さっきと同じように、そこから数枚の紙幣を取り出し、女の顔のすぐ上で広げてみせた。

「これでいかがです？　松下さんはもう若くないから、ヌードモデルの料金としては、これぐらいで妥当でしょう？」

さっきと同じように、女はしばらくのあいだ、とても悔しそうな顔で紙幣を見つめていた。

それから……さっきと同じように、顎を引くようにして無言で頷いた。

そう。またしても、女は同意したのだ。またしても、金の力に屈したのだ。

自分がしていることが、とてつもなく卑劣なことだとはわかっていた。けれど、僕はその卑劣な自分の存在自体をも楽しんでいた。

「松下さんは、お金のためだったら、本当にどんなことでもするんですね」

精一杯の軽蔑を込めた目で女を見下ろして、僕は笑った。それから、手にしていた紙幣を、さっきと同じように女の顔の上でバラまいた。

僕は再びカメラを手に取り、そのレンズを女のほうに向けた。そして、ベッドの周りをゆっくりと移動しながら、四肢を広げた女の姿を何枚も何枚も撮影した。

女は僕がベッドの左側にまわれば右に顔を背け、僕がベッドの右側にまわれば左に顔を背けた。そのたびに、細くて長い首に、太い筋が浮き上がった。

「顔を背けるのをやめなさい」

女にレンズを向けながら、僕は女に命じた。「命令です。こっちを向きなさい」

その言葉に、女がゆっくりと顔を向けた。

こちらを向いた女の顔には、凄まじい怒りと凄まじい憎しみが浮かんでいた。そして、込み上げる恥辱と屈辱にまみれて歪んでいた。

10

ひとしきり撮影を続けたあとで、僕はロウソクを使うことにした。

骨張った体の真上に火のついたロウソクが突き出された瞬間、怒りと憎しみに満ちた女の目の中に恐怖と怯えが甦《よみがえ》った。

次の瞬間、女はその目を固く閉じた。そして、奥歯を強く食いしばった。

吊り上がった形に描かれた細い眉のあいだに、深い1本の縦皺が刻まれ、尖った顎の両側にくっきりと筋肉が浮き上がった。

その女の顔を、僕はあの晩の母のそれに重ね合わせた。

そう。東京に春一番が吹き荒れたあの晩、腹部の痛みに悶えていた母の眉間にも、それとそっくりの縦皺が深く刻まれていた。

僕は女の皮膚から20センチほど離れたところで火のついたロウソクを傾けた。

透き通ったロウの雫が、ロウソクの縁に盛り上がり、そこから溢れ……オレンジ色に光りながら、女の右の乳首に真っすぐに滴り落ちた。

ぽとり――。

溶けたロウが黒ずんだ乳首に命中した瞬間、目を閉じた女の顔が悩ましげに歪んだ。同時に、骨の浮き出た体がピクンと震え、拘束された四肢に筋肉が浮き上がり、女の手脚とベッドの四隅の柱とを結んだロープがピンと張り詰めた。

熱くないはずはなかった。けれど、女の口から声が漏れることはなかった。

滴る時には透き通っていたロウの雫は、乳首に触れた瞬間に凝固し、黒ずんだ女のそれを白く変えた。それはまるで、ホワイトチョコレートでコーティングされたドライフルーツのようだった。

「熱かったですか？　それとも、思ったほどでもなかったですか？」

女は返事をしなかった。しっかりと目を閉じたまま、鼻孔を膨《ふく》らませるようにして呼吸を繰り返しているだけだった。

「次はもっと近くから垂らします。今度はもっと熱いですよ」

笑いながら、僕は女の皮膚から10センチほどのところでロウソクを傾けた。熱く溶けたロウの雫が、今度は女の左の乳首に向かって一直線に滴り落ちた。

ぽとり――。

ロウの雫が乳首を覆った瞬間、女の体がまたピクンと震えた。そしてまた、痩せた体のいたるところに筋肉が浮き上がり、四肢を拘束したロープがピンと張り詰めた。

その距離から滴らされたロウの雫は、相当に熱いはずだった。この島の娼婦たちなら、悲鳴を上げて身を悶えさせているはずだった。

けれど、やはり女は声を上げなかった。ただ、えぐれるほどに凹んだ腹部を上下させ、喘ぐような呼吸を繰り返しているだけだった。女が呼吸をするたびに、性毛のない恥丘が青く光った。

「松下さんの乳首は大きいから、雫を命中させやすいですね」

僕はまた嘲るかのように言った。

女は目を開かなかった。アイシャドウが塗り込められた瞼を固く閉じ、奥歯を嚙み締め続けているだけだった。

「さて、今度はどこがいいですか？　腋の下ですか？　お臍ですか？　太腿ですか？　それとも、毛を剃ったばかりのここにしますか？」

つるつるに剃り上げられた恥丘の膨らみを指先で撫でながら、僕は女に笑いかけた。

悲鳴を上げ、身悶えして泣き叫ぶ女を見ているのは確かに楽しかった。だが、こんなふうに必死になって、苦しみに耐えている女の姿を見ているのはさらに楽しかった。

目を閉じた女の顔には、じっとりと脂汗が浮かんでいた。それが部屋に満ちた柔らかな明かりに優しく光っていた。

14年前のあの晩の、母の額に浮き出ていた脂汗を僕は思い出した。その時に母の口から漏れていた苦しげな呻きを思い出した。

極端に痩せているせいか、女は出臍だった。その臍の真上、皮膚わずか5センチほどのところで、僕はロウソクを傾けた。

ぽとり――。

炎に溶かされたロウの雫が、女の臍にたっぷりと滴り落ちた。

「うっ……」

その瞬間、ルージュに彩られた女の口から、ついに微かな声が漏れた。同時に、苦痛のために顔が歪み、拘束された肉体がブルブルと震えた。

その微かな声が、バスローブの中の僕の性器を、一段と強く硬直させた。

その後も僕は女の体のいたるところに——白く柔らかな腋の下に、深く窪んだ鎖骨の中に、飛び出した腰骨に、毛を剃り落としたばかりの恥丘に、筋肉質な太腿の内側に、閉じられた両目のあいだに、脂汗の浮き出た額に——熱く溶けたロウの雫を続けざまに滴らせた。

ロウの雫が皮膚に触れるたびに、女の口から微かな呻きが漏れ、痩せこけた体がわずかに震えた。

けれど、それ以上のことはなかった。

どうやら女は僕が思っていたよりずっと意地っ張りで、ずっと辛抱強いようだった。

だが、彼女がどれほど意地っ張りであろうと、どれほど我慢強かろうと、それには限度というものがあるはずだった。

いったい、どこで限度を迎えるのだろう？　この女の自尊心はどの時点で崩壊し、どの時点で泣き叫び、どの時点で身悶えして許しを乞うようになるのだろう？

滲み出た脂汗にてらてらと光る女の体に、熱く溶けたロウの雫を滴らせ続けながら、僕はそんなことを思って胸を高鳴らせていた。

11

四肢をいっぱいに広げて仰向けになった全裸の女の皮膚に、僕は40回……いや、それ以上にわたって、熱く溶けたロウの雫を滴らせ続けた。

けれど、結局、女の口から悲鳴が上げられることはなかった。

僕は手にしたロウソクの火を吹き消した。

「もうロウを滴らせるところがなくなってしまいました。しかたがないから、これでロウソクは終わりにしましょう」

そう。女の体の前側の部分は、今では白く凝固したロウに覆い尽くされていた。両目のあいだの部分と額にも、凝固したロウがこびりついていた。

僕の言葉に女が目を開いた。けれど、僕のほうに視線を向けることはなかった。

「次は鞭の予定ですが……どうします？」

女の顔をのぞき込むようにして僕は尋ねた。「今夜はもうやめにしますか？　もし、やめるなら、鞭の分の料金はお返しいただくことになりますけれど……」

女が口を開き、薄い唇を舌の先でなめた。

「続けましょう……それが契約でしょ？」

女は僕が思っていた通りの言葉を口にした。

「わかりました。それじゃあ、今度は俯せに縛り直します。いいですね？」

そう言うと、僕は女を拘束していた白いナイロン製のロープを解いた。

女の手首と足首には、ロープの跡がくっきりと残っていた。右の手首には微かな内出血もできていた。けれど、激しく身を悶えさせたりしなかったため、擦り剝いたような傷はできていなかった。

ベッドに上半身を起こした女は、顔にこびりついたロウと、体の前面を覆い尽くしたロウを、両手でゆっくりと払い落とした。それから、シーツの上に散らばっていた紙幣を拾い集め、それを束ねてサイドテーブルの上に載せた。

ベッドに体を起こした女が、ようやく僕の顔を見た。彫りの深い女の顔は、体と同じように、噴き出した脂汗で濡れて光っていた。

真っ黒なアイラインに縁取られた女の目には、相変わらず、僕に対する嫌悪と軽蔑の色が漂っていた。けれど、いつの間にか、さっきまでの猛烈な怒りと憎しみは薄れ、心なしか無表情になっているようにも感じられた。

そうなのだ。絶え間なく襲いかかる苦しみに耐えながら、怒りと憎しみを持続し続けるというのは、それほど簡単なことではないのだ。

シーツに散らばった凝固したロウを簡単に払いのけたあとで、僕は女に俯せになるように命じた。そして、さっきと同じように、その四肢をベッドの四隅の柱にロープでしっかりと縛り付けた。

俯せになった女の背中は、思春期前の少女のもののように華奢で細かった。骨張った右側の尻では、モンシロチョウほどの大きさの黒いアゲハチョウが舞っていた。

女をベッドに俯せに拘束し終えると、僕は黒革製のバッグの中を探った。そして、しばらく迷った末に、自分が所持している中ではいちばん苦痛を与える鞭を取り出した。

僕がその鞭を使うことはめったになかった。妻だった女にそれを使ったことは一度もなかったし、この島の娼婦たちにも2度ほどしか使ったことはなかった。それは同じ娼婦ではなかったが、その2度とも、娼婦たちは激痛のあまり失神していた。

本当は今夜は、あまり激しい行為をするつもりではなかった。けれど、敵愾心を剝き出しにした女の態度が、僕の考えを変えた。

そう。いつの間にか、僕は本気になっていた。本気で女を痛め付け、本気でねじ伏せ、その自尊心をずたずたにし、泣き叫ばせたくてたまらなくなっていたのだ。

「松下さん、今度こそ覚悟してください。この鞭は本当に痛いですからね」

しなやかな鞭の先端を、指先でもてあそびながら僕は言った。そして、女の背中に広がっていた長い髪を、ひとつにまとめて顔の脇に置いてから、鞭を右手に握り締めて女の足元に立った。両脚を大きく開いているために、そこからだと女性器がはっきりと見えた。

いったい何発目の鞭で悲鳴を上げるのだろう？　そして、何発目の鞭で僕に許しを乞うことになるのだろう？

骨の浮き上がった女の背を見つめ、それを自分の母の背と重ね合わせながら、僕はぼんやりと思った。

そうなのだ。僕はこれから、自分の母を鞭で打ち据えるのだ。ずっと想像の中でしていたことを、今夜、ついに実行に移すのだ。

僕は鞭を振り上げた。その瞬間、女が身を固くした。

振り上げた鞭を、僕は女のウェストの辺りに力を込めて振り下ろした。鞭が空気を切るヒュンという鋭い音がし、次の瞬間、ビシッという音とともに、鞭の先端が骨の浮いた女の体を強く打ち据えた。

その瞬間、日焼けした女の皮膚に真っ赤な線ができた。直後に、シーツに顔を伏せていた女が、亀のように首をもたげた。

「うっ……」

女の口から小さくて、ハスキーな声が漏れた。同時に、骨の浮き上がった全身が雑巾《ぞうきん》のようによじれた。女の四肢とベッドの柱とを繋いだロープがピンと張り詰め、ギシギシという鈍い音を立てて軋んだ。

凄まじい痛みが女を苛《さいな》んでいることは間違いなかった。女は痩せこけた体をブルブルと震わせ、マニキュアの光る指で手首に巻き付けられたロープを強く握り締めていた。

「痛いですか、松下さん？」

女は言葉を発しなかった。ただ、体を震わせ続けていただけだった。

僕は再び鞭を振り上げた。そして、今度はビキニの水着の跡が白く残った女の尻を——黒いアゲハチョウのタトゥーの辺りを、力の限りに打ち据えた。

ヒュン……ビシッ。

「あうっ……」

その瞬間、再び首をもたげて女が呻いた。

体に鞭が振り下ろされるたびに、女は低く呻いて、身を震わせた。その声は、いくら歯を食いしばっても、どうしても抑えることができないようだった。

全身から噴き出した脂汗で、ほっそりとした女の体は、今ではオイルを塗り込められたかのようにてらてらと光っていた。そして、そこにいくつもの鞭の跡が、赤くくっきりと縦横に刻み付けられていた。

絶え間なく襲い続ける激痛の大波に、女はよく耐えていた。だが、打ち寄せる波の圧力に、ダムが決壊するのは目前だった。

それは僕が7回目の鞭を、女の右の肩甲骨に向かって振り下ろした直後のことだった。その時、女の口から、僕が待ち侘びていた言葉がついに漏れた。

「ああっ！……もうダメっ！……もう、いやっ！」

窮屈に首をよじって女が振り向いた。僕を見つめる女の目からは、大粒の涙が溢れていた。アイラインやマスカラが涙で流れ落ち、目の周りは真っ黒になっていた。

「もう許して……お願い。これ以上はいやっ……これ以上、叩かれたら死んじゃう」

尖った顎の先から大粒の涙を滴らせ、声を震わせて女が訴えた。

強い征服感を覚えながら、僕は女の顔をまじまじと見つめた。

そうなのだ。この強情な女を、僕はついにねじ伏せたのだ。

「いいえ。ダメです。まだまだ終わりにはできません」

泣き濡れた女の顔を見つめ、僕は勝ち誇ったように笑った。そして、鞭を手にした右手を頭上に高く振りかざした。

「いやっ！　もう、いやっ！　もう、やめてーっ！」

女が凄まじい悲鳴を上げた。

強烈な征服感に酔いしれながら、僕はそんな女の背中に向かって、それまで以上に強く鞭を振り下ろした。

「あっ！　いやーっ！　いやーっ！」

女が身をのけ反らせて悲鳴を上げ、その痩せた体をガクガクと激しく震わせた。


泣き叫び、許しを乞う女の背を、僕はさらに数回にわたって鞭で打ち据えた。それから、サイドテーブルに鞭を置き、黒革製のバッグから潤滑油の小瓶を取り出した。

女はシーツに顔を押し付け、体を震わせながら嗚咽《おえつ》を漏らし続けていた。

潤滑油の小瓶を傾け、僕は自分の性器にそれをたっぷりと塗り込んだ。そして、バスローブを脱ぎ捨て、傷だらけの女の背に体を重ね合わせた。

「あっ！……いやっ！」

男性器が背後から突き入れられた瞬間、女が体を弓なりに反らし、細くて長い首をもたげて呻いた。

女の性器は潤んではいなかった。だが、男性器に塗り込められた潤滑油のお陰で、挿入は容易だった。

挿入の直後に、僕は女の髪を左手で背後から鷲摑みにした。そして、自分の母を思い浮かべながら、これでもかという勢いで女の中に男性器を突き入れた。

そうなのだ。僕は今、自分が産み落とされた女性器に、こうして男性器を突き入れているのだ。自分の母親を犯しているのだ。

その忌まわしく、おぞましい想像が、かつてないほど僕を高ぶらせた。

「ああっ！　いやっ！　いやっ！　いやーっ！」

女の口から漏れる悲鳴を、自分の母のそれだと思って聞きながら、僕は女の上で激しく動き続けた。強い征服感と、強い背徳感が、さらに膨らんでいくのがわかった。

12

体液を放出すると、僕は汗にまみれた女の傷だらけの背からゆっくりと下りた。そして無言のまま、女の四肢を拘束していた白いロープを解いた。

拘束を解かれた女はシーツに顔を伏せ、ベッドにぐったりと横たわり、時折、その尖った肩を細かく震わせていた。

鷲摑みにされていた女の髪は、今ではもつれ合ってクチャクチャになっていた。女の手首と足首には擦り傷ができ、そこから血が滲んでいた。背中に付けられた傷のいくつかからも、うっすらと血が滲み始めていた。

凌辱され尽くし、自尊心を徹底的に踏みにじられた女の姿――それを見た瞬間、いつものように、僕の中から征服感と満足感が煙のように消え去った。そして、代わりに、強い罪悪感と自己嫌悪が湧き上がって来た。

やがて、女がゆっくりとベッドに体を起こした。

エキゾティックな女の顔は、涙と汗と唾液と鼻水とでぐちゃぐちゃになっていた。

そんな女に僕は手を貸そうとした。

「触らないでっ！」

僕を見つめ、強い口調で女が言った。その目には再び、僕に対する怒りと憎しみが甦っていた。

下着とワンピースをまとうと、女は無言のままベッドルームの片隅に置かれたドレッサーの前に座って化粧と髪を直した。

そのあいだ、僕はベッドの隅に腰を下ろし、女の背を無言で見つめていた。ワンピースの背中が大きく開いているために、そこから肩や背に刻まれた鞭の跡のいくつかが見えた。

この人と会うことは二度とないだろうな。

化粧を直している女の後ろ姿を見つめて僕は思った。

身支度が済むと、女は無言のまま戸口に向かって歩いた。その足取りはよろよろとしていて、おぼつかなかった。

僕もまた無言のまま、白いワンピースに包まれた女の華奢な背中を見つめてヴィラの戸口に向かった。

毎夜のことなのだが、女をヴィラに迎え入れる時とは、自分がまるで別の人間になっているような気がした。

そう。女を迎え入れる時は、僕はいつもその女をいじめ、悲鳴を上げさせ、征服することばかり考えている。だが、行為のあとで女を送り出す時には、僕の心は後悔と罪悪感と自己嫌悪とに苛まれているのが常だった。

いつの間にか、ヴィラのドアの下の隙間には新聞が差し込まれていた。2日遅れの日本の新聞だった。僕はその新聞を抜き取り、女のためにドアを開けた。

今夜はすみませんでした。

そう言って女に謝ろうと思った。けれど、自分がしたことが恥ずかしくて、そんなことさえ言えなかった。

「あの……五味さん……」

ドアの外に立った女が、そのハスキーな声で僕の名を呼んだ。

僕は女の首の辺りを見つめた。顔を真っすぐに見ることができなかったのだ。

「差し支えなければ……また、わたしを……ここに呼んでいただけませんか？」

女の言葉は僕を驚かせた。

「あの……松下さん……いいんですか？」

僕は視線を上げ、ようやく女の顔を見た。泣き腫らした女の目からは、いつの間にか、怒りや憎しみが消えていた。

第5章

1

松下英理子という日本人の女が帰ったあとで、僕は再び浴槽に湯を張った。湯が溜まるのを待つあいだに、子猫に粉ミルクを溶いて与えた。

わずか半日のあいだに子猫はすっかり元気を回復していて、僕が与えたミルクをあっと言う間に飲み干し、さらに欲しそうな様子をしていた。

「お前、よく飲むなあ」

口の周りをなめている子猫を見つめて僕は言った。そして、さらに粉ミルクをぬるま湯で溶き、それをスポイトに吸い込んで子猫に与えた。

子猫が顎の下の毛をびしょびしょにしながら、スポイトから夢中でミルクを飲んでいるのを眺めている時……ふと僕は、自分が微笑んでいることに気づいた。

意識せずに微笑むなんていうことは、僕にとってはすごく珍しいことだった。


満腹になった子猫がバスケットの中で丸くなって眠ったのを見届けてから、僕はリビングルームのソファに座り、部屋に届けられたばかりの2日遅れの日本の新聞を広げた。

3カ月前までの僕は、新聞の経済欄や政治欄によく目を通していたものだった。けれど、今は経済にも政治にもまったく興味が持てなかった。スポーツにも、文化にも、国際問題にも、社会の流行にも関心はなかった。

そんな僕が毎日、ヴィラに日本の新聞を届けさせているのは、たったひとつの理由からだった。ある記事を探していたのだ。

きょうこそは、その記事が載っているのだろうか？　それとも、きょうもまた、それは報じられていないのだろうか？

微かに胸を高鳴らせながら、僕は新聞の最後のページ、社会面を開いた。

縦書きの文字の羅列に素早く目を走らせる。

「あっ」

思わず声が出た。同時に、心臓が猛烈に高鳴り、掌《てのひら》が汗を噴き出し始めた。

そうなのだ。ついにそこに、この3カ月のあいだ探し続けていた記事があったのだ。

新聞から視線を上げ、白い壁を見つめる。壁の上のほうに張り付いている小さなヤモリを見つめ、ふーっと長く息を吐く。

それから、僕は再び手にした新聞に視線を落とした。


それは茨城県の山中の土の中から、女性の全裸死体が発見されたという記事だった。

新聞によれば、キノコ狩りに来た男性の連れていた犬が、土の中に埋められていた女の死体を掘り出したらしかった。

その女の身長は165センチほど。年は20歳から30歳ぐらいで、長い髪を明るい色に染めている。死体の損傷が激しいために、女の死因や、死後どれくらいが経過しているのかなどについては、まだはっきりしていないという。

縦書きの文字の羅列を見つめて、僕は無意識のうちに唇を嚙んだ。

その死体が発見された時には大変な騒ぎになり、新聞の三面記事には大きな活字が躍るのだろうと僕は予想していた。けれど、予想に反し、その記事はとても小さくて、事実だけを述べた簡単なもので、死体発見現場の写真も載っていなかった。

僕はその記事を、何度か繰り返し読み直した。そして、腐敗して、半ば白骨化した女の死体を思い浮かべた。

それはとても辛い想像だった。

生きていた時、その女はとても美しかったのだ。高慢で、生意気で、気が強くて、我がままで、そして……とても素晴らしい女だったのだ。それなのに……。

記事によれば、警察が現在、身元の確認を急いでいるが、女は全裸で、身元がわかるようなものは何も身につけていないという。

新聞にはそう書かれていた。何度読み返しても、書かれているのはそれだけだった。けれど、それは正しくないはずだった。

女が埋められていた土の中には、彼女が臍に嵌めていた、5つのエメラルドを繋いだピアスがあったはずだった。腐敗した耳たぶから取れた長い紐状のダイヤモンドのピアスもあったはずだった。死体の左の足首には、華奢なプラチナ製のアンクレットも巻かれていたはずだった。そして……すでに白骨化しているはずの女の左の薬指には、プラチナ製の指輪が――彼女と僕が結婚式を挙げた日付が刻まれた、指輪が嵌められていたはずだった。

そのことは記事のどこにも書かれていなかったけれど……死体を検証した人々はおそらく、

さらにいろいろなことを知っているに違いなかった。美しく揃った女の歯がすべて漂白されていたことや、女の手や足の爪には美しいエナメルが施されていたことや、その死体には性毛が1本もなかったということを、彼らはすでに知っているに違いなかった。

僕が手にしている新聞が発行されたのは2日も前のことだった。ということは……もしかしたら、警察はすでに女の両親から出されているはずの捜索願の存在を知り、死体の身元も判明しているかもしれなかった。3カ月前に女の夫がこの島の空港に降り立ったということも、突き止めているかもしれなかった。

たとえ偽名を使っていたとしても、同じホテルに3カ月も宿泊を続けているのは危険なことだった。本気で逃げ延びるつもりなら、定期的にホテルを替えるのが賢明なはずだった。けれど、僕はホテルを替えようとは思わなかった。

僕はまた、ふーっと長く息を吐いた。そして、僕に残された時間は、あとどのぐらいなのだろうと、他人事《ひとごと》のように思った。

2

読み終えた日本の新聞をゴミ箱に投げ入れると、僕はシャンパンのボトルとグラスを持って半屋外の浴室に向かった。そして、温い湯の中に裸の身を横たえ、夜空を埋め尽くした星を見つめながら、すっかり気の抜けてしまったシャンパンを飲んだ。

いつものように、夜風が椰子の葉をそよがせる音と、ホテル前の砂浜に打ち寄せる波の音、それに夜の虫たちが競うかのように鳴いている声がした。もう午前0時をまわったというのに、海のほうから吹いて来る風はいまだに熱を帯び、じっとりと湿っていた。

『トッケー……トッケー……トッケー……』

近くの草むらで、またあの爬虫類が鳴き始めた。僕はいつものように、その鳴き声を心の中で数えた。

いつものようにその爬虫類は、最初は力強い声で鳴いていた。けれど、6回目からその声は急に弱々しくなり、たった8回鳴いただけで、闇に溶けるかのように消えてしまった。

僕はまた、気が抜けて甘ったるくなってしまったシャンパンを口に含んだ。そして、この島で妻と過ごしたある晩のことを思い出した。新婚旅行中の僕たちは、毎夜のように屋外にあった巨大なジャグジーバスに浸かりながらシャンパンを飲んだものだった。

あの晩、こうして妻とふたりで、屋外のジャグジーバスに身を横たえていた時に、またその爬虫類が鳴き始めた。

「あっ、始まった」

妻は嬉しそうに言うと、湯に濡れた指を折ってそれを数え始めた。

今では覚えていないけれど、あの晩もきっと、長く伸ばした妻の爪には鮮やかなマニキュアが光り、そこに小さなたくさんの花が描かれていたに違いなかった。

新婚旅行のあいだ、妻は1日おきにホテルの中にあったネイルサロンに行き、そこでマニキュアやペディキュアを塗り直してもらっていた。

「4回……5回……6回……頑張れ。ほらっ、頑張れ……」

ほっそりとした指を1本ずつ折りながら、妻はそう言って爬虫類を励ました。「7回……8回……頑張って……9回……もう少し……10回。由紀夫っ、10回よっ！」

妻の目が輝いた。

けれど、10回続けて鳴いたところで、わざとそうしているかのように、その声は突如として途切れてしまった。

「もう、意地悪っ！　意気地なしっ！　あと1回だったのに……残念だったわ」

再びシャンパンを飲みながら、妻が本当に残念そうに言った。

「何が残念なんだい？　瑠璃子にはもう、欲しいものなんて何もないだろ？」

湯の中の妻の日焼けした体や、性毛のない股間を見つめ、笑いながら僕は訊いた。

「何言ってるの？」

妻が不思議そうに僕を見つめて言った。湯に浸かっているせいか、シャンパンの酔いのせいか、妻の頬は淡いピンクに染まっていた。

「それじゃあ、瑠璃子にはまだ、欲しいものがあるのかい？」

「あるわよ。だって、世の中は欲しくても手に入らないものだらけじゃない？」

妻のセリフは僕にはとても意外に思われた。欲しいものがあれば、彼女は必ず手に入れるような女だった。

「へえっ？ そうなんだ？」

「当たり前じゃない。由紀夫にだって、欲しいものはたくさんあるでしょう？」

妻の言葉に、僕は首を傾げた。

もはや僕には、欲しいものなどなかった。かなえたい望みもなかった。

ただ……ひとつだけ望みがあったとすれば、それは自分の中のどす黒い性欲を満たすということだけだった。

「もしかしたら、由紀夫……わたしさえいれば、ほかには何もいらない？」

そう言って笑うと、妻はまたシャンパンを口に含んだ。そして、僕の顔に上気した顔を近づけ、濡れた唇を僕の唇に合わせた。

僕の口の中へと流れ込んで来たシャンパンは、まだ充分に冷たくて、口の中で無数の泡が弾けた。

僕はまた、気が抜けたシャンパンを口に含んだ。そしてまた、夜の空に広がる無数の星を見つめた。

たった1年前のことだというのに……妻とのあの晩は、遥か昔のことのように……あるいは、本当にあったことではなく、僕の夢だったように思われた。

草むらでまた、あの爬虫類が鳴き始めた。僕はまた、指は使わずにそれを数えた。

3

半月の新婚旅行を終えて南の島から戻ると、妻と僕は横浜港を見下ろす35階建てのマンションの、34階の一室で暮らし始めた。何でもいちばんが好きな妻は、最上階に住みたがった。だが、そこは住民専用のプールと大浴場になっていて、居住空間はなかったのだ。

その部屋は不動産屋と一緒に新居を探している時に妻が一目惚れした、50平方メートル超のリビングダイニングキッチンと、40平方メートル超の寝室を有した広々としたものだった。

白いタイルが張られたバルコニーもとても広くて、そこから見下ろす横浜港の眺めは息を飲むほどに素晴らしいものだった。

仕事は自宅でもできたのだが、「家にいられると気が詰まる」と妻が言うので、僕は自宅近くのマンションの一室を仕事部屋として借りた。そして、毎朝、徒歩でそこに通った。

そんな僕を、妻はいつも玄関まで見送りに来てくれた。

「行ってらっしゃい。気をつけてね」

そう言うと、妻は毎朝、僕の体を両手で抱き締めてキスをしてくれた。ベッドから出たばかりの彼女は、たいていは肩と腕が剝き出しになったナイトドレス姿だった。

「わたし、料理や掃除や洗濯はいっさいしないから、そのつもりでいてね」

結婚前からそう宣言していた妻は、その宣言どおり、家のことはまったくしなかった。そして、通いのお手伝いさんにそれらすべての仕事を任せ、自分はエステティックサロンに行ったり、美容室やネイルサロンに行ったり、スポーツクラブで水泳やテニスやエアロビクスをしたり、ゴルフの練習場に出かけたり、友人たちとレストランで昼食をしたり、横浜の街で靴や衣類やアクセサリーを買ったり、自宅のベッドに寝転んでビデオを眺めたり、音楽を聴いたり昼寝をしたりして夕方まで過ごすのが常だった。

僕のほうは仕事部屋で、証券所の取引が始まると同時に株式の売買を開始し、たいていは取引の終了時刻まで、ほとんど何も食べずに数台のパソコンに向かい続けていた。そして、株を買ったり、買ったばかりのそれを売ったり、持ってもいない株を売ったりという、社会の誰の役にも立たない不毛な行為を延々と繰り返していた。

そんなふうにして一日の取引を終えると、その日の売買が成功しようが失敗しようが、僕は心を弾ませて妻が待つマンションに戻った。

そう。あの頃の僕は、自宅に戻るのが楽しみでしかたなかったのだ。

妻と出会う前までの僕は、たいていは週に1度、時には週に2度、ラブホテルのようなところに娼婦を呼んで、あの忌まわしい行為を繰り返していた。けれど、妻と暮らしているあいだは、ただの一度も娼婦に相手をさせたことはなかった。

「お帰りなさい。お疲れ様でした」

妻は朝と同じように、帰宅した僕を両手で抱き締めてキスをしてくれた。お手伝いさんがまだ家にいる時には、僕にはそれが少し照れ臭かった。

朝とは違い、夕方の妻は美しく着飾り、あでやかに化粧をし、長い髪を綺麗にセットし、全身にたくさんのアクセサリーをまとい、たいていは柑橘《かんきつ》系の香水のにおいを漂わせていた。家から一歩も出ない日でも、きちんとした装いをしているというのが彼女の主義だった。

帰宅すると、僕はすぐに入浴した。たいていは妻も僕と一緒に入浴をした。お手伝いさんがまだ帰宅せずにいる時には、それもまた僕には少し照れ臭かった。

入浴が済むと、いよいよ夕食だった。食卓には毎日のように、お手伝いさんが作ってくれた手の込んだ料理の数々が並んだ。僕たちの部屋に通って来ていた初芝《はつしば》さんという初老のお手伝いさんは、働き者の上、料理の腕が抜群だった。

妻はナイトドレスに、僕はパジャマに着替え、リビングダイニングキッチンのテーブルに向き合ってその豪勢な食事を楽しみながら、妻の選んだワインをたっぷりと飲んだ。

妻は料理はまったくしなかった。けれど、夕食の時に聴く音楽とワインは必ず自分で選んだ。部屋や食卓に飾る花も、彼女が毎日のように花屋で選んで買って来た。

食事の時、妻は僕に一日の報告をした。僕には、それを聞いているのが楽しかった。一生懸命に喋っている妻の顔を眺めているのも楽しかった。

初芝さんはたいてい、午後6時頃には帰宅してしまった。だから、食後に使い終えた食器類を洗浄機に入れるのは僕の仕事だった。

僕がせっせとテーブルと食器洗浄機の往復をしているあいだ、妻は窓辺のソファにもたれて、眼下に広がる横浜港の夜景を眺めながら、ワインやブランデーを飲んでいた。

34階にあるその部屋からの夜景は、本当に素晴らしいものだった。

港を行き交うたくさんの船、埠頭に停泊している豪華客船、港を跨《また》ぐように掛けられた光の橋、港に向かって突き出した桟橋《さんばし》、港に沿うように建てられた高層ホテルや高層マンション群、すぐそこに聳《そび》え立つ巨大な観覧車、観覧車の足元に広がる遊園地、ハイウェイ、クレーン、石油コンビナート……それらは、どれほど眺めていても飽きない美しさだった。夜の海面はまるで鏡のように、それらの光を映して鮮やかに輝いていた。

僕がテーブルを片付け終えると、僕たちは広々とした寝室へと移動した。そして、窓辺のソファに並んで腰掛け、取り留めのない話をしながら酒を飲み続けた。

付き合い始めたばかりの頃、僕は彼女を、高慢で生意気で、我がままで冷たそうな女だと思っていた。また実際、彼女にはそういうところもあった。けれど、僕に夢中で話している時の妻の顔は、女子中学生か女子高校生のように無邪気で可愛らしかった。

「そろそろベッドに行かない？」

妻の言葉を合図に、僕たちは部屋の中央に置かれたベッドに上がった。それは訪ねて来た友人たちに見せるのが恥ずかしくなるような、大きくて派手なダブルベッドだった。

僕は家具選びには口を挟まなかった。だが、ベッドを選ぶ時にだけ、ひとつの注文を出した。それは、『四隅にロープを繋げるような柱があるもの』というものだった。

「どうしてそんな柱が必要なの？」

にやにやと笑いながら、妻が尋ねた。

「それは瑠璃子にもよくわかっているだろう？」

僕もまた笑いながら、そう答えた。

「この変態男！」

妻はそう言ってアカンベーをしてみせたが、僕の出した注文を受け入れてくれた。

その大きなベッドに妻は俯せになり、ファッション誌を眺めながら、ワインやブランデーをさらに飲んだ。そんな妻の足元にしゃがみ、僕は毎夜のように妻の脚をマッサージした。

妻の脚はとても長く、ほっそりとしていて、よく引き締まっていた。

「あっ、今のところ、すごく気持ちよかった。もうちょっと強く押してみて」

マッサージを受けながら、妻はしばしば僕にそんな指示を出した。もちろん、僕はその指示に素直に従った。

彼女はたいてい、丈の長いワンピース型のナイトドレスをまとっていた。けれど時には寝室でそのナイトドレスを脱ぎ捨て、下着が見えるほど丈の短い半透明のナイトドレスに着替えることもあった。そういう透き通ったセクシーなナイトドレスを、妻は『ベビードール』と呼んでいた。

それらのナイトドレスの下に、妻はいつも必ず、異性の欲望を煽るためにデザインされた、セクシーな下着を身につけていた。それは昼間とは違う、夜のための下着だった。

「ちょっと、痛いじゃない！　やる気、あるの？　もっと丁寧に優しくやってよ！」

俯せに寝そべったまま、まるで召使にでも命じるかのような横柄な口調で、妻はしばしば僕にそう言った。

「はいはい。わかりました」

サイドテーブルに載った時計を見ながら、僕はいつも苦笑いして答えた。

妻の脚へのマッサージはたいてい30分以上も続いたから、それはかなりの重労働だった。だが、僕は毎夜、文句を言わずにそれを続けた。そして、時計の針が12の数字のところで重なるのを、今か今かと待ち構えているのが常だった。

妻もまた、ファッション誌に視線を落としながらも、サイドテーブルの上の時計にちらりちらりと目をやっていた。そして、午前0時が近づくにしたがって、自信に溢れていた妻の顔は、少しずつ、少しずつ強ばっていった。

午前0時——それは彼女が女王陛下から女奴隷へと変わる時刻だった。

4

朝、目を覚ましてから午前0時までは、僕は妻のしもべであり、家臣であり、召使であり、奴隷だった。それがふたりのルールだった。

けれど、時計の針が午前0時を指した瞬間に、妻と僕の主従の関係は入れ替わった。それもまた、ふたりのルールだった。

日付が変わった直後に、僕はいつもマッサージをしていた手を止めた。そして、女王陛下から女奴隷へと変わった妻に、その夜の最初の命令を下した。

「瑠璃子。そのナイトドレスを脱ぎなさい」

もちろん、奴隷と化した妻が主人の命令に背くことは許されなかった。

顔を強ばらせながらも、妻はゆっくりとベッドに上半身を起こした。そして、しばらくもじもじとしていたあとで、ゆっくりとナイトドレスを脱ぎ始めた。

その様子はためらっているようにも、戸惑っているようにも見えた。けれど同時に、僕をじらしているようにも、僕の欲望を煽り立てて誘っているようにも見えた。

僕が妻に全裸になるように命じることもあった。だが、彼女はいつもセクシーな下着を身につけていたから、下着は脱ぐように命じないことが多かった。それらの下着は見て楽しむためのものだった。

「あの……今夜は何をするつもり？」

下着姿になった妻はベッドの上で僕を見上げ、毎夜のようにそう訊いた。

そんな時の妻の顔は、少し不安げで、怯えているようにも見えた。けれど、僕を見つめる大きな目は、欲望のために潤んでもいた。

僕にはもちろん、妻の心の内までを知ることはできない。けれど、そういう時の彼女の心境は、これからお化け屋敷に入ろうとする子供のそれに、あるいは上昇していくジェットコースターに乗っている時のそれに近かったのではないかと思う。

「そうだな……今夜はどうしようかな？」

腕組みをして妻を見下ろしながら、毎夜のように僕はそう答えた。だが、その時点ではすでに、その晩の計画は立ててあるのが普通だった。

「よし。今夜はまず、口を使って奉仕してもらうことにしよう」

ベッドの上の妻の顔を見つめ、僕は静かにそう言った。

それを聞いた妻が、怯えたかのように小さく頷いた。けれど、その目には、相変わらず強い欲望が漂っていた。

「瑠璃子。返事をしなさい」

少し強い口調で僕が命じ、妻が「はい……」と小声で返事をした。奴隷である彼女に許されている言葉は、『はい』という承諾の一言だけだった。

妻の返事に満足げに頷くと、僕はパジャマと下着を脱ぎ捨て全裸になった。そして、黒くて大きな革製のバッグを持って部屋の片隅のソファに向かい、脚を大きく広げてそこに腰を下ろした。股間ではすでに硬直した男性器が上を向いていた。

「さあ、瑠璃子、ここまで這って来なさい」

「はい……」

妻は再び小声で返事をすると、ベッドから下りて床に四つん這いになった。そして、赤ん坊のように床を這って僕のそばにやって来た。長く伸ばした栗色の髪の先が、磨き上げられた床を撫でるかのように掃いた。

「よし。始めなさい」

自分の脚のあいだにうずくまった妻の頭部を見下ろして、僕は静かにそう命じた。

妻はたいていすぐには命令に従わず、意味もなくぐずぐずとしていた。

「瑠璃子、返事はどうした？」

四つん這いになった妻を見下ろし、僕は訊いた。

「お願いだから、今夜は優しくして……お願いだから、あんまり乱暴にしないで……」

細い眉を寄せ、今にも鳴きそうな顔で妻が哀願した。

だが、それは芝居のセリフのようなものだった。その証拠に、僕を見上げる妻の目には、怒りもなかったし、憎しみもなかった。怯えもなければ、不安もなかった。

大きく潤んだ妻の目の中にあるのは、ただひとつ。貪欲《どんよく》な欲望だけだった。

「余計なことは言わず、さっさと始めなさい」

「でも……」

なおも何かを言おうとした妻の左の頬を、僕は平手で張った。ビシッという音が静かな部屋に響いた。

その平手打ちはとても軽いものだったから、痛みはほとんどないはずだったし、跡も残らないはずだった。けれど、僕と付き合うまで頬を張られたことなど一度もないはずの妻にとっては、充分に屈辱的なものであるに違いなかった。

妻の左の頬がほんのりと赤くなり、気の強そうな顔に悔しげな表情が浮かんだ。

「何をぐずぐずしている？　さっさと始めなさい」

僕が命令を繰り返し、妻がさらに悔しそうに顔を歪めた。けれど、もうそれ以上は口答えはせず、僕の股間に顔を伏せ、硬直した男性器を口に含み、ゆっくりと顔を上下に動かし始めた。長く柔らかな髪が、何かの生き物のようにふわふわとなびいた。

最初の頃、彼女のそれはぎこちないものだった。だが、僕と付き合うようになってからは、一日ごとに巧みになっていた。それがあまりに巧みなので、僕は予定したよりずっと早く体液を放出してしまうということも少なくなかった。

「うまいなあ、瑠璃子。本当にうまいよ。お前はまるで、こういうことをするために生まれてきたみたいな女だな」

犬のように四つん這いになってオーラルセックスに勤しむ妻を見下ろし、僕はたいていそんな言葉で彼女を侮辱した。

時には妻の髪をがっちりと摑み、彼女が噎《む》せて咳き込むまで、その喉の奥に硬直した男性器を荒々しく突き入れることもあった。だが、横浜で一緒に暮らすようになってからの僕は、そういう乱暴なことはあまりしなくなっていた。

彼女が本当に苦しむようなことはしない。もちろん、顔に傷やアザが残るようなことは絶対にしない。

それもまた、ふたりのあいだの暗黙のルールだった。その代わり、僕は彼女を精神的に侮辱し、言葉を使っていたぶるように心掛けていた。

「本当にうまいなあ。もったいないから、ピンクサロンにでも勤めたらどうだ？」

妻の髪をかき上げ、その横顔を見つめて僕は言った。苦しげに顔を歪めて男性器を含んでいる妻の顔を眺めるのも、僕の毎夜の楽しみのひとつだった。

もちろん、口を塞がれた妻には答えることはできなかった。しっかりと目を閉じ、鼻孔を広げて荒々しく呼吸をしながら、首を上下に打ち振っているだけだった。

男性器を口に含んで首を振り続ける妻を、しばらくのあいだ眺めていたあとで、僕は黒い革製のバッグに手を入れ、中からロウソクを取り出した。それはＳＭ行為のために作られた、あまり熱くない真っ赤なロウソクだった。

「さあ、次はお待ち兼ねのロウソクだよ」

ライターでロウソクに火を灯しながら、僕は言った。

「今夜はもう許して……」

口の中の男性器を吐き出し、僕を見上げて妻が哀願した。「お願いだから……今夜はこれだけで堪忍して……」

それもまた、毎夜お決まりの、芝居のセリフのようなものだった。そんな時の妻の顔はまさに、主人に許しを乞う女奴隷のものに見えた。

「誰が中断していいと言った？　口答えせずに続けなさい」

顔を上げた妻の髪を乱暴に鷲掴みにして、僕は静かな口調で命じた。

その瞬間、僕を見つめる妻の目に、強い怒りと憎しみが宿った。

僕と一緒になる前の妻は、髪を鷲掴みにされたこともまた、一度もないはずだった。もしかしたら、そんなふうに一方的に命令をされたこともないかもしれなかった。

だが、その悔しそうな妻の顔が、僕の征服欲を一段と強く刺激した。

そう。無抵抗の者を従わせるより、反逆しようとする者を、ねじ伏せるようにして従わせるほうが、ずっと刺激的なものなのだ。

「どうした、瑠璃子？　何か言いたいことでもあるのか？」

妻の髪を鷲摑みにしたまま僕は笑った。

妻はしばらく無言のまま、怒りと憎しみのこもった目で僕を見つめていた。だが、それ以上は口答えせず、再び僕の股間に顔を伏せ、唾液にまみれた男性器を口に深く含み、その美しい顔を規則正しく上下に振り始めた。

「さて、瑠璃子……まず、どこに垂らして欲しい？　肩がいいかい？　背中かい？　それとも、お尻がいいかい？」

そう言いながら、僕は火のついたロウソクを、四つん這いになった妻の上に差し出した。

ぽとり——。

溶けたロウの真っ赤な雫が湾曲した背骨の窪みに滴り落ちた瞬間、首を振っていた妻の動きが止まった。

「うっ……むっ……」

直後に妻が、くぐもった声を漏らし、華奢な体を震わせた。けれど、男性器に歯を立てるようなことはなかった。彼女はよく調教された女奴隷だった。

「どうした、瑠璃子？　続けなさい」

妻の背に滴った真っ赤なロウを見つめて、僕は冷たく命じた。

もちろん、妻に与えられた選択肢は、その命令に従うことだけだった。

妻が男性器への愛撫を再開したのを見届けてから、僕は再びロウソクを傾けた。そして、四つん這いの姿勢で男性器を口に含んだ妻の背中に——小さなナイロン製のショーツからはみ出した尾てい骨に、再び熱いロウの雫を滴らせた。

ぽとり——。

口を塞がれた妻が再びくぐもった呻きを漏らし、首を打ち振るのを中断して、ほっそりとした体を震わせた。その姿はとてつもなく淫らで、とてつもなく官能的だった。そして、とてつもなく美しかった。


そんな行為の時、僕はたいてい部屋の片隅に三脚を立て、そこに据え付けたビデオカメラで自分たちの行為の一部始終を撮影した。妻は撮影されることが好きで、そのことに性的な興奮を覚えるようだった。

撮影の済んだビデオは、日付を書いてクロゼットに保管してあった。今から数カ月前には、それらは膨大な数に上っていた。

けれど、それらの映像は、今ではこの地上のどこにも残っていない。この島に来る直前に、僕がすべて処分してしまったからだ。

入浴を終えると、僕は素肌に乾いたバスローブをまとった。そして、リビングルームのソファに置かれていた子猫のバスケットと、ウィスキーのボトルとグラスとを持って、ベッドルームへと移動した。

僕が籐のバスケットを持ち上げた時に、子猫は一瞬、目を覚まし、眩しそうな顔をして僕を見た。けれど、またすぐに眠たそうに目を閉じた。

そんな子猫のバスケットを、僕はベッドの上の、大きな枕の脇に置いた。そして、再び眠り始めた子猫を眺め、濃いウィスキーをなめるように飲みながら、妻だった女との暮らしをさらに思い出した。

5

あの頃の僕は、夜の訪れを待ち侘びる夜行性の動物たちのように、時計の針が午前0時を指す瞬間を待ち侘びていた。

もしかしたら、妻も僕と同じだったのかもしれない。彼女もまた僕と同じように、その時間が来るのを心待ちにしていたのかもしれない。

物欲が旺盛だった妻は、欲望を追求することに対しても貪欲だった。さらなる刺激と、さらなる快楽とを求めて、彼女はさまざまな行為を僕に提案した。

かつての妻は痛みや苦しみを伴う行為を嫌がった。けれど、より多くの刺激を得るためには、ある程度はそれを受け入れる必要があると考えたようだった。

以前は嫌がっていた肛門を使っての性行為にも、いつしか妻は積極的に応じるようになっていた。口の中に出された尿を嚥下するという、極めて屈辱的なことを考え出したのも彼女だったし、自分の肛門に挿入されていた疑似男性器を、そのまま口に含むということを思いついたのも彼女だった。

「こんなに綺麗で上品なわたしが……宝物みたいに大切に育てられたお嬢様のわたしが……

惨めに踏みにじられて、これでもかと凌辱されている屈辱的な気分がたまらないの。実際にあの時はすごく悔しいし、由紀夫を憎んだり、由紀夫に対して頭に来たりもするんだけど……でも、同時にすごく高ぶるの」

大学で心理学を学んだ妻は、そんなふうに自分の心理を解説してくれた。「わたし、昔からナルシストではあるんだけど……もしかしたら、ナルシシズムとマゾヒズムっていうのは、対《つい》になったものなんじゃないかしら？　もしかしたら、鏡を眺めているのが好きな女たちの多くは、マゾヒストでもあるんじゃないかしら？」

その後も妻は、僕たちふたりのアブノーマルな行為についてさまざまな提案をした。大きな姿見を3つも買って寝室に置いたのも彼女だった。行為の時に、強烈な酒を飲むと興奮が高まると言い出したのも彼女だった。

僕たちは貪欲に欲望を追い求め続けた。けれど……そのことが、これほどの悲劇をもたらすことになろうとは、あの頃は考えてもいなかった。

6

ウィスキーを飲み干すと、枕の脇に置いたバスケットの中で眠っている子猫を、僕はしばらく見つめていた。それから、子猫の体に薄いタオルを掛けてから、サイドテーブルに載った電気スタンドの明かりを消した。

柔らかな枕に後頭部を沈め、暗がりに沈んだベッドの天蓋の裏側を見つめる。

あの日のことを思い出すと、今も胸が引き裂かれるような気がした。

それにもかかわらず、僕はしばしば、あえてあの晩のことを思い出すようにしていた。そうすることが自分自身への罰であり、妻に対する弔いみたいな気がしたから……。


あれは、今から3カ月あまり前の真夏の深夜のことだった。

あの晩、僕は床に四つん這いにさせた妻の背にロウの雫をさんざん滴らせたあとで、彼女から下着を剝ぎ取り、そのほっそりとした首に大型犬用の首輪を嵌めた。そして、ベッドの上で妻の口に男性器を含ませたり、乳房を揉みしだいたり乳首を吸ったり、指先で女性器をまさぐったりしながら、濃厚なリキュールを口移しで妻に飲ませていた。

妻の肛門からはグロテスクな色と形をした電動の疑似男性器が突き出し、低い音を立てて振動しながら、円を描くようにくねくねと淫靡に動いていた。

そう。あの頃には肛門は、妻の性感帯のひとつになっていたのだ。

妻は行為の時に、カーテンを開けたままにしておくのが好きだった。だから、あの晩も、大きな窓に掛けられたカーテンは、どれもいっぱいに開け放ってあった。

「わたしたちのことを、誰か見てるかしら?」

行為の途中で、妻は目を潤ませて、しばしばそんなことを口にした。

「たぶん、見てるだろうね」

妻の目を見つめて、僕はいつもそう答えた。

だが、実際には、34階にある僕たちの部屋より高い場所にある窓はあまりなかったし、部屋の照明は薄暗かったから、外からのぞき込まれる心配はないに等しかった。

あの晩も、大きな窓からは、横浜港を彩る無数の光が部屋の中に差し込んでいた。すでに遊園地の営業は終了していたが、寝室の白い壁や天井には、観覧車から放たれる七色の光が虹のように美しく映っていた。

妻は全裸だったけれど、その臍では大粒のエメラルドを5つ繋いだピアスが揺れていた。耳たぶではダイヤモンドの紐状のピアスが光っていたし、アキレス腱の浮き上がった左の足首には華奢なプラチナ製のアンクレットが巻かれていた。ほっそりとした体にはいまだに、新婚旅行の時の水着の跡がくっきりと残っていた。

いつものようにベッドの脇には三脚が立てられ、その上でビデオカメラがまわっていた。

寝室の3カ所に置かれた大きな姿見には、ベッドの上の妻と僕とが映っていた。

あの晩、僕が妻に口移しで飲ませていたのは、スモモから作ったブランデーのようなリキュールだった。それはアルコール分が50パーセント近くもある強い酒だったが、香りが高く、よくこなれていて、口当たりがよくて飲みやすかった。

「もう許して……お願い……これ以上は飲めないわ」

肛門から疑似男性器を突き立てて身を悶えさせていた妻が、頬を桃色に染め、大きな目を赤く充血させてそう訴えた。

だが、それは妻の本音ではないはずだった。

彼女は僕より酒が強かったし、そのリキュールは大好きな酒のひとつだった。それに彼女は、酒を口移しで飲まされることに、強い性的な高ぶりを覚えるようだった。

僕は妻の訴えを無視して、リキュールのボトルに口を付け、それを口いっぱいに含んだ。そして、片方の手で妻の髪を荒々しく鷲摑みにし、彼女に上を向かせた。強烈なアルコールが口の内側をピリピリと、痛いほどに刺激した。

「いや……お願い……もうダメ……」

そう言いながらも、待ち構えていたかのように妻が目を閉じ、濡れた唇を開いた。僕はその唇に自分の唇を押し当て、妻の口の中にその強烈なアルコールを注ぎ入れた。

僕と唇を合わせたまま、妻は何度か小さく喉を鳴らして口の中の強烈なアルコールを飲み下した。そして、そのまま僕の口の奥に、長い舌を深々と差し入れて来た。

ヘビのように口の中に潜り込んで来た妻の舌を貪《むさぼ》りながら、僕は彼女の乳房を揉みしだいた。股間ではいつものように、男性器が痛いほどに硬直していた。

あの真夏の晩、ボトルの中のリキュールをすべて飲み干したあとで、僕は妻をベッドに俯せに押さえ付け、彼女の肛門で振動を続けていた疑似男性器を抜き取った。

妻の中から出て来たそれは、相変わらずくねくねと身をくねらせながら、低い音を立てて振動を続けていた。挿入前に塗り込んだ潤滑油のせいで、凸凹《でこぼこ》としたその表面はぬらぬらと淫靡に光っていた。

疑似男性器を引き抜くと、まだ開いたままの彼女の肛門に指を押し込むようにして、僕はその内外にたっぷりと潤滑油を塗り込んだ。

俯せに押さえ付けられた妻が、シーツに顔を押し付けて低く呻いた。

僕はそんな妻の脚を大きく広げさせ、骨張ったその背に身を重ね、硬直した男性器を背後から深く突き入れた。

肛門を使っての性交を始めたばかりの頃、妻はひどく痛がった。なかなか深くまで挿入できず、時には出血することもあった。

けれど、あの頃はもう、挿入に苦労することはなかった。

「あっ……いやっ……」

肛門への挿入を受けた妻が身を反らせて低く呻いた。派手なマニキュアに彩られた長い爪が、シーツをぎゅっと摑むのが見えた。

7

あの真夏の晩、妻の腸内に体液を注ぎ入れたあとで、僕は彼女に質問をした。

「どうする？　今夜はもうやめて寝るか？　それとももっと続けて欲しいか？」

妻の答えはわかっていた。僕はすでに射精を終えていたが、彼女のほうはまだ絶頂を迎えていなかったから。

「あの……もっと続けて……」

妻が目を潤ませ、僕が予想した通りの答えを返した。

「瑠璃子、お前は僕以上に変態なんだな。呆れるよ」

嘲《あざけ》りの表情を浮かべて言うと、僕はベッドの上の妻の両手首に金属製の手錠を嵌め、後ろ手に拘束した。足首にも同じ手錠を嵌めた。そして、ベッドの下に落ちていた、妻の分泌した体液にまみれたナイロン製のショーツと、僕の木綿のボクサーショーツを拾い上げた。

「さあ、瑠璃子、口を開けなさい」

彼女は命じられるがまま、大きく口を開いた。美しく揃った真っ白な歯が見えた。そう。自分の体液に濡れた下着を口に押し込まれることもまた、彼女が好きなことのひとつだった。

僕は手にした下着を小さく丸め、妻の口の奥に押し込んだ。そして、太いタオル地の紐を手に取り、それを噛ませるようにして、彼女の口をがっちりと縛った。

口を塞がれた妻が鼻孔を広げて僕を見つめた。その大きな目は、さらなる屈辱への期待に潤んでいた。

そんな妻をよそに、僕はクロゼットを開けて自分の下着とシャツとジーパンを取り出し、それらを素早くまとった。そして、首輪を嵌められ、手錠で手足を拘束され、口を塞がれた全裸の妻を抱き上げ、大きな窓を開けてバルコニーに出た。

窓の外には、むっとするほどの熱気と湿度が立ち込めていた。もう深夜だというのに、大都会が発する騒音がブーンと低く響いていた。港のほうから吹いて来る風からは、いつものように潮の香りがした。

「瑠璃子、あのビルの喫煙室で煙草を吸ってる男の人たちが、こっちを見てるみたいだぞ。あっ、向こうのホテルの最上階の部屋の人も、僕たちに気がついたみたいだな」

バルコニーに立ち、腕の中の妻を見下ろして僕は笑った。

「うむうっ……むうっ……うむうっ……」

僕の腕の中で、妻が呻きを上げて身を悶えさせた。

首輪を嵌められ、全裸で拘束され、猿轡まで噛まされた自分の姿を、誰かに見られているかもしれない——そのことが、妻の羞恥心《しゅうちしん》を激しく掻き立て、性的興奮を一段と煽っているに違いなかった。

広々としたバルコニーの床には、分厚くて柔らかなウールの毛布が敷かれていた。それはついさっき、妻とふたりで敷いたものだった。

そう。それはあらかじめふたりで計画してあった予定通りの行動だった。

バルコニーの毛布の上に全裸の妻を横たえると、僕はいったん冷房の効いた室内に戻った。そして、黒革製の大きなバッグの中から、さっきまで妻の肛門に挿入していたものよりさらに太い疑似男性器を取り出し、それを持ってバルコニーに戻った。

「瑠璃子。僕は少し疲れたから、しばらく夜風に吹かれて来るよ。そのあいだ、お前はみんなに見られながら、ここでひとりで楽しんでいなさい」

そう言うと、僕は身を屈めた。そして、毛布の上に身を横たえた妻の女性器に、手にしていた電動の疑似男性器を深々と押し込んだ。

妻が低く呻きながら、身をよじった。

妻の欲情した顔を見つめながら、僕は疑似男性器を振動させるためのスイッチを入れた。

妻がビクンと身を震わせた。同時に、彼女の体内から鈍い音が響き始めた。

あの晩、僕たちがしようとしていたのは、『放置プレイ』と呼ばれているSMプレイのひとつだった。僕には直接の楽しみはなかったが、あらわな姿で拘束されて置き去りにされた妻は、強い不安と、強い屈辱を覚えるようだった。

妻はそのプレイがお気に入りだったから、あの頃の僕たちは、しばしばそれを繰り返していた。最初の何回かは、僕は室内から窓ガラス越しに、バルコニーで悶えている妻を眺めていた。けれど、僕が本当に外出したほうが、より不安で、より屈辱的で、より興奮すると妻が言うので、その後の僕はバルコニーに妻を残して出かけるようになっていた。

前にそのプレイをした時には、僕が戻って来るまでの30分ほどのあいだ、妻は猿轡《さるぐつわ》をされたまま全裸でバルコニーに横たわり、女性器に挿入された疑似男性器からの刺激に酔いしれていたらしかった。だが、その前に同じことをした時には、僕が戻って来た時にはすでに妻は絶頂に達したあとで、彼女は股間から疑似男性器を抜き取り、毛布の上で微睡《まどろ》んでいた。

そう。妻は後ろ手に拘束されてはいたが、体をのけ反らせて腕を伸ばせば、その指先で女性器から疑似男性器を抜き取ることができた。同様に、振動によって押し出されて来たそれを、再び深く押し込み直すことも可能だった。

「むっ……むうっ……むううっ……」

疑似男性器からの刺激を受けた妻が、全裸の肉体を毛布の上でくねくねとイモムシのようによじった。

回転を続ける観覧車から放たれる七色の光が、妻の体を赤に、青に、黄色に、緑に、オレンジ色にと染めていった。その姿は非現実的なほどに淫靡で、美しかった。

「ほらっ、あっちでもこっちでも、たくさんの人が瑠璃子を見ているよ。さあ、みんなにたっぷりサービスしてあげなさい」

快楽に歪んだ妻の顔と、性毛のない股間から突き出した疑似男性器を交互に見つめて僕は言った。

「うむっ……うむむうっ……むううっ……」

もう許して。置き去りにしないで。

その呻きを聞き取ることはできなかったが、妻はそう訴えているらしかった。少なくとも、前回にそのプレイをした時にはそう訴えたのだと、あとで妻から聞かされた。

けれど、今となっては、あの晩、妻が何を言ったのかを確かめることはできなかった。

「それじゃあ、瑠璃子。行って来るよ」

僕はバルコニーに妻を残して室内に戻り、大きな窓をぴったりと閉めた。

8

あの晩、34階のバルコニーに妻を残して自室を出ると、僕は歩いて5分ほどのところにある公園に向かった。そして、港に面した公園のベンチに座り、生温い潮風に吹かれながら、深夜の港をぼんやりと眺めていた。

もう午前1時をまわっていたというのに、公園にはまだたくさんの人々がいた。発光する浮きを使って釣りをしている人もいたし、ベンチに寄り添うカップルもいた。スケートボードをしている若者たちもいた。

気温と湿度は相変わらず高くて、ただ座っているだけなのに、僕の体はじっとりと汗ばんでいた。強いリキュールの酔いも手伝って、僕はとてもいい気分になっていた。

暗い海面に映ったさまざまな光を眺めながら、僕は間もなく始まる旅のことを考えた。妻の計画では、フランスのワイン産地を1カ月ほどかけてまわったあと、今度はイタリアに行って、またワイナリーを巡るつもりのようだった。出国日は3日後だったが、帰国の日はまだ決めていなかった。

ワイン好きの妻は、何週間も前からその旅を楽しみにしていた。僕もまた、新婚旅行以来の彼女との旅が楽しみだった。

20分ほどベンチに座っていたあとで、僕は立ち上がった。そして、自宅のマンションに向かって歩き始めた。

無意識のうちに僕は微笑んでいた。それまでの人生で感じたことがないほどの、強い幸福感に満たされていたのだ。

そう。あの晩の僕は幸福だった。かつて自分がぼんやりと思い描いていた最高の幸福の、その何倍もの幸福を、自分は今、手にしているのだと感じていた。

世の中の何の役にも立っていない僕が、こんなにも幸せになっていいのだろうか？　こんな不公平なことが許されるものなのだろうか？

あの晩、潮風に吹かれて歩きながら、僕はそんなことを思っていた。

けれど……もちろん、そんなことが許されるはずはなかった。

自宅に戻ると、僕は真っすぐ寝室に向かった。

明かりを消した寝室の白い壁や天井には、相変わらず、観覧車から放たれる七色の光が映っていた。

薄暗い寝室に足を踏み入れた僕は、いつものように、窓ガラス越しにバルコニーを見た。

バルコニーの床には、いつものように、全裸で拘束された妻が横たわっていた。

いつものように？

いや、そうではなかった。妻の様子は明らかにいつもとは違っていた。

彼女は毛布の上ではなく、その向こう側の冷たいタイルの上に俯せに横たわっていた。そんなことは、これまでの『放置プレイ』では一度もないことだった。妻が横たわっていたはずの毛布は、ひどく乱れて、くちゃくちゃになっていた。

手錠で後ろ手に拘束された妻の手は、尾てい骨が飛び出した尻の上に乗っていた。ふわふわとした長い髪はひどく縺《もつ》れていて、何本かの髪の束が首に巻き付いていた。乱れた毛布の上には疑似男性器が転がっていて、くねくねとした淫靡な動きを続けていた。

次の瞬間、僕はバルコニーに飛び出した。そして、妻の脇にしゃがみ、俯せになっていた彼女の体を仰向けに変え、その上半身を抱き起こした。

眉のあいだに皺を寄せるようにして、妻は目を閉じていた。口に嚙んだタオル地の紐の辺りから、強いアルコール臭がした。

「瑠璃子っ」

七色の光に照らされた妻の体を、僕は強く揺すった。

けれど、妻は目を開かなかった。顔をしかめもしなかった。

手を激しく震わせながら、僕は妻の後頭部できつく結ばれていたタオル地の紐を解いた。そして、彼女の口の中から、小さくてセクシーな女物のショーツと、男物の木綿のボクサーショーツを取り出した。

妻の口から出て来たそれらの下着は、アルコールのにおいのする吐瀉《としゃ》物にまみれていた。

妻の口に顔を近づけ呼吸を確かめたが、彼女は息をしていなかった。

そうなのだ。僕がいないあいだに、彼女は嘔吐したのだ。そして、その嘔吐物で喉を詰まらせてしまったのだ。

妻の名を呼び続けながら、僕は彼女の顔を下に向け、骨の浮き上がったその背中を何度か拳《こぶし》で強く叩いた。

けれど、妻は息を吹き返さなかった。

ああっ、何てことになってしまったんだ！

ひんやりとした妻の体を、僕は両手で強く抱き締めた。それから、妻を抱き上げて室内に駆け込み、指を激しく震わせながら彼女の手首から手錠を外し、その痩せた体をベッドに仰向けに横たえた。

嘔吐物に息を詰まらせた妻は、きっと無我夢中で身を悶えさせ、タオル地の紐を口から取り除こうと必死の努力を繰り返したのだろう。手錠が嵌められていた彼女の手首には、ひどい傷ができ、そこから血が滲んでいた。

僕は妻を後ろ手に拘束したことを悔いた。もし、体の前で手錠を掛けていれば、たとえ嘔吐したとしても、自力で猿轡を外すことができたはずだった。

バルコニーのタイルの跡がついた妻の胸に耳を押し当て、僕は心臓の鼓動を聞こうとした。けれど、その体内からは何の音も聞こえなかった。

パニックに陥った僕は、さらに大声で妻の名を叫んだ。それから、はっと我に返り、彼女の唇に自分の口を押し当てた。

瑠璃子、目を覚ましてくれ。頼むから、息を吹き返してくれ。

そう祈りながら、僕は彼女の肺の中に強く息を吹き込んだ。そのあとでは、乳房のすぐ下に両の掌を押し当て、心臓への刺激を与えた。夢中になってそれらを繰り返した。

人工呼吸と心臓マッサージを続けながら、大切な人をこんなふうにしてしまった自分を僕は責めた。そして、僕のような男と出会ってしまった妻を、心から哀れんだ。

報い――。

そんな言葉が頭をよぎった。


人工呼吸と心臓マッサージを、いったいどれくらい続けていたのだろう？

やがて……僕はそれらをやめた。そして、妻が横たわったベッドの端に呆然《ぼうぜん》となって座り込んだ。

妻の体はまだ温かかった。けれど、汗ばんでいた皮膚は、いつの間にか乾いて、さらさらとしていた。

ベッドのサイドテーブルの上には電話が載っていた。けれど僕は、それを使って警察に電話をすることも、救急車を呼ぶこともしなかった。

すでに僕は諦めていたのだ。

今さら救急車を呼んだとしても、妻が生き返るとは思えなかった。帰宅した僕が妻を見つけてから、すでに1時間以上が経過していた。

どうしてすぐに救急車を呼ばなかったんだろう？

だが、その理由はわかっていた。

そうなのだ。僕は恥ずかしかったのだ。自分の歪んだ性癖によって妻をこんなふうにしてしまったことが恥ずかしくて、それで救急車を呼ばなかったのだ。すぐに救急車を呼んでいれば助かったかもしれない妻を、自分勝手な考えから殺してしまったのだ。

ごく幼い頃を別にすれば、僕には泣いたという記憶がなかった。母の死に接した時でさえ、僕は泣かなかった。

けれど、あの晩の僕は泣いていた。

大粒の涙を滴らせながら、僕は喉を詰まらせた妻の姿を想像した。その時、彼女に襲いかかったはずの猛烈な苦しみと、彼女が感じていたはずの凄まじい恐怖とを想像した。

ああっ、その瞬間、妻はどれほど僕に、そばにいて欲しいと願っただろう！

妻の亡きがらの隣に僕は身を横たえた。そして、いつもそうしていたように、彼女の首の下に自分の左の腕を差し込んで腕枕にした。

ほっそりとした妻のうなじは、まだほのかに温かく、わずかに汗ばんでいた。

その晩の夕食の時の妻の顔を僕は思い出した。フランスの白ワインを飲みながら、その香りと味について、僕に講釈していた時の妻の楽しそうな顔を——。

時間を巻き戻すことができたら……。

目を閉じた妻の横顔を見つめて、僕は唇を噛み締めた。

腕枕をしていないほうの右手を伸ばし、僕は妻の額にかかった前髪をそっと掻き分けた。

それから、彼女のふっくらとした唇を指先で何度も撫でた。

「瑠璃子……ごめん……許してくれ……」

尽きることのない涙を流し続けながら、今となってはまったく意味のない、そんな言葉を僕は繰り返した。

9

一晩中、僕は妻の死体の隣に横たわっていた。そして、空がうっすらと明るくなり始めた頃、彼女の首の下から痺れた左腕を引き抜いて立ち上がった。

ベッドに妻を残し、僕はバルコニーに出た。

いつの間にか、外はすっかり涼しくなっていた。潮の香りのする湿った風が、僕の前髪を優しくそよがせていった。目を覚ましたカモメたちが、さかんに鳴いている声が聞こえた。まだ明かりを灯したままの船舶が、薄暗い港を行き交うのが見えた。

白いタイル張りのバルコニーの床には、くちゃくちゃに乱れた毛布が落ちていた。その上には、どぎつい色をしたグロテスクな疑似男性器が転がっていた。内蔵してある電池が尽きてしまったのだろう。疑似男性器はすでに、その淫靡な動きをやめていた。

僕は白いフェンスにもたれた。そして、少しずつ明るくなっていく横浜港を見つめていた。それがこの世の見納めのつもりだった。

僕はフェンスに右脚を掛けた。そして、フェンスの向こうに上半身を乗り出した。遥か下の歩道を、白い犬を連れた女が歩いていた。その姿がとても小さく見えた。

その時だった。

その時、僕の全身を、かつて感じたことのない強い感情が走り抜けた。

怖い——。

そう。僕の肉体を走り抜けた感情は恐怖だった。死というものに対する根源的で、絶対的な恐れだった。

覚えている限り、僕が恐怖を感じたのは、それが初めてだった。

フェンスに掛けた脚を下ろし、僕はふらふらと後ずさった。そして、そのまま、崩れ落ちるかのようにうずくまった。

いつの間にか、僕の全身からは汗が噴き出していた。皮膚には鳥肌ができていた。

「何なんだ、お前は……いったい、何が怖いんだ……」

呻くように僕は言った。

自分をたいした人間だと思ったことはなかった。それどころか、いつも最低のやつだと思っていた。けれど、これほどまでに自分がだらしないとは思っていなかった。


あの朝、僕は長いあいだバルコニーにうずくまっていた。

そうしているうちに、埠頭の向こうから太陽が上り、港にあるすべてのものが、朝の光に眩しく輝き始めた。

僕はゆっくりと立ち上がり、室内のベッドに横たわっている妻の死体を見つめた。そこからだと妻は、ただ眠っているだけのように見えた。

そして、僕はいつの間にか……生き続けようと考えていた。

そうなのだ。僕は自分だけが生き延びようと考えていたのだ。


すでに旅行の荷物が詰め込まれていたスーツケースを空にすると、僕は妻の死体をそこに詰め込んだ。そして、そのスーツケースを車の後部座席に乗せて横浜を出た。

遠くへ、遠くへ、とにかく遠くへ……。

目的地も定めず、僕はただ、むやみに車を走らせ続けた。そして、人気のない山中の林道で車を止め、暗くなるのを見計らって、妻の死体を土の中に埋めた。車に搭載されたカーナビゲーションによれば、そこは茨城県のようだった。

帰宅すると、僕は一晩中かかって、家の中にあった自分の異常な性癖をうかがわせるようなものを処分した。それから、『五味零』という偽のパスポートを作った。金だけはふんだんにあった僕には、昔から良からぬ知り合いもいて、その知り合いのひとりが、理由も訊かずにそれを作ってくれたのだ。

その翌々日、僕は妻と行くはずだった成田空港にひとりで向かった。そして、フランスにではなく、妻と新婚旅行に行った南の島に向かう旅客機の搭乗予約をした。

出国前に妻の携帯電話を使って、彼女の母親に、今から搭乗するとメールしておいた。僕自身も自分の携帯電話から妻の母親に電話をし、『2カ月の予定でフランスとイタリアに行って来ます。瑠璃子は今、空港内の免税店で夢中になって買い物をしています』というようなことを言っておいた。自分自身の父親にも、同じような電話をした。

そんな小細工で、逃げ切れると思っていたわけではなかった。ただ、もう少し……あと、もう少しだけ……時間が欲しかっただけだった。

そう。自分に残されたわずかな時間を、僕は南の島で、あのどす黒い欲望を満たすことのためだけに使うつもりだった。

枕のすぐ脇に置いたバスケットで眠っている子猫が目を覚まさないように、僕はゆっくりと寝返りを打った。そして、レースのカーテンの向こうの暗がりを見つめ、遠くから響き始めたあの爬虫類の声を聞きながら……今度は松下英理子という女の、エキゾティックな顔や、ほっそりとした肢体や、骨張った尻に彫られたアゲハチョウを思い浮かべた。

第6章

1

赤道のすぐ南に位置するこの島では、1年を通して午後6時半頃に日が沈む。けれど、その晩の僕は、日没のかなり前にヴィラに戻った。そして、入浴を済ませたあとで、子猫にミルクをたっぷりと与えた。

前日に拾って来た白と黒の斑の子猫は、今では驚くほど元気を回復していた。もう、バスケットの中でじっとしていることはできないようで、テーブルやライティングデスクに飛び乗ったり、窓から飛び込んで来たハエを追いまわしたり、大理石の床に寝そべって体をなめたり、壁を這っているヤモリたちを捕まえようとしたりしていた。

何か、名前をつけてやろうか。

床に横になっている子猫を眺めながら、僕はそんなことを考えた。

もし、名前をつけられたら、子猫はすぐにそれを覚えるだろう。そして、僕がその名を呼べば、駆け寄って来るようになるかもしれない。

けれど、少し考えたあとで、僕は子猫に名前をつけるのをやめにした。

そんなことをしたら、別れる時に辛くなるだけだったし……その時は、もうすぐそこに来ているに違いなかったから……。

僕より11歳年上の日本人の女は、日没の約30分後、午後7時ぴったりにやって来た。

「五味さん、こんばんは……」

ヴィラの戸口に立った女が、僕を見上げてぎこちなく微笑んだ。「あの……今夜もよろしくお願いします」

彫りの深い女の顔は、前夜、ここに訪れた時と同じように、不安げで強ばっていた。昨夜、激しく叫んだせいか、その声は一段とハスキーになっているように感じられた。

女の顔には、前夜にも増して濃い化粧が施されていた。その目は前夜と同じように、真っ黒なアイラインでくっきりと縁取られ、睫毛にはたっぷりとマスカラが塗られていた。

「こんばんは、松下さん」

僕は女に微笑みを返した。「こちらこそ、よろしくお願いします」

女は昨夜と同じように、肩が剥き出しになったミニ丈のホルターネックのワンピースをまとっていた。昨夜のワンピースは白だったが、今夜のそれは黒だった。かなり踵の高いサンダルを履いているせいで、女の視線は前夜よりずっと高い位置にあった。

「あの……松下さん……もう夕食は済まされましたか？」

戸口に立った女に僕は尋ねた。

「いいえ。あの……まだですけど……」

長い指で顎の辺りに触れながら、少し戸惑ったように女が答えた。その骨張った手首には、ロープによる擦り傷が痛々しく残っていた。

「それじゃあ、あの……これからふたりで、食事にでも行きませんか？　あの……僕がごちそうします」

不安げな顔にぎこちない笑みを浮かべ、女が疑わしげに僕を見つめた。

今夜の女のハイヒールサンダルは新品に見えたし、ワンピースも真新しく見えた。手や足のエナメルには、小さな花がたくさん描かれていた。

女はきょうは、仕事を休んだのかもしれない。そして、ネイルサロンに行ったり、衣類を買いに行ったりしたのかもしれない。前日、彼女はたった一夜で、マッサージサロンでの月給の3倍近くの金を手にしたはずだった。

「どうして五味さんが……わたしにごちそうしてくれるんですか？」

言葉を選ぶようにして女が言った。

「あの……お詫びのつもりです」

「お詫び？」

女が吊り上がった細い眉を寄せた。

「ええ。あの……僕は昨夜……何ていうか……松下さんにひどいことをしてしまったから……あの……その償いのつもりです」

濃く化粧がされた女の顔を見つめ、僕もまた言葉を選ぶように言った。そして、両腕と両脚をいっぱいに広げて全裸でベッドに磔にされていた女の姿や、いくつもの鞭の傷ができた背中や、性毛を1本残らず剃り落とされた恥丘の膨らみを思い出した。激痛に身を悶えさせながら、亀のように首をもたげて許しを乞うていた時の女の声や、化粧がぐちゃぐちゃに崩れた顔を思い出した。

僕を見つめる女の目に、怒りと憎しみが甦った。

きっと彼女も今、僕と同じことを思い出したのだろう。その時、自分が抱いていた怒りと憎しみ、そして、恥辱と屈辱とを思い出したのだろう。

「あの……最初はあんなにひどく、松下さんを傷つけるつもりはなかったんです。ただ……松下さんが……何ていうか……すごく強情で……すごく我慢強かったから……それで僕も、ついムキになって……何だか松下さんと我慢比べをしているみたいな気分になって……それで、あんなにひどいことをしてしまったんです……だから、あの……今夜は、そのお詫びがしたくて……」

膨らみに乏しい女の胸の辺りを見つめ、言い訳でもするかのように僕は言った。

しばらくの沈黙があった。そのあいだ、女は僕の顔をまじまじと見つめていた。

詫びるぐらいなら、最初からあんなことはするな――。

もしかしたら、女はそう言いたかったのかもしれない。けれど、やがてその口から出たのは、それとは別の言葉だった。

「いいわ。それじゃあ、今夜は五味さんに夕食をごちそうになるわ」

僕を見つめて女が言った。そして、目に怒りと憎しみを残したまま、ぎこちなく微笑んだ。

2

ホテルのエントランスホールの前でタクシーに乗った。そして、車で30分ほどのところにある、この島いちばんの繁華街に向かった。

僕としては、このホテルか、近くにあるリゾートホテル内のレストランに行くつもりだった。繁華街は賑やかで活気に溢れていたけれど、騒がしくて猥雑だったから、僕はめったに足を踏み入れなかった。

けれど、松下英理子が、「安くておいしい、すごくいいお店を知ってるの」と言うので、店の選択は彼女にまかせることにした。

僕たちの乗ったタクシーは日本製の高級車だったけれど、この島の道はどこもひどく凸凹していたから、上下左右によく揺れた。僕の左隣で、女は骨張った膝を揃え、シートに背を預けることなく、じっと前方を見つめていた。

もしかしたら、背中の傷が痛くて、寄りかかることができないのかもしれない。黒い服を着ているのも、傷から滲んだ血が服に付着するのを気にしてのことかもしれない。

僕は自分が昨夜、鞭の傷が縦横にできた女の背に身を重ね、彼女の中に硬直した男性器を荒々しく突き入れたことを思い出した。そして、強い自己嫌悪と罪悪感を覚えながらも……今夜もまた、同じことをしたいとも考えていた。

女はほとんど喋らなかった。僕が話しかけても、「ええ」とか「まあ」とか、曖昧《あいまい》な返事をするだけで、こちらに顔を向けることもなかった。

女が僕を連れて行ったのは、インド洋に臨む西海岸の砂浜にずらりと並んだレストランのひとつだった。いや……それらはどれも、レストランというよりは日本の『海の家』みたいな、薄汚れた掘っ建て小屋だった。

僕たちがタクシーを降りるとすぐに、いくつもの店から店員たちが飛び出して来て、女と僕を笑顔で取り囲んだ。僕たちのすぐそばでも、観光客が店員たちに囲まれていた。今は観光客が少ないシーズンなので、どの店も客の呼び込みに必死のようだった。

僕たちを囲んだ店員のひとり、40代後半に見える現地人の男が、「やあ、エリコ。いらっしゃい」と、女に笑顔で声を掛けて来た。

「ハーイ。ダルマサヤ。こんにちは。元気だった？」

女が嬉しそうに笑いながら答えた。

「ああ。元気だよ。エリコのほうは？」

「ええ。元気よ」

松下英理子はその男と、しばらく笑顔でやり取りをしていた。そのあとで、思い出したかのように僕に男を紹介してくれた。

男はこのレストランのオーナーで、ダルマサヤという名前のようだった。

「こんばんは。五味です」

僕は右手を差し出し、男と握手をした。男は真っ白な歯を見せて笑いかけたが、僕を見る目付きは鋭かった。

掘っ建て小屋のような薄汚い店の中に案内されてからも、店のオーナーと松下英理子とは、この国の公用語でしばらく楽しげに会話をしていた。どうやらふたりは、昔からの知り合いのようだった。

女はとてもはしゃいだ様子で、さっきまでとは別人のようだった。男が何かを言うたびに大声で笑い、男の肩や腕を叩いたりしていた。

男のほうは、女のほっそりとした腰を抱き寄せたり、尖った肩に触れたりしていた。その様子はとても親しげだった。

途中で男が、剝き出しになった女の肩の後ろのほう、背中の上のところに鞭の傷を見つけた。女は背後に立っている僕にちらりと視線を送ったあとで、その傷について、男に何か説明していた。

けれど、僕にはふたりの言葉はほとんど理解できなかった。

話をしているふたりの背後に所在なく立ち尽くし、僕はぼんやりと辺りを見まわした。その店は砂浜に並んだほかのレストランより繁盛しているようだった。店には全部で20ほどのテーブルがあり、そのうちの半分は室内に置かれ、残りの半分は砂浜に並べられていた。冷房のない屋内より、海風の吹き抜ける外のほうが涼しいために、客のほとんどは砂浜のテーブルに座っていた。

電線にぶら下げられたいくつもの裸電球が、海風に揺れながら、夜の砂浜で食事をしている人々を照らしていた。肉や魚介の焼けるにおいと、人々がふかしているクローブ煙草のにおいが辺りに濃く立ち込めていた。

そう。この島では、人の集まる場所ではどこでも、クローブ煙草のにおいがした。

やがて、松下英理子との話を終えた男が、砂浜に並べられたテーブルのひとつ、店の中でいちばん海に近い席に僕たちを案内してくれた。

「VIP専用の特等席です」

ダルマサヤという男が僕を見つめ、癖の強い英語で自慢げに言った。笑ってはいたけれど、その目付きは相変わらず鋭かった。

「そうね。ここがいちばんいい席ね。気を使ってくれて、ありがとう」

男を笑顔で見上げ、松下英理子が今度は英語で言った。

僕たちが案内された席は、テーブルも椅子もプラスティック製の安っぽい物だった。足元は踏み荒らされた砂で、そこに野菜屑《くず》や貝殻や、肉や魚の骨や、エビやカニの殻や、煙草の吸い殻や丸められたティッシュペーパーが転がっていた。それでも、辺りを見まわすと、やはりそこはこの店ではいちばんいい席のようだった。

「いい席ですね。どうもありがとう」

僕も英語で礼を言った。

「どういたしまして」

男が誇らしげに答えた。「ゴミさん、何を飲みます？」

「そうですね……松下さんはどうなさいます？」

僕はまず女に訊いた。妻だった女から、僕はレディーファーストという概念を徹底的に叩き込まれていた。

「そうね。喉がカラカラだから、わたしはビールにするわ」

明るい口調で女が言い、僕は男にこの国のビールを2杯注文した。

「松下さんはよくここに来られるんですか？」

立ち去って行く男の後ろ姿を眺めながら、僕は女に尋ねた。

「ええ。以前はよく来たけど……でも、ホテルをクビになってからは来てないの」

「そうなんですか」

「五味さんみたいなお金持ちには、安っぽくて汚らしい店に見えるかもしれないけど、この島に暮らしている人間には、こんな店に来るのも容易なことじゃないのよ」

曖昧な笑みを浮かべて女が言い、僕は女の薄い唇を見つめて頷いた。


すぐにジョッキに注がれたビールが運ばれて来た。僕はそれを手に取り、「乾杯」と日本語で言った。

女が笑顔で自分のジョッキを持ち上げた。そして、「乾杯」と言って、その縁を僕が手にしたジョッキに軽く触れ合わせた。

「おいしいっ！」

ビールを一気に半分ほど飲んだあとで、女が笑顔で言った。手にしたジョッキの縁に、ルージュが微かに残っていた。

いつの間にか、女の顔からは、僕に対する嫌悪や軽蔑の色が消えていた。タクシーの中では確かにあった警戒感も、今はなくなっていた。

「煙草、吸ってもいいかしら？」

女が訊き、僕は「どうぞ」と言って、テーブルの端にあったプラスティック製の灰皿を女の前に引き寄せてやった。

鮮やかに彩られた爪で、女がバッグの中から煙草のパックを取り出して火を点けた。それはこの国のクローブ煙草だった。真っ赤になった煙草の先端でパチパチという音がし、クローブの独特なにおいが辺りに漂った。

「ああっ、幸せ……」

すぼめた唇から、細く煙を吐き出して女がまた笑った。

海からの生温かい風が、女の長い髪を優しくなびかせていた。その耳元では、大きくて重たそうなピアスがゆっくりと揺れて光っていた。

「あの……松下さん」

「なあに？」

女が僕のほうに笑顔を向けた。

「あの……昨夜はひどいことをしてしまって、本当にすみませんでした」

僕が口にした瞬間、女が顔を強ばらせた。その目にまた、怒りと憎しみが現れた。

「謝ることはないわ。最初からそういう契約だったんだから」

「でも……」

「謝られると、かえって自分が惨めになるの……だから、謝らないで」

苛立《いらだ》ったような口調で言うと、女は僕から目を逸らした。そして、こけた頬をさらに凹ませて、手にした煙草を深く吸い込んだ。

3

しばらくの沈黙があった。何となく、気まずい沈黙だった。

女は海のほうに顔を向けたまま、黙って煙草を吸っていた。真っ暗な海面に白い波が断続的に現れ、浜辺に向かってゆっくりと打ち寄せていた。裸電球に照らされた波打ち際を、小さなカニが何匹も這っていた。

それぞれの店が大音量で流している音楽と、食事をしている人々の大きな声とで、砂浜はとても賑やかだった。僕のいるホテルのビーチに比べると、この砂浜に打ち寄せる波は少し荒かった。

客たちの何人かは、いかにもサーファーのようなファッションをしていた。聞くところによると、この浜からボートで5分ほど沖に出たところに、有名なサーフポイントのひとつがあるらしかった。

今夜も空には無数の星が瞬《またた》いていた。それらの星のあいだを、着陸の順番を待つ旅客機がいくつも旋回していた。緩やかなカーブを描いた水平線の付近を、明かりを灯した大きな船がゆっくりと移動しているのが見えた。

やがて……女が煙草を消し、僕のほうに顔を向けた。その骨張った顔には、またさっきまでの笑みが戻っていた。

「さっ、五味さん、何か注文しましょうよ」

女にぎこちない笑みを返し、僕はテーブルの上にあったメニューを開いた。

「あの……松下さん、何か食べたいものはありますか？」

「そうね……ロブスターを注文してもいい？」

遠慮がちに僕を見つめて女が尋ねた。

「それじゃあ、特大のロブスターを2匹焼いてもらいましょう」

「特大？　ロブスターはすごく高いけど、大丈夫なの？」

薄い唇のあいだから白い歯をのぞかせ、女が悪戯《いたずら》っぽく笑った。

「大丈夫ですよ」

「そうよね。五味さんはお金持ちだもんね？」

女が僕の目をのぞき込んだ。

「そんな……別にお金持ちじゃないですけど……ロブスターぐらいなら……ええっと……ほかに何か、この店でおいしいものはありますか？」

「そうね……この魚はお薦《すす》めね。そこの海で採れるの」

骨張った人差し指で、女が目の前に広がる夜の海を指さした。

「それじゃあ、その魚も2匹焼いてもらいましょう。ほかには何かありますか？」

「うーん。そうだ、これ……この野菜炒めは絶品よ。ちょっと辛いけど。それから……この貝も焼くとおいしいわよ。ニンニク醤油《じょうゆ》に合うの」

「それじゃあ、両方とももらいましょう」

「ねえ、焼き飯と焼きそばも注文してもいい？」

「松下さん、そんなに食べられるんですか？」

華奢な女の上半身を眺めまわして僕は訊いた。

「わたし、こう見えても大食漢なのよ。痩せの大食い」

少女のように女が笑った。

彼女が僕に、そんな笑顔を見せるのは初めてのような気がした。

すぐにテーブルの上に載り切らないほどの料理が運ばれて来た。

「どう？　おいしい？」

僕が料理を口に運ぶたびに、女が心配そうに訊いた。それで僕はそのたびに、「ええ。おいしいです」と答えた。

食事の途中で女は何度もトイレに立った。そして、戻って来るたびに、顔の化粧がさらに濃くなっていった。

ビールを2杯飲んだあとで、彼女がワインを注文した。この島のブドウで作られ、この島でビンに詰められたロゼワインだった。それで僕も同じものを飲むことにした。

「五味さん、この島のワイン、飲んだことある？」

「いいえ。ありません」

僕は首を左右に振った。

そう。1年前、この島に新婚旅行に来た時に、僕は妻にそのワインを飲んでみようと何度か提案した。けれど、妻はそのたびに、「わたしは遠慮しとくわ」と言って、それを拒んだ。ヨーロッパ以外の地域にはおいしいワインなどない、というのが彼女の持論だった。

若いウェイトレスが氷を詰めたブリキのバケツに入れて運んで来たのは、鮮やかなピンク色をしたワインだった。

「綺麗な色ですね」

グラスに注がれた液体を見つめて僕は言った。

「飲んでみて」

女が期待を込めた目で僕を見つめた。

僕はグラスをテーブルの上で軽くまわしたあとで、それを手に取り、そっと香りを嗅いでから口に含んだ。

鮮やかなピンク色をした液体からは、微かなベリーのにおいがした。残糖分は少なくて、どちらかと言えば辛口だったが、ミネラル感はほとんどなく、酸味も苦みも渋みも感じられず、水っぽくて単純な味がした。僕の妻だった女なら、「全然ダメ。飲めないわ」と言って顔をしかめただろう。

けれど、幸いなことに、僕は妻だった女ほどワインの味にはうるさくなかった。

「どう？　まずい？」

厚くファンデーションを塗り込めた頬をうっすらと染め、女が心配そうに訊いた。

「いいえ。あの……おいしいです」

「本当？」

疑わしげに女が僕を見つめた。

「ええ。すごくおいしいです」

僕が繰り返し、女の顔に安堵《あんど》の色が広がった。

4

その晩、女は僕自身の話を聞きたがった。

「僕のことなんか……聞いても退屈なだけですよ」

僕は笑った。それはあのマッサージサロンで、彼女が言ったのと同じセリフだった。

「でも、聞きたいのよ。話して」

睫毛にマスカラを塗り重ねた目で、僕を見つめて女が言った。ワインの酔いのせいか、その大きな目が微かに充血していた。

それで僕はぽつりぽつりと、自分のこれまでの30年の人生を話した。

僕がまともな仕事を一度もしたことがないと知ると、女はひどく驚いたようだった。

「お金って、集まる人のところにばかり集まるものなのね」

真面目な顔で女が言った。「わたしは働いても働いても楽にならないのに……何だか不公平な気がするわ」

「そうですね。すみません」

「話の腰を折ってごめんなさい。続きを話して」

女が言い、僕はさらに自分のこれまでのことを話した。

僕が女に言ったことのほとんどは嘘ではなかった。けれど、結婚生活についてだけは嘘をつかないわけにはいかなかった。それで僕は、自分の歪んだ性癖が原因で、妻とは3カ月前に離婚をしたのだと言った。

「奥さんにも、あの……あんなことをしていたの？」

「ええ。まあ……」

僕は曖昧に頷いた。

「それじゃあ、離婚されても当然ね。でも……五味さんが嵌めてるそれ……結婚指輪でしょう？　離婚したのに、まだしてるの？」

女が僕の左薬指の指輪を見つめて訊いた。

「ええ。あの……彼女のことが忘れられなくて……」

僕は弱々しく微笑んだ。その言葉は嘘ではなかった。

僕の30年の人生は、松下英理子のそれに比べると、遥かに平坦で、遥かに平凡で、面白味のないものだった。だから、僕に関する話はあっと言う間に終わってしまった。

「それだけ？」

拍子抜けしたように女が言い、新しい煙草に火を点けた。

「ええ。それだけです」

僕は氷の詰まったバケツからボトルを取り出し、空になった彼女のグラスに、ピンク色の液体を注ぎ入れた。彼女は大食漢であると同時に、大酒飲みでもあるようだった。

「五味さんからは、もっといろいろと、ゾクゾクするような話が聞けるのかと期待してたのに……たいしたことないのね」

ワインのグラスを傾けて女が笑った。

そう。今夜の女は本当によく笑った。そして、本当に楽しげだった。


空になった皿を下げるために、ウェイターのひとりが僕たちのテーブルにやって来た。若くて精悍な顔をしたウェイターだった。

皿を片付けている途中で、ウェイターが僕の顔をまじまじと見つめた。

「あの……タダさん……タダ・ユキオさんじゃないですか？」

ウェイターが英語で訊いた。

僕は若いウェイターの日焼けした顔を見つめ返した。

最初は誰だかわからなかった。だが、すぐに思い出した。彼は妻と僕が新婚旅行で滞在していたホテルのレストランのウェイターのひとりだった。

「ええっと……ムディタさんでしたね？　お久しぶりです」

「タダさん、わたしの名前、覚えていてくれたんですね。嬉しいなあ」

僕の言葉を聞いたウェイターが、とても嬉しそうな顔をした。

1年ぶりの再会がよほど嬉しかったのだろう。ウェイターはすぐには立ち去らず、しばらく僕たちのテーブルの脇に立って話をしていた。

彼は半年ほど前に勤務先のホテルを解雇され、今はこのレストランでアルバイトをしているということだった。小さな子供が3人もいるから、生活が大変だと言って笑った。

「ところで、タダさん、奥様はお元気ですか？」

爽やかに微笑みながらウェイターが訊いた。若くてハンサムで礼儀正しいそのウェイターは、かつての妻のお気に入りだった。

「実は彼女とは別れたんですよ」

松下英理子についたのと同じ嘘を、僕はウェイターにも言った。

「えっ、離婚したんですか？　あんなに綺麗で、あんなにスタイルがよくて、あんなに素敵な人だったのに……」

ウェイターが真面目な顔で言った。

「ええ。あの……たぶん、彼女と僕とは相性が合わなかったんだと思います」

曖昧な笑みを浮かべて僕が言い、やはり曖昧な笑みを浮かべて若いウェイターが頷いた。

ウェイターが僕を『タダさん』と呼ぶたびに、松下英理子が不思議そうな顔をしているのがわかった。この島での僕は『五味零』だった。

5

その晩、僕たちはその浜辺のレストランに10時近くまでいた。

その華奢な体からは想像もできないほど女はよく食べた。酒もとても強いようで、僕の2倍近くのロゼワインを飲んだ。

僕たちが来た時には、店は大勢の人々で賑わっていたが、いつの間にか、残っている客は数えるほどになっていた。

「少し寒くなって来ましたね。松下さん、そろそろ帰りましょうか？」

3本目のロゼワインのボトルが空になったのを見計らって僕は言った。

そう。来た時には生温かかった海からの風は、今ではひんやりと感じられるようになっていた。剝き出しになった女の肩や二の腕には、細かい鳥肌が立っていた。

「そうね。寒くなったわね。そろそろ出ましょうか？」

ほっそりとした二の腕や尖った肩を、掌でさすりながら女が僕を見つめた。女の目の前に置かれた灰皿では、クローブ煙草の吸い殻が小山のように盛り上がっていた。

「松下さんと食事ができて、今夜はとても楽しかったです」

「本当？」

一段と濃くなったアイラインに縁取られた目で、女がのぞき込むように僕を見つめた。誘うようなその目付きは、何となくあだっぽかった。

「ええ。こんなにおいしく食事をしたのは久しぶりでした。ありがとうございます」

「いいえ。わたしのほうこそ、ごちそうさまでした。わたしも楽しかったわ」

「さて、行きましょうか？　ご自宅までお送りしますよ」

僕は椅子から腰を浮かせた。

「あの……五味さん」

椅子に座ったまま、女が僕を見上げた。

「はい。何でしょう？」

「今夜は……あの……アルバイトはさせていただけないんですか？」

急に敬語になって女が訊いた。

「今夜も……していただけるんですか？」

僕は再び椅子に腰を下ろした。そして、頰のこけた女の顔をまじまじと見つめた。

「はい。あの……今夜も……させてください」

顔を強ばらせて僕を見つめ、ためらいがちに女が言った。

「いいんですか？」

僕の言葉に、女が細い眉を寄せて頷いた。それから、テーブルの下で剝き出しになっていた僕の太腿に掌を載せ、愛撫でもするかのようにそれを動かした。

6

ヴィラに戻ると、女がシャワーを浴びたいと訴えた。

「すぐ戻るわ。20分……いえ、15分だけ待ってもらえないかしら？」

頰のこけた女の顔は、相変わらず、強ばったままだった。

「時間なんか気にせず、ゆっくりなさって来てください。夜は長いんですから」

夜は長い――。

その言葉に、女の顔がさらに強ばった。

30分ほどで女は浴室から戻って来た。僕とお揃いの白いタオル地のバスローブ姿だった。痩せているせいで、バスローブはぶかぶかで、肩の部分が大きくずり落ちていた。

「待たせちゃって、ごめんなさい」

磨き上げられた大理石の床に素足で立った女が言った。

ランプシェード越しの柔らかな光が、女の全身を柔らかく照らしていた。ほっそりと長い首や、バスローブの襟元からのぞく日焼けした肌が、淡いピンクに染まっていた。長い黒髪は頭上でひとつにまとめられていたが、彫りの深いその顔には、濃い化粧が施されたままだった。ついさっきまでは剝げかけていた唇のルージュは、今は綺麗に塗り直されていた。

女は三脚に固定されたビデオカメラにちらりと目をやった。けれど、今夜はもう何も言わなかった。

僕はベッドから立ち上がり、ビデオカメラの撮影ボタンを押した。そして、女と向かい合うようにして立ち、不安げに強ばった女の顔を見下ろしながら……その女の顔に、自分の母のそれを重ね合わせようとした。

「どうしたの？　わたしの顔に何かついてる？」

ぎこちない笑みを浮かべて女が訊いた。

「いいえ。あの……松下さんは魅力的な人だなと思って……」

「嘘ばっかり」

女が言った。そして、またぎこちなく笑った。

バスローブのポケットに手を入れ、僕はそこから紙幣の束を取り出した。

「昨夜の2倍あります」

差し出された紙幣を、女はすぐには受け取らなかった。

「どうして……そんなにくれるの？」

女が顔を上げて、不安げに尋ねた。

その問いかけに僕は答えなかった。ただ、曖昧に微笑んでいただけだった。

女はしばらく無言で、僕が手にした紙幣を見つめていた。それから、ゆっくりと顔を上げ、骨張った手を伸ばして紙幣を受け取った。

7

僕は女にバスローブを脱ぐように命じた。

その命令を予期していたのだろう。女は前夜のようにたじろぎはせず、顔色を変えもせず、淡々とバスローブの紐をほどき、白いタオル地のそれを淡々と床に脱ぎ捨てた。

今夜の女はその骨張った体に、ショルダーストラップのない黒いブラジャーと、両脇が細い紐になった黒いショーツをまとっていた。薄い化繊でできたそれらの下着は、前夜にも増して扇情的なものだった。

胃下垂だった僕の妻は、食事のあとでは下腹部が大きく膨らんだものだった。けれど、あれほど大量の食事をとり、あれほど大量のワインを飲んだというのに、不思議なことに、女の腹部はえぐれるほどに凹んだままだった。

下着姿の女を見つめたまま、僕はベッドの脇に置かれた黒革製のバッグに手を入れた。そして、そこから銀色に光る手錠を取り出した。

僕が手にした金属製の拘束具を、女は忌まわしげな目で見つめた。けれど、その口から言葉は出なかった。ただ、薄い上下の唇を何度か、舌の先でなめただけだった。

「さあ。松下さん、腕を後ろにまわしてください」

僕が歩み寄り、女は強ばった顔を左右に振りながら何歩か後ずさった。そんな女の傷だらけの右手首を摑むと、僕はそこに手錠の輪のひとつを嵌め、その腕を背後にまわしてから、やはり傷だらけの左手首を摑んで右手首と繫ぎ合わせた。

「手錠をされた気分はどうです？」

女と向かい合って立ち、その顔を見つめて僕は笑った。

女の顔は相変わらず強ばってはいたけれど、アイラインに縁取られた目には、前夜のような怒りや憎しみはなかった。

そう。おそらく、女は割り切ることにしたのだ。これはビジネスだと考えることにし、自我や自尊心を消し去ることにしたのだ。怒ったり、憎んだり、嫌悪を抱いたり、軽蔑したりするのは、結局は自分が消耗するだけだと悟ったのだ。

けれど、1時間後にも女が同じ気持ちでいられるかどうかは疑問だった。

「せっかく口紅を塗り直したのに申し訳ないのですが……今夜は松下さんに、まず口を使っていただきましょう」

薄い唇に塗られたルージュを見つめて僕は言った。そして、自分が羽織っていたバスローブの紐を解き、その前を左右に広げた。

僕の股間ではすでに、硬直した男性器がそそり立っていた。

「僕の足元にひざまずいてください」

女の目を真っすぐに見つめて僕は命じた。

女はすぐには命令に従わなかった。後ろ手に手錠を掛けられたまま立ち尽くし、僕の目を無言で見つめ返していた。

僕は命令を繰り返さなかった。その代わり、右手を伸ばし、頭上でひとつにまとめられた女の髪を摑み、その頭をぐっと強く押し下げた。

髪を鷲摑みにされた女は一瞬、悔しそうに顔を歪めた。だが、抗うことはせず、そのまま腰を屈め、膝を折り、ひんやりとした大理石の床にひざまずいた。

その姿勢になることで、女の顔の位置は、ちょうど僕の股間の高さと同じになった。

「さあ、始めなさい」

右手で女の髪を摑んだまま、僕は硬直した男性器の先端を女の唇に押し当てた。

女はしばらくのあいだ、そのままの姿勢で動かなかった。けれど、やがて目を閉じ、諦めたかのように口を開いた。そして……硬直した男性器を口に含み、ゆっくりと首を前後に振り始めた。女の耳たぶで、ピアスがブランコのように揺れた。

下着姿で後ろ手に拘束され、床にひざまずくように命じられ、口に男性器を押し込まれた

11歳年上の女の姿——僕はその姿を、自分の母のそれに重ね合わせようとした。背徳感に彩られた強烈な興奮が、体の中に広がっていくのがわかった。

女の髪を僕は両手でがっちりと摑んだ。そして、目を閉じて首を振り続けている女の顔と、すぼめられた口から出入りしている唾液にまみれた男性器を、瞬きさえ惜しんで見つめた。

本当は女の顔をもっと激しく、もっと乱暴に前後に打ち振りたかった。そして、その喉の奥に、男性器を荒々しく突き入れたかった。

けれど、僕はその欲望を懸命に抑えた。

女を気遣ってのことではなかった。僕の中にはもはや、そんな思いやりは残っていなかった。ただ、女は食事を済ませたばかりだったし、彼女はとても大食漢だったから、嘔吐でもされたら大事だと思ったのだ。

「松下さん、慣れてますね。きっと何十人もの男のこれを咥《くわ》えて来たんでしょうね」

床にひざまずいて首を振り続けている女を見下ろし、嘲るように僕は言った。「僕は松下さんを初めて見た瞬間に思ったんです。ああ、この人はすごくフェラチオがうまそうだなあって。フェラチオが得意な人は、顔を見ればすぐにわかるんですよ」

女に向かって嘲りの言葉を放ち続けながら、僕は腕を伸ばした。そして三脚の上のビデオカメラを手に取り、そのレンズを女の横顔に近づけた。

「ほらっ、今、松下さんの横顔を撮影しています。すごくエロティックですよ」

女は悔しがっているのだろうか？　その心は怒りに震え、凄まじい恥辱と屈辱にわなないているのだろうか？　それとも、もう何も考えないようにしているのだろうか？

静かな部屋の中に、女の唇と男性器が擦れ合う音だけが続いていた。


床にひざまずいたまま、15分……いや、20分近くにわたって、女は首を前後に振り続けていた。

ああっ、僕は今、母の口を犯しているのだ。実の母を足元にひざまずかせ、オーラルセックスを強いているのだ。

その背徳感が僕を恍惚とさせた。

「お母さん……」

僕は小声で呟いた。そして、強い背徳感に身を震わせながら、やがて女の口の中に多量の体液を注ぎ入れた。

8

女に体液を嚥下《えんげ》させると、僕は女を拘束していた手錠を外した。それから、ベッドの脇に置かれた黒革製のバッグを探り、その中からナイロン製の白いロープを取り出した。

そのあいだ、女は大理石の床にひざまずいたまま、ほとんど身動きもせず、僕から顔を背けるようにして部屋の片隅に虚ろな視線を投げかけていた。

鷲摑みにされたことによって、頭上で結っていた女の髪は解け、くしゃくしゃになって縺れ合いながら、痩せた肩や背中や鎖骨の周りに広がっていた。唇のルージュはひどく滲み、口の周り全体が赤っぽく染まっていた。

「さあ、松下さん、今度はそのベッドに俯せになってください。もう経験済みですから、要領はわかっていますよね？」

女は今度も返事をしなかった。それでも、命じられた通り、床から立ち上がり、ゆっくりとベッドに上がった。そして、四肢を投げ出すようにしてそこに倒れ込んだ。女の背に縦横に刻み込まれた傷があらわになった。

それらの傷のいくつかは、すでにかさぶたになっていた。摩擦によってかさぶたが剝がれ、そこから新たな血が滲んでいる傷もあった。

この傷が痛んで仰向けにはなれず、女は昨夜は、俯せのままで眠ったのかもしれない。いや、眠ることができず、一晩中、僕を憎みつづけたのかもしれない。

傷だらけの女の背を見つめ、僕はぼんやりとそんなことを思った。けれど、だからといって、手加減をしようとは思わなかった。

そう。僕はもはや、浜辺のレストランにいた時の僕ではなかった。今、ここにいるのは、どす黒い欲望だけに支配された、残忍で残虐なもうひとりの僕だった。

昨夜もしたように、僕はロープで女の両手首をベッドの隅の木製の柱に縛り付けた。そのあいだ、女は右の耳をシーツに押し付けるようにして横向けに顔を伏せ、目をしっかりと閉じていた。女の呼吸に合わせて、傷だらけの背中がゆっくりと上下していた。

腕を縛り終えると、僕はアキレス腱の浮いた女の足首を掴んだ。女の足首は本当に細くて、僕の親指と中指が簡単にまわった。手首と同じように、足首も傷だらけだった。

無言のまま、僕は女の両脚を左右に大きく開かせた。女はわずかに脚に力を入れたが、抵抗するという感じではなかった。

女の四肢を拘束し終えると、僕はベッドの脇に立った。そして、黒い下着姿で俯せになった女をまじまじと見つめた。

両腕と両脚を大きく広げ、ベッドを抱きかかえるようにしたその姿は、水面に浮かんだアメンボウにそっくりだった。脚を開いたことによって、ショーツの横紐が、飛び出した腰骨の下の部分の皮膚に食い込んでいた。

僕はこれまで、数え切れないほど大勢の女たちを、こんなふうにベッドに俯せに、あるいは仰向けに縛り付けていた。だが、見飽きるということは決してなかった。無防備に拘束された女たちの姿は、そのたびに僕の征服欲を強く刺激した。

僕はバッグから小さな褐色のガラスビンと、白い脱脂綿を取り出した。

「何なの、それ？」

女が首をもたげ、僕の手の中の褐色の小ビンと脱脂綿を見つめた。

「これですか？　これはアンモニア水で、こっちの綿は脱脂綿ですよ」

無表情だった女の顔に、強い恐怖が浮かんだ。

「いやよ……やめて……そんなことされたら、死んじゃう……」

女がさらに首をもたげ、必死の形相で哀願した。

「大丈夫。死にはしませんよ」

女の目をじっと見つめて僕は言った。

「お願い……ほかのことだったら、何でもする……もう一度、咥えてあげる……だから……

お願いだから、それだけはやめて……」

女がさらに必死で哀願した。けれど、そんな言葉には何の意味もないことは、彼女自身にもよくわかっているはずだった。

そうなのだ。やると言ったら、僕はやるのだ。ここにいるのは人間ではなく、どす黒い欲望に満たされた悪魔なのだ。

無言のまま、僕は褐色の小ビンの蓋《ふた》を開けた。そして、ビンを傾けて、それを脱脂綿にたっぷりと吸い込ませた。強い揮発性のにおいが、ツンと鼻をついた。

「いや……やめて……お願い……それだけはやめて……」

女がさらに大きく首をもたげた。そして、拘束された四肢をしゃにむに悶えさせた。細くて長い首に、太い血管がくっきりと浮き上がった。

僕は恐怖に歪んだ女の顔を見つめた。そして、滴るほどアンモニア水を吸い込んだ脱脂綿で、鞭によってできた女の背の傷のひとつを——できたばかりのカサブタが剝がれ、うっすらと血が滲んだ左肩甲骨下の傷をゆっくりとなぞった。

その瞬間、骨張った女の体が、痙攣でもするかのようにビクンと震えた。

「あっ！　いっ！　いやーあああああっ！」

次の瞬間、女が凄まじい悲鳴を上げ、その華奢な体を猛烈に悶えさせた。四肢に繋がれたロープがピンと張り詰め、ベッドマットの中のスプリングがやかましく軋んだ。身を悶えさせたことによって黒いショーツがせり上がり、尻の割れ目に深く食い込んだ。

昨夜の女は最初、漏れそうになる悲鳴を必死になって抑えていた。けれど、今夜は我慢することを最初から放棄したようだった。

「ああっ、ひどいっ！　ひどいわ……ひどい……ひどい……」

なおも身をよじらせながら女が僕を見つめた。アイラインに縁取られた目には早くも涙が浮かび、日焼けした皮膚には脂汗が滲み始めていた。

「沁みますか？　辛いですか？　でも、鞭で打たれるよりは楽でしょう？」

そう言うと、僕は再び褐色の小ビンを傾け、中の液体を再び脱脂綿に吸い込ませた。

「もう、いやっ！　お願いっ！　お願いだから、もう許してっ！」

恐怖に顔を歪め、ブルブルと身を震わせ、女が叫ぶように哀願した。乱れた髪の束が、汗ばんだ額にべっとりと張り付いていた。

女の哀願を無視して、僕はアンモニア水に浸した脱脂綿を再び女の体に近づけた。そして、強い刺激臭を放つそれで、再び傷のひとつを——今度はアゲハチョウが黒く彫り込まれた右の尻の上の部分の傷をなぞった。

再び女の全身がビクンと震え、尻と腿に筋肉が浮き上がった。

「ひっ！　いいっ！　いやーあああああああっ！」

次の瞬間、再び女が髪を振り乱して天を仰ぎ、痩せた体を雑巾のようによじって凄絶な悲鳴を上げた。鮮やかな色に塗られた爪が、白いシーツを破れるほど強く摑んだ。

女のその姿は、あまりに淫らで、あまりに生々しくて……ついさっき射精したばかりだというのに、僕の性器は再び激しく硬直していた。

「さあ、松下さん、次はどこにしましょう？　リクエストはありますか？」

褐色のガラスビンを傾け、中の液体を脱脂綿に沁み込ませながら僕は女に尋ねた。

「もう、やめて……五味さん、お願い……お願いだから、もう許して……」

なおも身をよじらせながら女が訴えた。

けれど、その訴えは僕の耳には届かなかった。

悶絶を続ける女の体に、僕は手を伸ばした。そして、肋骨の浮き出た女の左脇腹から右のウェストにかけての傷を、アンモニア水に浸した脱脂綿でなぞった。

「いっ！　いやーあああああっ！　いやーあああああああっ！」

脂汗の光る全身を湾曲させ、長い黒髪をさらに激しく振り乱し、女がこれまでにも増して凄まじい悲鳴を上げた。

部屋の窓はどれもぴったりと閉められていたし、石垣と生け垣に囲まれたこのヴィラは、ほかのヴィラからは充分に離れていた。だが、女の悲鳴は耳を聾《ろう》するほどに大きかったから、僕はそれが誰かに聞かれてしまうことを危惧した。

口枷を使って、口を塞いでしまったほうがいいのだろうか？

僕は思った。実際、声が漏れるのを防ぐために、僕は娼婦たちの口に硬質プラスティック製の口枷をしばしば押し込んでいた。

けれど、結局、今夜は口枷を使うのをやめることにした。

女の口から発せられる悲鳴や叫びを、そして、必死で許しを乞う声を、僕はもっと聞いていたかったのだ。

9

女の体に刻み付けられたすべての鞭の傷跡にアンモニア水を塗り込み、その口から凄絶な悲鳴を何度も上げさせたあとで……僕は前夜と同じように、硬直した自分の性器に潤滑油を塗った。そして、俯せに拘束された女のショーツの股間を覆った部分の布を横にずらし、女の肛門にもそれを塗ろうとした。

そう。僕は硬直した男性器を、女性器にではなく、肛門に挿入するつもりだった。

「いやっ！　そこはいやっ！」

それまでぐったりとしていた女が、窮屈に首をねじって振り向いた。

「松下さん、アナルセックスの経験はないんですか？」

「ないわっ！　あるわけないじゃないっ！」

叫ぶように女が言った。

「そうですか？　それじゃあ、初めての体験ですね」

「もし……もし、どうしてもやりたいなら……もっとお金を払って」

挑むように僕を見つめて女が言った。

「お金ですか？　あれじゃあ、足りませんか？」

「足らないわっ！　全然足らないっ！」

再び叫ぶように女が訴えた。

「わかりました。それじゃあ……さっきと同じだけ払います。それでいいですか？」

「さっきと同じだけ？」

女が言った。その声は驚くほどに冷静だった。

「ええ。そうです」

女はしばらく思案するような顔をしていた。

「わかった。それなら、いいわ」

やがて女が言った。そして、汗にまみれた顔をシーツに押し付け、身構えるかのように、両手でシーツを強く握り締めた。

そんな女の肛門に僕は潤滑油を塗り込め、肛門の中に指を差し込み、その内部にもたっぷりとそれを塗った。

肛門に中指が押し込まれた瞬間、女が体をよじり、「あっ」という声を漏らした。同時に、イソギンチャクのように肛門がすぼみ、僕の指を強く締め付けた。

潤滑油を塗り終えると、僕は昨夜と同じように、傷だらけの女の背に体を重ねた。そして、男性器の先端を肛門に宛てがい、腰を突き出すようにして挿入を始めた。

「うっ……痛い……痛いっ！……ああっ！　痛いっ！」

痩せた上半身を浮き上がらせ、のけ反るようにして女が叫んだ。

女の肛門は固く締まっていて、挿入を果たすのは容易ではなかった。性体験の一度もない若い女を相手にしているかのようだった。

「力を抜いてください」

そう言いながら、僕は両手で骨張った女の肩を背後から羽交い締めにした。そして、さらに強く腰を突き出した。硬直した男性器が肛門を押し開きながら、ゆっくりと女の中に埋まっていくのがわかった。

「いやっ！　痛いっ！　ああっ！　いやっ！　いやーっ！」

女は腰を左右に振り、何とかして挿入を阻《はば》もうとした。その力は、華奢な体からは想像できないほど強かった。

けれど、四肢を拘束された女にできることは、あまりにも少なかった。数秒後には、硬直した男性器はその根元の部分まで女の中にすっぽりと埋まった。

挿入を果たすと、僕はしばらく女の背の上で、男性器を締め付ける肛門の感触を楽しんでいた。それから、ゆっくりと動き始めた。

「ああっ、痛いっ……いやっ……あっ……ああっ、いやっ……」

僕が動くたびに女の口から声が漏れた。

それは苦しみに呻く声に違いなかった。けれど、それは、快楽に悶えているかのようにも聞こえた。

10

女の腸内に体液を注ぎ入れたあとで、僕は女の背中から下りた。そして、苦痛と屈辱に身を震わせている女を見つめながら、四肢を拘束していたロープを解いた。

「松下さん、今夜はこれで終わりにしましょう」

僕が言い、女がベッドにゆっくりと上半身を起こした。

どうやら女は出血しているようだった。僕の性器にも微かな血液が付着していた。

泣き腫らした目で、女が僕の顔をぼんやりと見つめた。その目は虚ろで、ほとんど何の感情もないように見えた。


「松下さん、今夜もひどいことをしてしまって……いろいろとひどいことも言ってしまって……すみませんでした」

化粧を整え、衣類をまとった女に僕は謝罪した。「あの……僕が言ったことは気にしないでください……あれは本気じゃないんです……ただ、松下さんを悔しがらせようとして言っただけのことなんです」

女はしばらく無言で僕の顔を見つめていた。化粧を直したにもかかわらず、瞼《まぶた》が腫れ上がっていた。

「五味さん、本当に悪いと思ってる？」

やがて女が言った。

「はい。思っています」

僕の言葉に女は何度か無言で頷いた。

「もし、それが本当なら……本当に五味さんがそう思っているのなら……そのお詫びに、明日もあのレストランで食事を奢《おご》って」

女が言った。そして、少し笑った。「それから……明日もまた、ここでわたしにアルバイトをさせて」

女はもう笑ってはいなかった。

第7章

1

翌日は朝からどんよりと曇っていて、赤道のほうから湿った北風が強く吹いていた。それはスコールがやって来る前触れだった。耳を澄ますと小鳥たちの囀《さえず》りに交じって、遠くから微かな雷鳴が聞こえた。

「雨になりそうですね」

若いウェイターが空を見上げて言った。低く垂れ込めた鉛色の雲が、南へ南へと流れて行くのが見えた。その強い風に押し流されるかのように、小鳥たちもまた、南へ南へと飛んで行った。熱を帯びた風からは、いつも以上に強い潮の香りがした。

「ええ。そうみたいですね」

僕もウェイターと一緒に空を見上げた。「でも、雨は好きだから嬉しいです」

「ゴミさん、雨が好きなんですか？」

若いウェイターが意外そうな顔をした。

雨が降るとアウトドアのアクティビティに出かけられないし、プールやビーチでくつろぐこともできないから、観光客たちは雨を嫌がるのが普通だった。旅行者向けのガイドブックにもたいていは、この島を旅するなら乾季がお勧めだと書いてあった。

けれど僕は、水田の稲が青々と輝き、色とりどりの花が咲き乱れ、市場にたくさんの果物が並び、ホタルが舞い飛び、カエルたちが合唱をする、この雨季が好きだった。

「ええ。大好きです。特にスコールが好きなんですよ」

「そうなんですか」

僕の言葉に、ウェイターが曖昧に微笑んだ。


朝食を済ますと、その日も僕はタクシーに乗り、毎日のように通っているマッサージサロンに向かった。

予約をしたときの店長の話によれば、松下英理子からは今朝、『辞めさせてください』という連絡があったらしかった。

僕の部屋に1回来れば、マッサージサロンでの月収より遥かに多くの金を稼ぎ出すことができるのだから、彼女の選択は当然といえば当然だった。

相変わらず空には鉛色の雲が低く垂れ込め、辺りは夕暮れのように暗かったけれど、僕がサロンに到着した時にはまだ雨は降っていなかった。ただ時折、遠くから雷鳴が響き続けていただけだった。

だが、僕がマッサージ台に横たわるとすぐに雨が降り始めた。日本の夕立のような猛烈な雨だった。

環境音楽が流れる薄暗い部屋の中に、土砂降りの雨が地面を叩く音がせわしなく響いた。時折、ものすごい雷鳴が轟《とどろ》き渡り、そのたびにマッサージ師の若い女が、「きゃっ」という嬉しそうな悲鳴を上げた。

柔らかな女の手がアロマオイルにまみれた背中を這うのを感じながら、僕は土砂降りの雨の音と、響き渡る雷鳴を、まるで音楽のように心地よく聞いていた。


昼過ぎにマッサージサロンを出る時には、さっきまでの凄まじい雨は嘘のように上がり、いつものように強烈な太陽が水浸しになった町を照らしていた。雨上がりには一気に蒸し暑くなるというのが、雨季の特徴のひとつだった。

いつもそうしているように、僕は店で呼んでもらったタクシーに乗り込み、水たまりだらけの凸凹道をホテルに向かった。

流しのタクシーの運転手たちは、たいていは無鉄砲な運転をした。だが、道路のあちらこちらに深い水たまりができているので、きょうは飛ばすことはできなかった。どの車もノロノロと走っているせいで、狭い道はいつも以上に渋滞していた。

狭い道の両側には、現地の人々の家がずらりと並んでいた。そのほとんどが、石造りのみすぼらしい家だった。雨が上がったばかりだというのに、たいていの家の庭にはたくさんの洗濯物が揺れていた。この島の家庭には、まだそれほど洗濯機が普及していなかったから、それらの大半は手で洗ったもののはずだった。

濡れた歩道を、現地の人々が忙しそうに行き交っていた。同じ歩道を、犬や猫や鶏たちが歩いていた。水田では稲の葉が、照りつける太陽に鮮やかに輝いていた。

2

ホテルに戻ると、僕は自分のヴィラで、腹を空《す》かせていた子猫に餌をやった。その後はいつものように水着になり、プールサイドのチェアに横たわって海からの熱い風に吹かれながら、冷たいビールを飲んだり、本や雑誌を読んだり、プールに浸かって焼けた体を冷やしたり、うとうとと微睡んだりして過ごした。

さっきまでの土砂降りの雨のせいで、プールの水面にはたくさんの花や葉が浮かんでいた。底に沈んでしまった花や葉もあった。数人のプールボーイたちが長い柄の付いた網を使って、それらを忙しそうにすくい上げていた。

気温が一気に上がったせいで、プールサイドにいる人々は、しきりにビールを注文していた。それでウェイトレスたちもとても忙しそうだった。

中国人らしい団体客の男の何人かが、プールサイドを歩きまわっているロシア人姉妹にカメラのレンズを向けていた。けれど、ロシア人姉妹は別に嫌ではなさそうだった。

一度、僕のすぐそばの芝生の上を、1メートルほどもある巨大なトカゲが歩いているのを見かけた。その時、ちょうどロシア人姉妹が歩いて来たので、僕はふたりに日本語で、「ほらっ、あそこ」と言って大トカゲを指さした。

大トカゲを目にした少女たちが甲高《かんだか》い悲鳴を上げて笑い、その声に驚いて、大トカゲはすぐに木陰へと逃げ込んでしまった。

大トカゲがいなくなっても、金髪の少女たちは自分のビーチチェアには戻らず、しばらく近くのビーチチェアに寝そべって僕と話をしていった。

毎日のように顔を合わせるので、すれ違えば会釈ぐらいはしたが、そんなふうに話をするのは初めてだった。近くで見ると、少女たちはかなり濃い化粧を施していた。

彼女たちが片言の英語で話したことによれば、ふたりは両親と弟と5人で、半月ほど前にモスクワからやって来たようだった。ふたりはやはり姉妹で、エカチュリーナという姉が14歳、エリザベータという妹は13歳だった。彼女たちの父親は、モスクワで木材の会社を経営している資産家のようだった。

「あなたはいくつなの？」

エカチュリーナという姉が訊いた。

「30歳だよ」

僕が答えると、ふたりはとても驚いた顔をした。

「20歳ぐらいかと思ってたわ」

今度は妹のエリザベータが言った。

「昨夜の女の人はお姉さん？」

またエカチュリーナが訊いた。

「昨夜のって？」

「ほらっ、一緒にホテルから出て行った、黒いドレスの人よ」

「ああ。あの人は昔からの知り合いなんだよ」

「あなた、仕事は何をしているの？」

再び妹が尋ねた。

「僕は株式の売買をしているんだ」

そう答えながら、僕はさりげなく、ビーチチェアに身を横たえたふたりを見た。

姉のエカチュリーナは黒くて小さなトライアングル型のビキニで、妹のエリザベータは同じ形の純白のビキニだった。ふたりの首と臍ではお揃いの銀色の十字架が光り、手首と足首ではお揃いのブレスレットとアンクレットが光っていた。ふたりとも本当によく焼けていて、全身を覆った金色の産毛が照りつける太陽に美しく光っていた。

「いつまでここにいるの？」

また妹のほうが訊いた。少女たちはどちらも綺麗だったが、僕には妹のほうがより美しく見えた。

「さあ？　まだ決めていないんだ」

「いいわね。わたしたちは明後日、モスクワに戻るのよ」

「それじゃあ、寂しくなるね」

「ええ。そうね。まだまだ帰りたくないわ」

少女たちはその後もしばらく僕の隣のビーチチェアに横たわり、ウェイトレスに運ばせたマンゴジュースとパイナップルジュースを飲んでいた。

そんな少女たちにさりげなく視線を送りながら、僕はいつものように、彼女たちを相手に、あの忌まわしい行為をすることを夢想した。

それはなかなか素敵な想像だった。

3

松下英理子がヴィラのチャイムを鳴らしたのは、前夜と同じ午後7時だった。

「こんばんは、五味さん。今夜もよろしくお願いします」

ドアの外に立った女が、目元と口元に小皺を寄せて微笑んだ。

戸口に佇む女の顔を見た瞬間、ほんの一瞬、僕は別の女が訪ねて来たのかと思った。

女はそのエキゾティックな顔に、いつにも増して濃い化粧を施していた。連夜にわたって凄絶な悲鳴を上げたために、もともとがハスキーだった声は、今ではさらにかすれて、しわがれていた。

「こんばんは、松下さん。こちらこそ、今夜もよろしくお願いします」

分厚くファンデーションを塗り重ねた女の顔を見つめて、僕は微笑みを返した。そして、なぜ自分が、彼女を別人のように感じたのかを理解した。

目の前に佇む女は、そのファッションが前夜までとは少し違っていた。そして、僕に対する態度が、前夜までとは決定的に違っていた。

前夜までと同じように、今夜も女は細い体に張り付くような、ミニ丈のホルターネックのワンピースをまとっていた。だが、前夜までの安っぽい木綿製とは違い、今夜のそれはつやつやとしたシルクサテン製で、縫製もしっかりとした洒落たデザインのものだった。踵の高い紫色のサンダルはブランド物ではないようだったが、この島に観光にやって来る日本の若い女たちが履いているような、流行の洒落たデザインのものだった。

そう。昨夜まで女が身につけていたものは、何もかもが安っぽかった。けれど、今夜の女はそうではなかった。

今夜の女の耳元では初めて目にする大きなピアスが揺れていた。それは前夜まで女がつけていた、いかにも安そうなピアスではなく、それなりに値が張りそうなものに見えた。ほっそりとした首に巻かれたネックレスも、ブレスレットもアンクレットも、前夜までの銀製の安物ではなく、プラチナかホワイトゴールド製の洒落たものに変わっていた。

金銭的な余裕ができた？

おそらく、そういうことなのだろう。

そして、僕に対するその態度。

そう。堂々とした女の態度は、前夜までとは決定的に違っていた。

真っ黒なアイラインに縁取られた女の目の中には、もはや前夜までの怯えや戸惑いはなかった。怒りもなかったし、憎しみもなかった。僕を見る女の眼差しはとても自然で、まるで昔からの友人を見ているかのようだった。

前夜までの女は、いかにも現地の男と結婚した日本人妻のように見えた。ほんの一時の気の迷いから貧しい現地の男の元に嫁ぎ、今はそれを悔いているけれど、どうすることもできずにいる、この島のいたるところで目にする日本人の女たちのように……。

だが、今夜の女はそうではなかった。今夜の彼女は、リゾートライフを満喫している有閑マダムが、たまに着飾って高級レストランに繰り出す晩のようにも見えた。

「松下さん。あの……今夜はいつにも増して素敵ですね」

「良かった。五味さんのために張り切ってお洒落した甲斐《かい》があったわ。でも、このワンピース、ちょっとミニ過ぎない？」

そう言うと、女は僕の前でクルクルとまわってみせた。

「いいえ。松下さんは脚が綺麗だから、よく似合っています」

「そう？　お世辞でも嬉しいわ」

白い歯を見せて女が笑った。声はすっかりかすれ、しわがれていたけれど、それは恋人に語りかけるかのような親しげな口調だった。

「それじゃあ、行きましょうか？」

笑みを浮かべて女が言った。そして、まるで恋人にするように、僕の腕に剝き出しの腕を絡ませた。


その晩も、僕たちはホテルからタクシーに乗った。道路は相変わらず水たまりだらけで、狭い道はひどく渋滞していた。

剝き出しになった女の肩の後ろのほうには、いまだに鞭による傷が残っていた。けれど、痛みはいくらか和らいだのかもしれない。前夜とは違い、今夜の女は革製のシートにゆったりと寄りかかっていた。

今夜は近くのリゾートホテル内にある、日本料理店に行こうと僕は考えていた。この国に長く暮らしている彼女には、日本の食べ物が懐かしいだろうと思ったから。

けれど、女は僕が提案した日本料理店にではなく、前夜のシーフードレストランに行きたがった。

「もう一度、あの店のロブスターが食べたいの。ねっ、五味さん、いいでしょう？」

僕の腕に腕を絡めた女が、しわがれた声で、甘えたように言った。

「ロブスターだったら、その店にもありますよ」

「でも、そういう店のロブスターは、信じられないくらいに高いでしょう？　同じものを食べるのに、高いお金を払うことはないわよ」

「まあ、そうですね」

僕としては、あまり気が進まなかった。僕の本名を知っているウェイターがいるのも気になった。

けれど、女が行きたいと言う以上は、そうするしかなかった。僕が彼女に命令を下すことができるのは、あのヴィラの密室の中でだけだった。

しかたなく僕は運転手に、昨夜のレストランに向かってくれるように頼んだ。

「嬉しいっ！」

少女のようにはしゃいだ口調で女が言い、僕の腕にさらに強く腕を絡めた。

もしかしたら、僕をその店に連れて行くことで、彼女の懐にも何パーセントかのリベートが入って来るのかもしれない。実際、この島で知り合いになった人たちの何人かは、僕をしきりに自分の知り合いの店に誘ったものだった。

けれど、女の懐にリベートが入ろうと、入るまいと、そんなことは僕にとってはどうでもいいことだった。

僕の関心事はただひとつ——死んだ時の僕の母と同い年の、彼女の存在だけだった。

4

前夜と同じように、砂浜に作られたその店は賑わっていた。雨季はサーフィンにはあまり適さない季節だと聞いていたが、前夜と同じように、客たちの大半が欧米人のサーファーのようだった。

「こんばんは、ゴミさん。こんばんは、エリコ」

ダルマサヤというオーナーの男が、僕たちを日本語で迎え入れた。

「こんばんは、ダルマサヤ」

やはり日本語で松下英理子が応じた。

「あれっ？　エリコ、今夜は何だか……少し感じが違うね」

濃い紫色のワンピースに包まれた女の全身を不躾に眺めまわし、今度は英語で男が言った。

彼もまた、僕と同じように感じていたらしかった。

「そう？　どこが？」

背筋を伸ばして立ち、澄ました顔で女が訊き返した。

「うん……何て言うか……今夜は綺麗だね」

「あらっ、いつもは綺麗じゃないの？」

女が頬を膨らませ、不満げな顔をした。

「いや。いつも綺麗だけど……今夜は何て言うか……金持ちのマダムみたいだ」

「ありがとう」

弾んだような声で女が言い、僕を振り向いて笑った。それから、僕の腕にまた、そっと腕を絡ませた。

その晩も僕たちは、波打ち際にいちばん近い前夜と同じ席に案内された。細くて高いサンダルの踵が、足元の砂に突き刺さり、女は少し歩きにくそうにしていた。

注文を取りに来た若いウェイトレスに、僕は前夜と同じようにビールを頼んだ。女はロゼワインをボトルで頼んだ。

「松下さん、どうぞ、お好きなものを注文してください」

運ばれて来たビールとワインで乾杯をしたあとで、僕は女に言った。

「ええ。遠慮なく、そうさせてもらうわ。だって、五味さんは大金持ちですもんね」

女が僕の目を見つめて笑った。それから、テーブルの上にあったメニューを開き、ウェイトレスを呼び付けて注文を始めた。


その晩、僕たちのテーブルには前夜以上に大量の料理の皿が並んだ。

「松下さん、本当に大食漢なんですね。よく太りませんね」

ふたつのテーブルにずらりと並べられた料理の数々を眺めて僕は笑った。

「ええ。昔から、いくら食べても太らないのよ」

真面目な顔で言うと、女は目の前に並べられた料理を次々と口に運び始めた。

今夜は風がないせいで、すでに日没から1時間以上が経過しているというのに、辺りにはいまだに熱く湿った空気が淀《よど》んでいた。サンダルを脱いで裸足になると、足元の砂はぽかぽかと温かかった。昨夜に比べると、打ち寄せる波も穏やかだった。

僕たちの頭上には今夜も裸電球が揺れ、空には無数の星が瞬いていた。この島はハワイからは1万キロほども離れているというのに、店のスピーカーからはどういうわけか、大音量のハワイアンが流れていた。

料理を口に運びながら、僕は目の前に座っている女の様子をうかがった。そして、着飾った女の姿に、自分の母の姿を重ね合わせようとした。

「どうしてそんなに、わたしを見てるの？」

フォークを動かす手を止めて、女が顔を上げた。

「いえ……別に……」

僕は慌てて女から目を逸らした。

「五味さん、また、いやらしいことを考えていたんでしょう？」

女が言った。そして、意味ありげに笑った。

5

レストランが軒を連ねる夜の砂浜には、食事をしている観光客に商品を売り付けようとする現地の人々が何人も歩いていた。

松下英理子がトイレに立っていた時に、そんな中のひとり、よく太った中年の女が、僕たちのテーブルに近づいて来た。

そう。その晩も女は何度もトイレに立った。そして、戻って来るたびに、さらに濃い化粧を施していた。

「奥様にアクセサリーはいかがですか？　安くしますよ」

物売りの女が僕に言った。

きっと一日中、この砂浜を歩き続けていたのだろう。女のTシャツはひどく汚れ、汗のにおいを強く漂わせていた。たっぷりと肉の付いた顔にも汗が噴き出し、そこにたくさんの砂粒が付着していた。

女の持っているアクセサリーはどれも安っぽくて、プレゼントできるようなものには見えなかった。けれど、この島ではいつもそうしているように、僕は薦められるがまま、そのいくつかを買うことにした。

「ありがとうございます」

物売りの女が日本語で言い、とても嬉しそうに笑った。

僕は最低の男ではあるけれど、そんな笑顔に触れることは嫌いではなかった。

ちょうど僕が財布から紙幣を取り出した時、松下英理子がトイレから戻って来た。

「あら、五味さん、何を買ったの？」

自分の席に座りながら女が尋ねた。

「アクセサリーです」

テーブルの上にずらりと並べられたピアスやネックレスや、ブレスレットやアンクレットを指して僕は言った。

「こんなにたくさん？」

「ええ。あの……安物ですけど、松下さんにプレゼントしようと思って……」

「嬉しいわ」

女が言った。けれど、その顔はたいして嬉しそうではなかった。「ところで、いくら払うつもり？」

それで僕は物売りの女に請求された金額を松下英理子に告げた。

「ええっ！　どうしてそんなに高いのっ？　それじゃあ、ぼったくりよ！」

松下英理子が大きな声で叫ぶかのように言った。そして、この国の言葉で、物売りの女に猛然と食ってかかった。周りで食事をしていた人々が、驚いたかのように僕たちを見つめた。

「いいんですよ、松下さん。この人にも少しは儲けさせてあげないと……」

けれど、松下英理子は僕の言葉を無視し、大声で女に何かを言っていた。どうやら値切っているらしかった。

松下英理子の交渉によって、それらのアクセサリーの価格は、最初に物売りの女が僕に言った額の10分の1以下に下落した。

「危なかったわ。もう少しでぼったくられるところだった」

物売りの女が立ち去ったあとで、松下英理子が僕に言った。「注意したほうがいいわよ。五味さんは人がよくて騙《だま》しやすそうだから、みんなが食い物にしようとするのよ」

「そうですね。あの……気をつけます」

一段と化粧が濃くなった女の顔を見つめ、僕は曖昧に頷いた。

6

「五味さん、今夜はわたしを、どんなふうにいじめるつもり？」

何度目かのトイレから戻って来たあとで、女が僕の目を見つめて訊いた。

女はトイレに立つたびに、マウスウォッシュのようなものでうがいをしているようだった。

トイレから戻った女の口からはいつも、強いスペアミントの香りがした。

「ええ。実は……今夜は、あのアルバイトは中止にしたほうがいいんじゃないかなと思っていたところなんですよ」

ピンク色をしたワインを飲みながら僕は言った。その晩もすでに僕たちは3本目のロゼワインを注文していた。

「中止？　どうして？」

女が意外そうな顔をした。

「あんまり続けると、松下さんも疲れてしまうし……」

「わたしは大丈夫よ。疲れてなんかいないわ」

僕の言葉を遮るかのように女が言った。

けれど、その言葉は疑わしかった。

痛みに泣き叫び、身を悶えさせるということは、それだけで体力を消耗するものなのだ。

特に、一昨日の晩、尻や背に嫌というほど強く打ち下ろされた鞭と、昨夜、その傷に塗り込まれたアンモニア水は、華奢な女の肉体に大きなダメージを残しているに違いなかった。

確かに僕は、かつて妻だった女に対しては、毎夜のようにあの忌まわしい行為を繰り返していた。けれど、妻だった女にしていた行為は、一昨日、昨日と僕が松下英理子にしたそれに比べれば、肉体的にはソフトなものだった。

厚く塗り込められたファンデーションで隠されてはいたが、それでも、女の目の下には青黒い隈《くま》が透けて見えていた。実際、僕は彼女の表情に、時折、強い疲労の色を見た。

「でも……体のためにも一日ぐらいは休んだほうが……」

充血して潤んだ女の目を見つめて僕は言った。

もちろん、僕は今夜も彼女を泣き叫ばせたかった。彼女の顔を苦痛に歪め、その華奢な体を激痛に震えさせたかった。

けれど、無理は禁物だった。

「大丈夫。心配しないで。本当に大丈夫なんだから。気にしないで」

女が言った。そして、テーブルの下で僕の太腿をそっと撫でた。

「そうですか……」

「そうだ……ねえ、五味さん、これ見て」

思い出したかのように言うと、女がバッグを開いた。洒落た籐製のバッグだった。

僕は女のバッグをのぞき込んだ。

バッグの中には、ハンカチや化粧品やヘアブラシやマウスウォッシュのビンと一緒に、どぎつい色と形をした電動の疑似男性器が入っていた。

「どうしたんです、それ？」

「買ったのよ」

口元に淫靡な笑みを浮かべて女が言った。

「松下さんが、ご自身で買いに行ったんですか？」

「ええ。そうよ。きょうの午後、買いに行って来たの」

女の言葉は僕を驚かせた。

僕の妻だった女も時折、インターネットの通信販売で、そういうおぞましい性の道具を購入していた。けれど、それは通信販売だったからできたことで、店舗で購入することは絶対にできなかったはずだった。

「あの……松下さん……恥ずかしくなかったですか？」

「恥ずかしかったわ」

平然とした口調で女が言った。そして、また淫靡に笑った。「でも、五味さんが喜ぶと思って、頑張ったの……ねっ、五味さん。今夜はこれを使ってもいいわよ。五味さんだってこれを……あの……わたしの中に入れてみたいでしょう？」

僕は女を見つめ返し、ふーっと大きく息を吐いた。そして、ゆっくりと頷いた。

その瞬間、女がとても嬉しそうな顔をした。

7

僕たちが店に来た時には、夜空には無数の星が瞬いていた。けれど、食事を終える頃になって、急に雲が広がり始めた。たっぷりと雨を含んだ重たそうな雲だった。北からの風も強くなって来て、遠くから雷鳴も聞こえ始めた。

「降るわね」

夜空を見上げて女が言った。長い黒髪が湿った風になびいていた。

「そうですか？」

「ええ。降るわ」

僕を見つめ、自信ありげに女が繰り返した。「引き上げたほうが良さそうね」

頭上で大きく揺れる裸電球が、彫りの深い女の顔にさまざまな陰影を刻み付けていた。ほっそりとした顔は、やはり少し疲れているようにも見えた。


店の前でタクシーに乗ると、すぐに雨が降り始めた。

「ほらっ、降ったでしょう？」

僕のほうに顔を向けて女が言った。

「よくわかりましたね？」

「わかるわよ。21年もここで暮らしているんだもん」

女の口調は、どことなく投げやりだった。

雨は1秒ごとに激しさを増した。そして、たちまち数メートル先も見えないような豪雨になり、細い道は濁った川のようになってしまった。この島の道はたいてい街灯が薄暗かったし、ひどく凸凹としていたから、タクシーは歩くような速さでしか走れなかった。

「すごい雨ですね。水路をゴンドラで進んでいるみたいだ」

窓の外を見つめて僕は言った。

「ええ。でも、もう慣れたわ」

前方を見つめたまま、やはり投げやりな口調で女が言った。

のろのろと走るタクシーの窓から、太った女が慌てて洗濯物を取り込んでいるのが見えた。別の家の庭には洗濯物が干したままになっていて、猛烈な雨に叩かれていた。

「雨季には洗濯物が、からっと乾かないでしょう？」

「ええ。乾かないわ」

「そういう時は、どうするんですか？」

「湿ったまま着るのよ」

当然のことだというふうに女が言った。

「でも、生乾きだと洗濯物が臭くなるでしょう？」

「ええ。臭くなるわ」

「臭くなったら、どうするんですか？」

「どうもしないわ。諦めて、我慢するだけ」

女が少し苛立ったように言った。

そんな話をしているうちにも、雨はさらに激しさを増していった。まるで太鼓のように、雨粒が車のルーフを激しく叩いた。

辺りはとても暗かった。だが、時折、一瞬、真昼のように明るくなり、周囲に生えた椰子の葉や、道の両側に広がる水田の緑が鮮やかに浮き上がった。そして、直後に、凄まじい雷鳴が僕たちの鼓膜を震わせた。

何度目かの雷鳴が轟《とどろ》き終わった直後に、女が僕の手首を摑んだ。そして、僕の手を自分の剝き出しの太腿に載せた。

海岸で夜風にさらされていたせいだろうか？　ほっそりとした女の腿の表面は、砂でザラついていた。

僕は女の顔を見た。

けれど、女は前方を見つめたままで、僕のほうには顔を向けなかった。

女が僕の手を握ったまま、それをゆっくりと自分の股間のほうに動かした。同時に、閉じていた両脚をゆっくりと左右に開いた。下半身に張り付くようなタイトなスカートが、腰骨の近くまでせり上がっていった。

前方に顔を向けたまま、女がかすれた小声で何かを言った。けれど、ルーフを叩く雨の音にかき消されて、僕にはそれを聞き取ることができなかった。

自分の腿に載せた僕の掌を、女はさらに上のほう、その付け根の辺りへと移動させた。腿の外側の皮膚は冷たかったが、内側のそれは温かかった。

僕はまた女の顔を見た。けれど、女はやはり僕に横顔を向けたままだった。

女がシートに肩を押し付け、のけ反るようにして、さらに大きく両脚を広げた。そのことによって、ワンピースのスカートの裾がさらにせり上がった。

大きく広げられた2本の脚の付け根の部分に、今度は自分自身の意志で、僕はそっと指を伸ばした。そして、サテンのショーツの上からゆっくりと恥丘の膨らみを撫でた。一昨日の晩、僕が剃り落とした性毛が、今ではまた生え始めているのだろう。ショーツの薄い布の向こう側の皮膚は、少しザラザラとしていた。

女は2本の脚をいっぱいに広げた姿勢で僕の手首を握り締め、後頭部をシートのヘッドレストにもたせかけていた。けれど、車内は暗くて、女が目を開いているのか、閉じているのかは僕にはわからなかった。

8

ヴィラのドアを閉めるとすぐに、女が僕の体に抱きついた。そして、跳ね上がった雨に濡れた左脚を高く持ち上げ、足首やふくら脛を僕の右の太腿や尻の辺りに擦りつけるようにして脚を絡めて来た。

タイトなスカートがまくれ上がり、下着が剝き出しになった。

そんな女の小さな尻や、贅肉《ぜいにく》のほとんどない太腿を、僕は右手でまさぐり、左手では骨張った女の体をしなるほど強く抱き締め返した。

「キスして……」

息を喘がせて女が求め、僕はその濡れた唇に自分の唇を重ね合わせた。ふたりの歯がぶつかり合い、カチカチという硬質な音を立てた。

彼女と唇を合わせるのは、それが初めてのことだった。いや……この島で僕が女性と唇を合わせること自体が初めてのことだった。

女の舌は薄く、長く、熱かった。そして、強いスペアミントの香りと、微かなクローブ煙草のにおいがした。

前夜もそうしたように、女が浴室に行っているあいだに、僕は子猫にぬるま湯で溶いた粉ミルクを与えた。そして、衣類を脱ぎ捨て、全裸の体にバスローブをまとい、三脚にビデオカメラをセットし、ルームサービスに電話をして部屋に氷を運んでもらった。

雨は相変わらず激しかった。土砂降りの雨がこれほど長く続くのは珍しかった。

女は30分ほどで浴室から戻って来た。バスローブをまとっていた前夜とは違い、今夜の女は濃い紫色のブラジャーとショーツ、それに踵の高い紫色のサンダルだけしか身につけていなかった。

今夜の女の下着はワンピースと同じように、強い光沢を放つサテン製で、前夜と同じようにとても小さくて扇情的なデザインのものだった。前夜は頭上でまとめられていた長い黒髪は、今夜は束ねずに背中に垂らしたままだった。

「浴室にバスローブはありませんでしたか？」

柔らかな間接照明に照らされた下着姿の女を見つめて僕は訊いた。

「あったけど、着なかったの。どうせ、すぐに脱げって言われるんだから」

僕を見つめて女が笑った。そして、ファッションモデルのように、サンダルの高い踵をぐらつかせながら、その場でゆっくりとまわった。

骨張った背に縦横についた鞭の傷は、ほとんどがカサブタになってはいたが、相変わらずグロテスクで、相変わらず痛々しく、そして……なまめかしくて、美しかった。


今夜はロープを使わないことにした。女の手首と足首にできた傷を考慮してのことだ。その代わり、僕は下着姿の女を床に四つん這いにさせ、自分はバスローブを脱ぎ捨ててベッドの縁に全裸で浅く腰を下ろした。

僕の股間ではすでに、男性器が強く硬直していた。

「松下さん、何をすればいいか、もうおわかりですよね？」

両手両膝を床に突いてうずくまった女に、僕はそう問いかけた。

女が無言で僕の股間を見つめた。真っすぐな長い髪の先が、大理石の床に触れていた。尖った顎のすぐ下では、細いプラチナのネックレスが美しく輝きながら揺れていた。

僕は女を手招きした。それに応じるように、女は猫のように床を這って僕に歩み寄り、左右に広げた脚のあいだにうずくまった。

僕の股間にうずくまった女が顔を上げた。

「五味さん。あの……今夜はあんまり乱暴にはしないで……少しだったら我慢するけど……でも……あんまりひどくはいじめないで」

かすれた声で縋《すが》るように女が訴え、僕は無言で頷いた。

けれど、それは、彼女の訴えを聞き入れたということではなかった。

「さあ、始めてください」

自分の脚のあいだに四つん這いになった女を見下ろし、抑揚のない声で僕は命じた。

女は顔を伏せ、ほんの数秒、そのままの姿勢で動かずにいた。

そんな女の傷だらけの背中を、僕はまじまじと見つめた。そして、今度はいつ、そこに鞭を振り下ろすことができるのだろう、と考えていた。

時折、カーテンを開けたままの窓の外が真昼のように明るくなり、次の瞬間、凄まじい雷鳴が轟いた。窓を閉めているというのに、屋根や地面や椰子の葉を叩く雨の音が絶え間なく聞こえた。

やがて女が、意を決したかのように硬直した男性器に唇を寄せ、それを口に深く含んだ。そして、そこに舌を絡ませるようにしながら、ゆっくりと顔を上下に動かし始めた。

僕は強い快楽に身をゆだねながら、規則正しく首を振り続けている女の姿を——細くて長い後ろ首や、尖って骨の飛び出た肩や、傷だらけの背や、ショーツの上からのぞく尻のアゲハチョウを見つめていた。それから、女の背に手を伸ばし、濃い紫色のブラジャーのホックを外した。

ショルダーストラップがないため、ただそれだけのことで、女の乳房を覆っていたそれは磨き上げられた床の上にはらりと落ちた。

四つん這いになっている女の体の下側に、僕は両方の腕を伸ばした。そして、剝き出しになった左右の乳房を、両手でゆっくりと、こねるように揉みしだいた。

「むっ……ふむっ……」

乳房が揉みしだかれるたびに、口を塞がれた女が体をよじって呻きを漏らした。その苦しげな呻きが、僕の性器をさらに硬直させた。

少女のように小さな乳房と、オリーブの実のように大きな乳首を、しばらく両手でもてあそんでいたあとで、僕は女から手を離し、ベッドの上に腕を伸ばした。真っ白なシーツの上には、彼女が持参したグロテスクな色と形をした疑似男性器が転がっていた。

「せっかく松下さんが買って来てくれたんだから、今夜はこれを使ってみましょう」

そう言うと、僕はすぐ脇に置いてあった黒革製のバッグに手を入れた。そして、そこから潤滑油の小ビンを取り出し、オリーブオイルのようなその液体を、疑似男性器の表面にまんべんなく塗った。

「松下さん。脚を左右に大きく広げてください」

疑似男性器に潤滑油を塗り終わると、僕は首を振り続けている女にそう命じた。「もっとです……もっと脚を広げて……もっと……もっとです……」

僕が命じるたびに、女は大理石の床に突いた膝を、少しずつ左右に広げていった。

女のふたつの膝頭が60センチほど離れたのを見届けてから、僕は女の尻に腕を伸ばした。

そして、濃い紫色をしたショーツの股間の部分の細い布を横にずらし、肛門にも潤滑油を塗り込もうとした。

「いやっ！」

口から男性器を吐き出して女が言った。「お尻はいやっ！　お尻はやめてっ！」

「誰がやめていいと言いました？　続けなさい」

女の髪を乱暴に摑み、僕は冷たく命じた。

その瞬間、女が悔しげに顔を歪めた。見開かれた目の中には、僕に対する怒りと憎しみが甦っていた。

そんな彼女の顔を見たのは、今夜は初めてだった。

「嫌なら帰ってもらいます。もちろん、今夜の分のアルバイト料は返していただきます。どうします、松下さん？　続けますか？　それとも帰りますか？」

女がさらに悔しそうな顔をした。けれど、それ以上は何も言わず、再び顔を伏せ、硬直した男性器を口に含んだ。そして、長い髪をはためかせながら、再び上下に首を振り始めた。

そんな女の尻に、僕は再び両手を伸ばした。そして、ショーツの股間の部分の布を横にずらし、2本の指先で肛門の内外にたっぷりと潤滑油を塗りつけた。

僕の指先が肛門に潜り込むたびに、女がくぐもった声を漏らし、骨張った体を左右によじった。昨夜の肛門への男性器の挿入によって女は出血していたから、もしかしたら潤滑油がひどく沁みたのかもしれなかった。

潤滑油を充分に塗り終えると、僕は疑似男性器の先端を女の肛門に押し当てた。そして、少しねじるようにしながら、毒々しい色とグロテスクな形をしたそれを、女の中にゆっくりと押し込んでいた。

「むむうっ……」

女が首を振るのを中断し、また体を左右によじった。

女が買って来た疑似男性器は、僕が所持しているものほど太くはなかったから、難なく女の直腸内に収まった。挿入を終えると、僕はスイッチを入れた。すぐに女の体の内部から鈍い音が響き始め、肛門に突き立てられた疑似男性器がくねくねと淫靡に動き始めた。

「うっ……うむっ……むっ……うっ……」

モーターが作り出す刺激を受けた女が、華奢な体をさらに激しく左右によじった。

女が身をよじるたびに、疑似男性器は肛門から押し出されて来た。だから、そのたびに、僕は腕を伸ばし、それを再び深く女の中に押し込み直さなくてはならなかった。

骨張った尻に疑似男性器を突き立てて、女はしばらく首を振り続けていた。だが、ついに男性器を口から吐き出し、激しく咳き込みながら訴えた。

「ああっ！　もう、ダメっ！　もう許してっ！」

アイラインに縁取られたその目が、込み上げる涙で潤んでいた。唇のルージュは滲み、尖った顎の先からは透明な唾液が糸を引いて滴っていた。

「続けなさい」

冷たく言うと、僕はなおも咳き込んでいる女の髪を鷲摑みにした。そして、唾液に濡れたその口を、硬直した男性器でこじ開けようとした。

「いやっ……お願い……やめてっ……」

女は首を左右に振った。けれど、それ以上は抗わず、またそれを口に含んだ。

そう。女は金が欲しいのだ。そして、そのためには、この苦行を続けるしかないのだ。

『労働なき富』を得ることができないものは、労働をするしかないのだ。

肛門に疑似男性器を突き立てた女が、再び顔を振り始めた。込み上げる快楽と、強い征服感に身を震わせながら、僕はそんな女を真上から見下ろした。

また窓の外が明るくなり、強い光が四つん這いになった女を照らした。直後に、耳がおかしくなるほどの雷鳴が轟き渡った。

9

前夜の僕は、女が嘔吐することを案じて、その喉の奥に男性器を突き入れたいという欲望を懸命に抑えていた。

けれど、どうやら今夜は、その欲望を抑えきれそうになかった。

どす黒い欲望に駆られた僕は、女の髪を両手でがっちりと、抜けるほど強く鷲摑みにした。

そして、首を振り続けている女の頭部を、さらに激しく上下に打ち振った。痛いほどに硬直した男性器の先端が、女の喉を荒々しく突き上げた。

「むっ……んっ……むっ……」

喉を突き上げられた女が苦しげに呻いた。そして、男性器を吐き出し、げほげほと激しく咳き込んだ。

「ああっ、ダメっ！　もう許してっ！　これ以上、乱暴にされたら吐いちゃう」

なおも咳き込み続けながら、目を潤ませて女が訴えた。その顔はげっそりとしていて、やつれ果てて見えた。

だが、もちろん、そんな訴えに僕が耳を貸すはずがなかった。

「続けなさい」

女の髪を鷲掴みにしたまま、僕は命じた。そして、顔を背けようとする女の口に、硬直した男性器を押し込み、さらに乱暴に女の頭部を上下に打ち振らせた。

女の両肩から垂れた長い髪が、黒い竜のように舞い乱れた。

女は何度も咳き込み、口の中の男性器を何度も吐き出した。そして、そのたびに目を潤ませて、もうやめて欲しいと僕に訴えた。

「もう、ダメっ……もう本当にダメっ……許して……お願い。もう許して……」

けれど、僕はそのたびに「続けなさい」と冷たく命じ、ルージュの剝げ落ちた女の唇のあいだに、唾液にまみれた男性器をねじ込んだ。

いったい女の口に何十回、硬直した男性器を突き入れただろう？

「ぐっ……ぶっ……」

女の喉がこれまでとは違う奇妙な音を立て、僕は女の髪を摑んでいた手を放した。

次の瞬間、女が男性器を吐き出した。そして、内臓までをも吐き出すような咳をしながら、華奢な体をよじるようにして嘔吐した。

女の口から溢れ出た吐瀉物が、磨き上げられた大理石の床に広がり、女の両手や、長い髪の先や、左右の膝頭を濡らした。剝き出しの僕の足や足首も、女の口から溢れた生温かい液体に濡れた。

「ひどいわ……ひどい……ひどい……」

なおも咳き込み、口の端からたらたらと胃液を滴らせながら、女が僕を見上げた。

けれど、僕は女の顔を見なかった。僕はたった今、女の体内から放出された、透明な吐瀉物を見つめていたのだ。

浜辺のレストランであれほどたくさんの料理を食べ、あれほどたくさんのワインを飲んだというのに……不思議なことに、女の体から放出された吐瀉物には固形物はまったく交じっていなかった。さらにその量も、驚くほど少なかった。

そう。女は食べたものや飲んだものを、すべて吐いていたのだ。何度もトイレに行っていたのはそのためだったのだ。

やはりあの店に僕を連れて行くことで、女の懐には飲食代の何パーセントかのリベートが入ったに違いなかった。だから、できるだけ多く食べ、できるだけ多く飲み、僕に少しでも多くの代金を支払わせようとしたのだ。

騙された？

もしかしたら、そういうことなのかもしれない。けれど、そうは思わなかった。そんなことは、僕にとってはどうでもいいことだった。

「続けなさい、松下さん」

吐瀉物に濡れた床の上で身を震わせている女の髪を、僕はまた強く摑んだ。そして、いまだに硬直している男性器の先端を、胃液に濡れた女の唇に押し当てた。

「いやっ……もう、いやっ……」

僕より11歳年上の女が──14年前に死んだ母の身代わりの女が──エキゾティックな顔を

苦痛に歪めて訴えた。尖った顎の先から、透き通った胃液が糸を引いて滴っていた。抜けるほど強く髪を摑まれているために、涙に潤んだ大きな目が吊り上がって見えた。

「嫌なら、帰ってもらいますよ」

自分の吐瀉物の中で四つん這いになった女の目を見つめ、僕は静かに言った。

髪を摑まれたまま、女はしばらく視線をさまよわせていた。だが、やがて、諦めたかのように目を閉じ、ゆっくりと口を開いた。

そんな女の口に、僕はまた男性器を押し込んだ。そして、これまで以上に激しく顔を上下に打ち振らせ、これまで以上に荒々しくその喉の奥に男性器を突き入れた。

いつの間にか女の肛門から抜け落ちていた疑似男性器が、彼女の吐瀉物に濡れた大理石の床の上で、くねくねと淫靡にのたうちまわっていた。毒々しい色をしたその表面に、うっすらと血液が付着しているのが見えた。

その後も僕は、嘔吐物の広がった床に四つん這いになった女の口に、硬直した男性器を、容赦なく突き入れ続けた。

凄まじい雨と、耳をつんざくような雷鳴が続いていた。時折、強い風が部屋の窓をガタガタと震わせていった。

10

「良かったら、ここで食事でもして行きませんか？」

行為のあと、大きなバスタオルで床を掃除しながら、僕は女に訊いた。

ベッドの縁に腰を下ろしていた女が顔を上げ、虚ろな眼差しを僕に向けた。

嫌というほど続けられた強制的なオーラルセックスによって、女の唇のルージュは完全に落ちていた。涙を流したせいでマスカラやアイラインも流れ落ち、目の下は真っ黒になっていた。長いあいだ鷲摑みにされていたせいで、髪の毛はくちゃくちゃに縺れあっていた。疲労し切ったその顔は、げっそりとしていて、目が落ち窪んでいた。

「松下さん、お腹が空いているんじゃありませんか？　海辺のレストランで食べたものは、あそこのトイレでみんな吐いてしまったんでしょう？」

「五味さん……知ってたの？」

女は紫色の小さなショーツに、紫色のハイヒールサンダルという姿だった。剝き出しの乳房には、僕の指の跡がいくつも赤く残っていた。

女は腹を立てているはずだった。僕を憎んでいるはずだった。けれど、消耗し切った女の目には、怒りも憎しみもなかった。

「ええ。でも、明日からはもう、そんなことはしないでください。その分のお金はアルバイト代に上乗せしますから、明日からはちゃんと食べてください」

「ええ。そうするわ。あの……せっかくごちそうしてもらったのに、ごめんなさい」

バスタオルで床を拭き続けている僕に女が言った。

いつの間にか、雨はやんでいた。ついさっき窓の外を見上げたら、夜空にはすでに無数の星が瞬いていた。


その晩、女と僕はリビングルームのテーブルに向き合って、ルームサービスのサンドイッチとフライドポテトとシーザーサラダを食べ、よく冷やしたロゼワインを飲んだ。この島のものではなく、フランス製のワインだった。

「すごくおいしいワインね」

オレンジがかったワインを舌の上で転がすようにして味わったあとで、女が僕を見つめて言った。すでに化粧は直していたけれど、骨張ったその顔は、相変わらず憔悴《しょうすい》し切っているように見えた。

「ええ。おいしいですね」

「こんないいワインを飲んじゃったら、もうこの島のワインなんか飲めなくなっちゃうわ」

女が力なく笑った。

すでに午前0時をまわっていた。窓を開け放ったせいで、庭で鳴く虫たちの声が絶え間なく聞こえた。すぐそこの浜辺に打ち寄せる波の音もしたし、あの爬虫類が大きな声で鳴いているのも聞こえた。

「何だか、不思議な気がするわ」

僕の顔を見つめて女が言った。

「何が不思議なんですか?」

「さっきまでの五味さんと今の五味さんは、まったく別の人みたいだから……」

女の声は、今夜ここに来た時に比べると、一段とかすれているように思われた。

「そうですか?」

「ええ。さっきまでは悪魔みたいだったのに……今はすごく優しくて、すごく紳士で、すごくナイーブそうで……とても同じ人とは思えないわ」

女が僕の顔を、さらにまじまじと見つめた。

「あの……実は僕にも、自分がさっきまでの自分と同じ男だとは思えないんですよ」

「そうなの？」

「ええ。そうなんです」

僕が言い、女が不思議そうな顔をして頷いた。


その晩、僕は女に泊まっていかないかと提案した。

もし、その女と寄り添って眠ったら、母親と寝ているような気分になれるかもしれないと思ったのだ。ごく幼い頃にはそんなことがあったのかもしれないが、僕には母と一緒に寝たという記憶がなかった。

「そうね……こんなベッドで眠ったら、きっとすごく快適でしょうね」

前夜とその前の晩に、自分が磔にされていた天蓋付きのベッドを見つめて女が言った。

「でも、やっぱり……今夜は遠慮させてもらうわ」

「そうですか」

「ええ。本当は泊まっていきたいけど……娘の具合が良くないから、明日も早くから孫たちの世話をしなきゃならないのよ」

女の言葉に、僕は落胆した。けれど、それ以上は引き留めなかった。

別れ際にヴィラの戸口で、女が僕の体を抱き締めた。そんな女の体を僕は強く抱き締め返した。そして今夜、ここに戻って来た時と同じように唇を重ね合わせた。

女の口からは、ついさっきまで吸っていたクローブ煙草のにおいがした。

「おやすみなさい、五味さん。また明日ね」

唇を離したあとで女が言った。

「おやすみなさい、松下さん」

僕は言い、歩み去って行く女の後ろ姿を見送った。

華奢な全身を、強い疲労が蝕《むしば》んでいるのだろう。丈の短いワンピースの裾から突き出した2本の脚を縺れさせるようにして、女はおぼつかない足取りで歩いていた。

11

女を見送ったあとで僕は浴室に行った。そして、浴室の棚の端に見慣れない携帯電話が置かれているのに気づいた。

僕はその電話を手に取ると、すぐにヴィラを飛び出した。

広大なホテルの敷地を歩き、フロントのあるロビーを通り、警備員詰め所を抜けて、ホテルの周りに張り巡らされた高い塀の外に出る。巨大な鉄製の門のところに立って、ホテル前の水たまりだらけの往来を見まわす。

薄暗い街灯に照らされた50メートルほど向こうの歩道を、濃い紫色のワンピースをまとった女が、サンダルの踵をぐらつかせて、ふらふらと歩いているのが見えた。

僕は女に走り寄ろうとした。

その時、僕の背後から水飛沫を上げながら走って来た車が、女のすぐ脇で止まった。ひどく汚れたポンコツのピックアップトラックだった。

女は戸惑ったふうもなくピックアップトラックのドアに手を掛けた。そして、ほっそりとした脚を高く上げて車の助手席に乗り込んだ。


僕がヴィラに戻るとすぐに、ライティングデスクの上の電話が鳴った。

『もしもし、五味さん？』

耳に押し当てた受話器から、ひどくかすれた女の声が聞こえた。『あの……わたし、浴室に携帯電話を忘れたみたいなんだけど……』

雑音のひどい電話からは、女の声とともに、車のエンジン音やクラクションが聞こえた。

「ええ。浴室の棚にありました。どうしましょう？」

『そうね……明日まで五味さんが持っていてもらえるかしら？』

「ええ。わかりました」

『ねえ、五味さん。あの……その電話の中身を見た？』

女が少し心配そうな声を出した。

「見ていません」

『メールとか、着信履歴とか見てない？』

「見ませんよ」

笑いながら僕は答えた。

『そうよね。五味さんはそういう人だもんね』

女が言った。少し笑ったようだった。けれど、電話の雑音がひどくて、はっきりとはわからなかった。

『それじゃあ、五味さん。また明日ね。おやすみなさい』

「おやすみなさい、松下さん」

僕は言った。そして、電話の上に受話器を戻した。

第8章

1

その朝、けたたましく鳴る電話の音に僕は目を覚ました。

寝ぼけ眼《まなこ》のままサイドテーブルに手を伸ばし、受話器を持ち上げる。

けれど、電話は鳴りやまなかった。

そう。鳴っていたのは部屋の電話ではなく、そのすぐ脇に置いてあった携帯電話だった。

ベッドに上半身を起こし、僕は電話が鳴りやむのを待った。枕のすぐ脇に置いたバスケットの中では、子猫が丸い目をいっぱいに見開いて電話を見つめていた。

誰からの電話なのだろう？

携帯電話の液晶のディスプレイには、相手の名前が表示されているようだった。

けれど、僕はそれを見なかった。他人の通信をのぞき見たりするのが嫌いなのだ。

松下英理子が忘れていった携帯電話は、いつまでも鳴りやまなかった。

しかたなく僕は、鳴り続けている電話を摑んでベッドから出た。そして、脚をふらつかせながら、全裸のまま隣のリビングルームに向かった。

窓の外はいまだに暗かったが、時計の針は間もなく午前6時を指そうとしていた。

この島では1年を通して午後6時半頃に夕日が沈み、約12時間後の午前6時半頃に朝日が上る。気候自体は日本の夏に似ていたが、日本の夏に比べると日の出の時間が遥かに遅いというのが大きな違いだった。

なおもしつこく鳴り続けている電話を、僕はソファの上に置いた。そして、その上にクッションをいくつか被《かぶ》せてベッドルームに戻った。

ベッドに潜り込み、僕ももう一度、眠ろうと思った。この島に来てからの僕は、9時過ぎまで眠っているのが常だった。10時過ぎまでベッドにいることも少なくなかった。

けれど、今朝はどうしても眠ることができなかった。

30分ほど寝返りを打ち続けていたあとで、僕は諦めて立ち上がった。そして、素肌にバスローブを羽織り、庭のガゼボに向かった。

昨夜の雨のためか、外の空気はひんやりとしていた。きっと風向きのせいなのだろう。今朝の風からは潮の香りではなく、湿った土と、青い草のにおいがした。

庭をぐるりと囲ったブーゲンビリアの生け垣の中では、夜の虫たちがさかんに鳴いていた。ガゼボの屋根裏の電灯のまわりには、いまだに夜行性のヤモリが這いまわっていて、光に集まる虫たちを捕食しようとしていた。

空にはまだいくつもの星が瞬いていた。けれど、東のほうの空は明るくなり始めていた。きょうは雲がほとんどなかったから、暑い一日になりそうだった。

ガゼボのクッションに寄り掛かり、屋根から下がった白いレースのカーテン越しに、僕は徐々に明るさを増していく辺りの風景をぼんやりと眺めた。

目を覚ました鳥たちの声が、あちらこちらから聞こえた。生け垣の向こうからは、敷地の掃除をしている従業員たちの話し声がした。彼らが使っているホウキの音もした。

車やオートバイのエンジン音が、遠くのほうからぶーんという一塊《ひとかたまり》の騒音になって響いていた。おそらく今が、通勤のピーク時間帯なのだろう。日の出の遅いこの島では、人々は暗いうちから働き始めるのが常だった。

松下英理子もすでに朝食を済ませ、今頃は掃除や洗濯に勤しんでいる頃かもしれない。いや……もしかしたら今朝は、体が辛くて、起き上がれないでいるかもしれない。

そう。昨夜、このヴィラを出て行く時の女は、本当に疲れ切った表情をしていた。目の下には青黒い隈ができ、目が落ち窪み、視線は虚ろだった。サンダルの踵がとても高かったとはいえ、その足取りはおぼつかず、ふらふらとしていて危なっかしかった。

だが、そんなに疲れているにもかかわらず、彼女は今夜もまた、僕のヴィラにやって来ることになっていた。僕はとめたのだが、女がどうしてもと言ってきかなかったのだ。

青草と土のにおいを含んだ湿った風がガゼボのカーテンをそよがせ、僕の髪を優しく梳《す》くようにして吹き抜けていった。同じ風が、タオル地のバスローブの中に流れ込み、汗ばんだ体を心地よく冷やしていった。

夕暮れ時というものがほとんどないように、ここでは朝の薄明の時間も極端に短かった。僕がガゼボに横たわっているわずかなあいだに、辺りは急激に明るさを増していった。

いつの間にか、あれほどたくさんの星は完全に消えてなくなり、代わりに、V字型の編隊を組んだ30羽ほどの鳥たちが、甲高い声で鳴きながら空を横切っていくのが見えた。ふと気づくと、ついさっきまで生け垣で鳴いていた夜の虫たちの声も聞こえなくなっていた。

やがて、きょう最初の太陽の光が、ブーゲンビリアの生け垣の縁を鮮やかに照らし始めた。どこからか姿を現した数羽のアゲハチョウが庭のプールの縁に止まり、大きな羽を閉じたり開いたりしながら水を飲んでいた。庭に植えられた椰子の木の幹を、目を覚ましたばかりの大きなリスが勢いよく駆け下りていった。

えっ？

手首に何か柔らかなものが触れた。

ふと見ると、そこに白と黒の斑の子猫がいた。子猫は2本の前足を行儀よく揃えて僕の脇に座り、少し首をかしげるようにして、こちらを見上げていた。

いったいいつの間に、ガゼボに飛び乗ったのだろう？

「なんだ、お前も起きたのか？　お腹が空いたのかい？」

子猫に微笑みながら、僕はそう話しかけた。

その真ん丸い目で、子猫はしばらく僕を見つめていた。それから、僕の問いかけに答えるかのように小声で鳴いた。小さくて尖った白い歯が見えた。

2

早起きをしたので、いつもより早く入浴を済ませ、いつもより早く食堂に食事に行った。いつもなら、朝の食堂にいる客は僕だけだった。だが、こんな時間にはかなり大勢の人々がいて、賑やかに話をしながら食事をしていた。

思った通り、午前中からぐんぐんと気温が上がった。朝のうちはあった風もなくなり、僕が食事を終える頃には茹《う》だるような蒸し暑さになった。客たちだけではなく、暑さには慣れているはずの従業員までもが、口々に「暑い」「暑い」と繰り返していた。

いつもの僕は食事のあとでホテルの敷地内を散歩するのだが、今朝はあまりに暑いので散歩は諦め、真っすぐに自分のヴィラに戻った。僕のヴィラではちょうど、ハウスキーパーの女がふたり、掃除を始めたところだった。

「あとどのくらいかかりますか？」

女のひとりに僕は尋ねた。

「そうですね……まだ30分ぐらいはかかるかもしれません。すみません」

今ではもうすっかり顔見知りになった中年のハウスキーパーが、申し訳なさそうに答えた。女の額では、噴き出した汗の粒が無数に光っていた。

しかたなく、僕はいつもより早くマッサージサロンに出かけることにした。部屋を出る前に、ハウスキーパーの女たちにさらに数枚の紙幣をチップとして渡そうとした。けれど、中年のハウスキーパーは、差し出された紙幣を受け取ろうとしなかった。

「チップはさっき、そこに置いてあったのをいただいたから、もう結構ですよ」

「でも、いつも部屋を汚してしまうし……猫もいるんで、受け取ってください」

大理石の床に、だらしない格好で寝そべっている子猫を指して僕は言った。

自分でも簡単に掃除はしているのだが、この部屋の大理石の床にはしばしば凝固したロウが散らばっていた。シーツにはしばしば、女たちの血液や化粧が付着していたし、ロウがこびりついていることもあった。昨夜は女の嘔吐物を拭いたせいで、バスタオルも汚れていた。

「それじゃあ、遠慮なくいただきます。ありがとうございます、五味さん」

紙幣を受け取ると、女が白い歯を見せて笑った。

僕が再びヴィラを出ようとすると、松下英理子の携帯電話がまた、けたたましく鳴り始めた。いつの間にかその電話は、ソファからローテーブルの上に移動させられていた。

「五味さん、電話ですよ。さっきから、何度も鳴っているんです」

中年のハウスキーパーがローテーブルを指さした。「ダルマサヤっていう人からだと思うんですけど……」

「ダルマサヤ？」

それはあの浜辺のレストランのオーナーの名だった。

「はい。あの……見るつもりはなかったんですけど、ディスプレイに出ていた名前がつい見えてしまって……」

言い訳をするかのように女が言い、僕はあの浜辺のレストランで松下英理子とダルマサヤという男が、とても親しげにしていたことを思い出した。

「いいんですよ。あの電話は僕のじゃないんで、放っておいてください」

そう言って女に笑いかけると、僕はヴィラを出た。


マッサージサロンから戻ると、いつものように子猫にミルクを与えた。それから、水着に着替えてプールに向かった。

きょうは暑いので、プールにはかなり大勢の人々がいた。けれど、そこにはもう、あの美しいロシア人姉妹の姿はなかった。僕はそれを少し残念に思った。

強烈な日差しに照らされた海面が、見ていられないほど眩しく輝いていた。雲のほとんどない空には、いくつものパラセイルが浮かんでいた。プールサイドには入れ替わり立ち替わり小鳥がやって来て、プールの水を飲んだり、水浴びをしたりしていた。

早起きをしたせいか、ビーチチェアに横たわってビールを飲むとすぐに眠たくなり、僕は顔に麦藁《むぎわら》帽子を載せて30分ほど微睡《まどろ》んだ。そして、夢を見た。

どういうわけか夢の中には、僕の父と妻の両親が出て来た。彼らの夢を見たのは、この島に来て初めてのことだった。

目を覚ましたあとで、僕はまたウェイトレスにビールを運んで来てくれるように頼んだ。

そして、プールサイドに刻み付けられたパラソルや椰子の葉の影を見つめながら、父と妻の両親のことを思った。

おそらく彼らはすでに、僕たちがヨーロッパを旅しているのではないということに気づいているはずだった。それどころか、僕が妻を殺してこの島に逃亡しているということも、すでに知っているのかもしれなかった。

妻の死体が発見されたという記事を読んで以来、僕は部屋に日本の新聞を届けさせるのをやめていたから、警察の捜査がどこまで進んでいるのかはわからなかった。だが、『その時』が、すぐそこまで来ていることは間違いなかった。

3

女がドアチャイムを鳴らしたのは、いつもより1時間半ほど早い午後5時半だった。

女はきょうも濃く化粧をしていた。昨夜に比べると、いくらか元気を回復しているようだったが、目の下には相変わらず、青黒い隈が透けて見えた。真っ黒なアイラインで縁取られた目は、いまだに充血していて落ち窪んでいた。

「こんにちは、松下さん。きょうは随分とカジュアルですね」

女の全身を眺めまわしながら、僕は言った。

そう。今夜の女は、ワンピースではなく、白いタンクトップをまとい、丈の短い擦り切れたデニムのスカートを穿いていた。足元は踵の高い真っ白なサンダルだった。

タンクトップの裾からは、細くくびれたウェストと、細長い形をした臍がのぞいていた。女の全身にはいつも以上にたくさんのアクセサリーが光り、頭にはレンズの大きなサングラスが載っていた。よく日に焼けた尖った肩には、僕が初めて目にするブランド物のショルダーバッグが掛けられていた。

「ええ。こういうカジュアルなファッションのほうが、優雅で旅慣れた観光客に見えるかと思って……どう？　似合う？　それとも、少し子供っぽいかしら？」

女が心配そうに訊いた。

「いいえ。子供っぽくなんかありません。よく似合いますよ。すごく素敵です」

「そう？　よかった」

僕の言葉に女が微笑んだ。

「そうそう。これ」

僕はポケットから黒い携帯電話を取り出して女に手渡した。

女は僕から受け取った電話に素早く視線を走らせた。

「大丈夫ですよ。何も見てません」

「ええ。わかってるわ。わたし、五味さんのことは信頼してるから」

女が微笑んだ。そして、「行きましょう」と言って、僕の腕に自分の腕を絡ませた。

ヴィラからホテルのエントランスホールに向かう途中で、女は何度かふらついて転びかけた。そのたびに僕は、慌てて女の体を支えた。

「大丈夫ですか、松下さん？」

「ええ。大丈夫」

女はそう答え、次の瞬間、またふらついて僕に縋り付いた。

「本当に大丈夫なんですか？　何だか、ふらふらしているみたいですけど……」

「ちょっとサンダルの踵が高くて歩きにくいだけよ」

女が僕のほうに顔を向けて笑った。その息からはアルコールのにおいがした。

「松下さん、お酒を飲んでいらしたんですか？」

「わかる？」

僕の腕に縋り付くようにして歩き続けながら、女が言った。「きょうは特別に暑かったから、午後から少しビールを飲んだの」

「確かに暑かったですもんね。僕もプールで随分とビールを飲みました」

「昼間からお酒を飲むのって、楽しいわね」

僕は頷いた。そして、いったい彼女はどのくらい飲んだのだろうと訝《いぶか》った。

彼女の吐く息からは、かなり強いアルコールのにおいがした。それは『少し』という程度の量ではないように思われた。

4

その日、僕たちが行ったのは、近くのリゾートホテルの広々とした中庭に建てられた日本料理店だった。

屋根瓦が載った店の門の両脇には、赤い和服をまとった若い現地人の女がふたり立っていた。女たちは歩いて来た僕たちに、「いらっしゃいませ。ようこそお越しいただきました」と、たどたどしい日本語で言って頭を下げた。

「すごく高そうなお店ね」

松下英理子が門の向こうに建つ大きな日本家屋を見上げて言った。「何だか、ぼったくられそうで、入るのが少し怖いわ」

けれど、その顔は怖がっているというより、嬉しそうだった。

僕は彼女が前夜、あの浜辺のレストランでも、『ぼったくる』という日本語を使っていたことを思い出した。長く日本を離れている彼女が、そんな言葉を使うことが、僕には少しおかしかった。

「こちらにどうぞ」

赤い和服の女のひとりが日本語で言い、僕たちは彼女に続いて門をくぐり抜け、その先にある大きな木製の引き戸を抜けた。

「いらっしゃいませ、五味さん。こんばんは」

現地人の中年女が流暢《りゅうちょう》な日本語でそう言って、店に入って来た僕たちに笑顔で頭を下げた。浅黄色の洒落た和服をまとったその女は、この店の女将《おかみ》のような存在だった。

「こんばんは、スミアチさん。今夜もよろしくお願いします」

僕もまた日本語で応じた。毎週のように通っていたから、今では彼女ともすっかり顔なじみだった。

静かな店内には琴の音が低く流れていた。店のあちらこちらに置かれた素朴な和風の壺には、ススキやキキョウやハギが生けられていた。

「日本は秋なのね。秋っていう季節があることなんて……すっかり忘れてたわ」

店の中を見まわした女が感慨深げに言った。

「僕もそうですよ」

エアコンの風にそよぐススキの穂を見つめて、僕は頷いた。

そう。四季のない島に長くいるので、今では僕からも季節感というものがすっかり失われていた。けれど、日本はもう木枯らしが吹く季節になっているはずだった。

「ずっと昔……箱根の仙石原《せんごくばら》にススキを見に行ったことがあるわ」

ススキが生けられた壺に歩み寄りながら、ひとり言のように女が言った。

「仙石原ですか？　僕は行ったことはありませんが、どうでした？」

「素敵だったわ。ものすごく幻想的で……まるで夢の中にいるみたいだった」

遠くを見るような目付きで女が言った。

「そうですか。それじゃあ、僕も日本に戻ったら行ってみようかな」

僕は女に言った。けれど、そんな日が来ることはないということはわかっていた。

「わたしはもう永久に、日本には行けないだろうな」

なおもススキを見つめ続けながら、ひとり言のように女が呟いた。

「そうなんですか?」

「ええ。きっとわたしは、この狭くて蒸し暑い島に閉じ込められたまま、つまらない人生を終えることになるのよ」

僕を見つめ返し、笑わずに女が言った。

女から目を逸らし、僕は曖昧に微笑んだ。

5

和服姿の若いウェイトレスが、6畳の和室に案内してくれた。その部屋は個室になっていて、窓の障子を開くと、果てしなく広がるインド洋と、その水平線に沈もうとしている真っ赤な太陽が見えた。

「素敵なお店ね。こんなところ、わたし、生まれてから一度も来たことがないわ」

松下英理子が部屋の中を物珍しげに見まわして言った。夕日に照らされた白いタンクトップが、赤っぽく染まっていた。

僕はウェイトレスから受け取った飲み物のメニューを広げた。そして、テーブルの向かいに座った女に、それを差し出した。

「松下さん、何を飲まれます？」

「何にしようかしら？」

日本語と英語で書かれたメニューに女が視線を落とした。そして、次の瞬間、かすれた声で叫ぶように言った。「うわっ、高いっ！　どうしてこんなに高いのっ！」

女がメニューから視線を上げ、今度は僕の顔を見つめた。

「確かに、少し高いですね」

「少しどころじゃないわ！　これじゃあ、ぼったくりじゃない！」

「ぼったくりですか？」

僕は笑った。その言葉がおかしくてたまらなかったのだ。

「ぼったくりよ。完全なぼったくり。ひどすぎるわ」

すぐ脇にいたウェイトレスを見つめて女が繰り返した。

若いウェイトレスには、『ぼったくり』という日本語が理解できなかったようだった。けれど、松下英理子が何を言っているのかはわかったようで、僕の顔を見て少し困ったように微笑んでいた。

「まあ、いいじゃないですか、ぼったくられても」

「よくないわ。わたし、ぼったくられるのが大嫌いなの」

ウェイトレスとメニューと僕を順番に見つめて女が言った。

僕はさらに笑った。子供みたいな女の様子が、とても可愛らしく感じられたのだ。


僕たちは刺し身の盛り合わせと、天ぷらと握り寿司の入ったコースを注文した。そして、順番に運ばれて来るそれらを食べながらフランス産の白ワインを飲んだ。

「ズワイガニの刺し身だなんて、5年ぶりよ」

ワサビと醬油をたっぷりと付けたカニの刺し身を口に運びながら女が言った。

「そうなんですか？」

「ええ。5年前、母の葬儀の精進落としで食べたのが最後よ」

「それじゃあ、それ以来、日本には戻っていらっしゃらないんですか？」

「ええ。そうね。戻ってないわ」

「あの……お父さんはご健在なんですか？」

「父はもう10年以上前に亡くなったわ。でも、その時は子育てやなんかですごく忙しかったし、飛行機に乗るお金もなかったから帰れなかったの」

顔をしかめるようにして女が笑った。真横からの夕日を受けたその顔は、いつもよりずっと疲れているように見えたし、年を取っているようにも見えた。

そうしているうちにも、赤い太陽はぐんぐん水平線に近づいていった。太陽の真下の海面からすぐそこの波打ち際まで、赤くて太い夕日の反射が、まるで光の道のように真っすぐに伸びていた。

「ほらっ、松下さん、夕日が沈みますよ」

僕は窓の向こうを指さした。その指の先では、真っ赤な太陽が、今まさに水平線に接しようとしていた。それは太陽というより、落ちる寸前の線香花火の玉のようにも見えた。波打ち際には大勢の観光客たちがいて、指をさしたり、夕日にカメラを向けたりしていた。

「ええ。綺麗ね」

ちらりと夕日を見て女が言った。けれど、たいして興味があるようではなかった。

きっと彼女は、海に沈む太陽なんて、この21年のあいだに何十回も見て来たのだろう。考えてみれば、あの浜辺のレストランでも、同じ光景が見られるはずだった。

けれど、女が喜ぶことを期待していた僕は、少しだけがっかりした。

6

前夜までとは違い、その晩の女はあまりトイレには行かなかった。そして、その晩の女はあまり食べなかった。

「おいしくないですか？」

僕は心配して女に訊いた。彼女は刺し身の盛り合わせも、天ぷらも握り寿司も、焼いたサンマも茶わん蒸しも栗の炊き込み御飯も、その半分以上を残していたからだ。

「いいえ。すごくおいしいわ」

かすれた声で女が言った。

「でも、あまり食べませんね。体の具合でも悪いんですか？」

そう。今夜の女は少し体調が悪そうに見えた。一度、僕がトイレから戻って来た時には、女は顔を俯け、腕組みして目を閉じていた。

「大丈夫。どこも悪くないわ」

僕を見つめて女が笑った。「心配してくれて、ありがとう」

「どういたしまして」

「こんなふうに誰かから心配されたのって、この島に来て初めてみたいな気がするわ。五味さんって、優しい人なのね」

「そんなこと、ありませんよ」

「いいえ、優しいわ。それにハンサムだし……昨夜も言ったけど、こうしていると、とてもあんなことをするような人には見えないわ」

女が言い、僕は曖昧に微笑んだ。

女はあまり食べなかったが、前夜までと同じようによく飲んだ。僕たちはあっと言う間に2本のワインボトルを空にし、3本目を注文した。

「このワイン、高いだけあって、本当においしいわ」

女はそう言って、僕がグラスに注いだワインを次々と飲み干した。

「松下さん、お酒がすごく強いんですね」

「ええ、そうなの。たぶん父の遺伝で、お酒は本当に強いのよ」

「まだ飲めますか？」

「もちろんよ」

少し飲み過ぎだとは思ったが、僕は何も言わなかった。自分より11歳も年上の女に酒の量を注意するなんて、差し出がましいことだと思ったのだ。

「変なことを訊いてもいいかしら？」

ウェイトレスが4本目のワインを運んで来たあとで、女が遠慮がちに僕に言った。

「ええ。何ですか？」

「五味さんは、あの……この島に現金をたくさん持って来たの？」

顔を歪めるようにして微笑みながら、少し言いにくそうに女が訊いた。

「あの……どうしてそんな質問をなさるんですか？」

「別にたいした理由はないんだけど……」

少し慌てたように笑いながら、女が言った。「ただ……3カ月もこの島にいて、お金はどうしているのかなと思って……ほらっ、五味さんがいくらお金持ちでも、この国には持ち込める現金の上限があるでしょう？　五味さんはすごく気前がいいし、どんなものでも言われたままの値段で買っちゃうから……だから、あの……もうあまり現金が残っていないんじゃないかと思って……」

言い訳でもするかのように言葉を続ける女の顔を、僕はぼんやりと見つめた。

そうなのだ。おそらく女は、僕と一緒にいることで、これから自分にどのくらいの利益があるのかを知りたがっているのだ。いや……もっとはっきり、露骨に言えば、今後、僕からいくら搾《しぼ》り取り、いくら毟《むし》り取ることができるのか推測しようとしているのだ。けれど、それは当然のことだった。彼女が僕のヴィラで、あの忌まわしい行為の相手をしているのは、すべて金のためなのだから……。

「現金はそんなに持って来ていないんですよ。でも、この島にも日本の銀行はあるから、そこに行けばお金はおろせるし……ホテルやレストランやマッサージサロンではクレジットカードが使えるから、現金がなくても不便はないんですよ」

口元に笑みを浮かべながら僕は言った。

「そうなのね」

「ええ。松下さんのアルバイト料が滞ったりすることはありませんから、ご心配なさらなくてけっこうですよ」

女の目を見つめて僕は微笑んだ。

「そういう意味じゃないのよ。あの……変なこと訊いてごめんなさい。五味さん……気を悪くしないでね」

女が言った。そして、ぎこちなく笑いながら、クローブ煙草に火を点けた。

7

結局、その晩はふたりで4本もの白ワインを飲んだ。

前夜までの女は飲んだものをすべてトイレで吐いていたから、酔っ払うようなことはなかった。けれど、今夜は酔っ払ったようで、少し舌が縺《もつ》れてるように感じられた。

「五味さん、今夜もごちそうさま」

グラスの底に残っていた最後のワインを飲み干し、女が充血した目で僕を見つめた。

「どういたしまして。どうします？　もう1本飲みますか？」

「そうね……でも、そろそろホテルに戻りましょう。これ以上飲むと、五味さんに叩かれる前に気を失っちゃうかもしれないし……」

僕の顔をのぞき込むようにして女が言った。唇が濡れたように光っていた。

「そのことなんですけど……」

僕は女の目を見つめ返した。「今夜ぐらいはこのまま、ご自宅に帰られたほうがいいんじゃないかと思って……」

「帰る？　わたしが？　どうして？」

女が意外そうな顔をした。

「だって、松下さん、すごくお疲れのようだし……」

「疲れてなんかいないわ」

女が即座に言い返した。とても強い口調だった。

「でも……松下さん、昨夜はどのくらい眠りましたか？」

女の目の下の青黒い隈を見つめて、僕は訊いた。

「さあ？　3時間か……それぐらいね」

「随分少ないですね。それじゃあ、疲れが取れないわけだ」

「孫と娘の世話で忙しいのよ。寝たいだけ寝てる五味さんとは違うわ」

皮肉な口調で女が言った。「大丈夫。わたしは全然、疲れてないわ。自分の体のことなんだから、自分がいちばんわかってるわ」

女の言葉に、僕は口を噤《つぐ》んだ。

本音を言えば、今夜も僕はその女を泣き叫ばせたかった。彼女を徹底的に痛め付け、そのエキゾティックな顔が苦痛に歪むのを見たかったたし、少女のように華奢な体が激痛に震えるのも見たかった。

けれど、3日にわたって続けられた拷問にも似た行為は、どう考えても、彼女が耐え得る限度を越えているはずだった。

しばらくの沈黙があった。少し気まずい沈黙だった。

その沈黙を破ったのは、女のほうだった。

「ねえ、五味さん……あの……そうだ、今夜もまた、鞭を使いたくない？」

充血した目を潤ませて女が僕を見つめた。そして、テーブルの下に手を伸ばし、僕の膝や太腿に触れた。「わたし、また五味さんに、失神するほど強く鞭で打たれたいわ」

「失神するほど……ですか？」

「そうよ。五味さんだって、傷だらけになったわたしの背中を、また鞭で打ちたいでしょう？　わたしが泣き叫んで、失神するところを見たいでしょう？」

テーブルで僕の膝や太腿を執拗に撫で続けながら、女が妖艶《ようえん》に笑った。

「あの……いいんですか？」

「いいわよ。でも……鞭はものすごく辛いから……」

女が僕に顔を近づけて言った。「いつもの3倍もらえたら嬉しいんだけど……」

「いつもの3倍ですね。いいですよ」

充血した女の目を見つめて、僕は言った。

そう。すでに僕はやるつもりになっていた。危険だとは思いつつも、強い誘惑を抑え込むことができなかったのだ。

「それじゃあ、これで今夜も奴隷契約の成立ね」

女が怪しく笑った。そして、身を乗り出し、僕の唇に自分の唇を押し付けた。

8

日本料理店を出ると、女の足取りは来た時よりさらにおぼつかなくなっていた。今ではもう、僕に支えられなければ、真っすぐには歩けないほどだった。

「松下さん、本当に大丈夫なんですか？」

「ええ。大丈夫よ。おいしいワインが飲めて、おいしい日本料理も食べられて、すごく楽しい気分よ」

僕の腕に腕を絡ませ、ぶら下がるようにして歩きながら女が笑った。

ホテル内の廊下をエントランスホールに向かって歩いている途中、立ち並んでいるショップのショーウィンドウのひとつの前で女が足を止めた。

「ねえ、五味さん」

女がこちらを見上げ、甘えたような口調で言った。「ほらっ、あれを見て」

僕はショーウィンドウの中に目を向けた。そこはアクセサリーショップだった。

「どれですか？」

「ほらっ。あれよ」

女がショーウィンドウの中を指さした。

骨張った女の指の先には、大粒の黒真珠で作ったネックレスとピアスと指輪とブレスレットのセットがあった。

「この島の黒真珠ですね」

そう。タヒチやニューカレドニアほどには有名ではなかったが、この島でも、かなり質のいい黒真珠が採れた。

「素敵な真珠……一度でいいから、わたしも、あんな真珠を身につけてみたいな」

ショーウィンドウの向こうを見つめ、ひとり言のように女が呟いた。それから、振り向いて僕を見つめた。塗り直したばかりのルージュがつややかに光った。

「いいですよ。それじゃあ、買いましょう」

「五味さんが、わたしに買ってくれるの？」

少し驚いたように女が僕を見つめた。

「ええ。プレゼントします」

「やったーっ！　嬉しいっ！」

大声で女が叫び、廊下を歩いていた人たちがびっくりして振り向いた。けれど、女は人目を気にすることなく、僕の腕に縋り付いて笑った。


ホテルに戻るタクシーの後部座席で、女は右の手首に嵌めた黒真珠のブレスレットと、右中指の指輪を何度も眺めていた。女の首には黒真珠のネックレスが巻かれていたし、その耳元では黒真珠のピアスも揺れていた。

「五味さん、ありがとう」

とても嬉しそうに女が言った。「こんな高価なプレゼントをされたのは初めてよ」

「松下さんに喜んでもらえて、僕も嬉しいです」

「本当にそう思ってる？　わたしのこと、図々《ずうずう》しい女だと思ってるんじゃない？」

「そんなこと、思っていませんよ」

笑いながら、僕は言った。その言葉は嘘ではなかった。

そうなのだ。僕は何も思っていないのだ。彼女が図々しかろうと、したたかであろうと、そんなことはどうでもいいのだ。

僕が求めているのは、彼女の心ではなく、その肉体だった。ただ、それだけだった。

「五味さん。わたし、五味さんが好きになっちゃった」

そう言いながら、女が僕の肩に首をもたせかけた。

わかっている。もちろん、女が僕を好きなはずがない。彼女の中にあるのは、打算だけに違いないのだから……。

9

その晩、女と僕は交替で入浴を済ませた。それから、庭のガゼボでクッションにもたれ、氷を浮かべたウィスキーを飲んだ。

今夜の女は浴室で化粧をすっかり落としていた。彼女の素顔を見るのは、これが初めてのことだった。

「どうして、そんなにわたしを見てるの？」

骨張った指先で、こけた頰の辺りに触れながら女が笑った。「お化粧をしていないと、すごく老けて見える？」

「いいえ。あの……そんなことはありません。相変わらず綺麗ですよ」

女から慌てて目を逸らして僕は笑った。

けれど、実は女の言う通りだった。

今夜の女の顔は、本当に老けて、やつれて見えた。その目はいつも以上に落ち窪んでいて、目の下の皮膚がさらに青黒くなっていて、唇には血の気がなくて、顔色がひどく悪くて……まるで長い病の床にある人のようだった。

「本当？　本当に綺麗？」

女が心配そうに訊いた。化粧のないせいか、顔の小皺が一段と目立った。

「ええ。本当です。でも、松下さん、いつもはお化粧をしたままなのに、あの……今夜はどうしたのかなと思って……あの……今夜は髪も洗ったみたいだし……」

そう。今夜の女は洗髪もしていた。しっとりと湿った長い黒髪が、両肩から垂れ下がって、なまめかしく光っていた。

「ここでお化粧を落としていけば、家に帰ってわざわざクレンジングしなくていいでしょう？　今夜はきっと、ぐったりとなって帰ることになるだろうから……だから、家でお風呂に入らなくてもいいように髪も洗っちゃったのよ」

アイラインのない目で僕を見つめ、笑わずに女が言った。「それに、泣いたらきっと、お化粧もぐちゃぐちゃになっちゃうだろうし……」

おそらくその通りだった。

今夜、傷だらけの背をさらに鞭で打たれた女は、その目から大粒の涙を流し続け、その口からかすれた悲鳴を上げ続けることになるはずだった。そして、消耗し切り、息も絶え絶えに家路につくことになるはずだった。

すでに午後11時をまわっていた。日中は耐え難いほどの蒸し暑さだったけれど、この時間になるとさすがに気温も下がっていた。ガゼボの中を夜の風が、心地よく吹き抜けて行った。

「ねえ、少し外を散歩してみたいわ」

ウィスキーを3杯か4杯飲んだあとで、僕を見つめて女が言った。

「散歩ですか。それじゃあ、少し歩いてみましょうか？」

「こんな格好で大丈夫かしら？」

女が言った。僕たちはふたりとも、素肌に白いタオル地のバスローブ姿だった。

「大丈夫ですよ。どうせ誰にも会いませんから」

化粧けのない女の顔を見つめて僕は笑い、ガゼボからゆっくりと下りた。

ヴィラを出ると、女はまた、僕の左腕に縋り付くようにしていた。やはりかなり酔っているようで、その足取りはおぼつかなかった。ハイヒールではなく、部屋に備え付けのサンダルを履いた女の頭は、僕の肩より低いところにあった。

もう深夜なので、歩いている客の姿はまったくなかった。時折、ライトを持って巡回をしている警備員が、「こんばんは」と英語で言って擦れ違うだけだった。

僕たちの頭上は満天の星で埋め尽くされていた。小道の両側のブーゲンビリアの生け垣では、さまざまな種類の虫たちが、さまざまな声で鳴いていた。遠くのほうからは、カエルたちの声も響いていた。吹き抜ける風は今も少し湿っていて、土と青草のにおいがした。

「すごく静かでロマンティックね」

僕の腕に摑まったまま、うっとりと辺りを見まわして女が言った。

僕たちはいくつものヴィラを縫うように作られた曲がりくねった小道を歩き、何羽もの水鳥たちが浮かんでいる、葦《あし》の密生した沼をぐるりとまわった。それから、いくつもの照明灯に照らされたメインプールを通り抜け、誰もいない砂浜を歩き、僕がいつも朝食をとっている食堂の周りを取り囲んだ水田に向かった。

「この島の中に、こんな優雅なところがあるなんて……信じられない気がするわ」

僕のバスローブの袖に、黒真珠を飾った耳を押し付けるようにして女が言った。

「そうなんですか？　だってここは、楽園の島だっていう触れ込みじゃないですか。こここそが、天国にいちばん近い島だって言う人もいるみたいだし……」

「楽園なのは、たっぷりとお金を持って遊びに来る人にとってだけよ」

足を止めた女が苛立ったような口調で言い、挑むように僕を見つめた。

「あの……そうなんですか？」

「ええ。そうよ。暮らしている人にとっては、ここは暑くて、狭苦しくて、不潔で……貧しくて、惨めで、夢も希望もどこにもなくて……楽園とは正反対の場所なのよ」

女が少しヒステリックにまくし立てた。

女の見幕に圧倒されて、僕はぎこちなく微笑んだ。

10

水田に近づくにしたがって、カエルたちの鳴き声は少しずつ大きくなっていった。そして、いよいよ水田に到着すると、まるでコンサートホールのように、カエルの声が四方八方から響き始めた。

「すごいわ。大合唱ね」

僕を見上げて女が言った。

「ええ。すごいですね」

「それにすごい数のホタル……こんなにたくさんのホタル、見たことがないわ」

そう。どこまでも続く広大な水田の暗がりの中で、数え切れないほどたくさんの光が点滅を繰り返していた。それはまさに、天然のイルミネーションだった。

風になびく稲の上を、残像を引くようにして、すーっと飛んでいる光があれば、一カ所に留まって規則正しい点滅を続けている光もあった。ふらふらと高く舞い上がって行く光もあれば、漂うかのように流されて行く光もあった。飛んで行く光を追いかけるようにしている光もあった。

僕たちは水田の脇にあった木製のベンチに並んで座った。そして、やかましいほどに響き渡るカエルたちの大合唱を聞きながら、点滅を繰り返す無数の光を見つめていた。

「夢の世界に来たみたい……」

かすれた声で女が呟いた。そして、僕の肩にそっと首をもたれかけた。

時折、風が吹き抜け、そのたびに、水田の稲がサラサラという音を立てた。洗ったばかりの女の髪が、ジャスミンみたいな香りをさせてなびいた。黒真珠のピアスが揺れる女の耳たぶの辺りからは、スイカみたいな香水のにおいがした。

その時、僕たちのすぐそばで、またあの爬虫類が大きな声で鳴き始めた。

『トッケー……トッケー……トッケー……トッケー……』

いつもそうしているように、僕は無言のまま、その数を指を折って数えた。

いつものように、最初は大きくて力強かったその声は、いつものように、8回を超えたあたりで急激に弱々しくなった。そして、10回目を待たずに消えてしまった。

「ああっ、残念。ダメでした」

僕は女に笑いかけた。そんな僕の顔を女が不思議そうに見つめた。

「何がダメだったの？」

化粧けのない女の顔を、遠くにある照明灯がぼんやりと照らしていた。その顔は、やつれ果ててはいたけれど……どういうわけか、僕には今まで以上に美しく見えた。

「だって、この爬虫類が11回鳴くと、願い事がかなうんでしょう？」

「五味さん、まだかなえたい願い事があるの？　欲張りなのね」

女が言った。それはかつて、妻だった女に僕が言ったのと同じセリフだった。

「あの……そういうわけじゃないんですけど……」

「でも、ダメよ。わたし、あいつらが11回鳴くのを何度も聞いたことがあるけど、願い事がかなったことなんて、ただの一度もないんだから……」

笑わずに女が言った。そして、また水田の上で乱舞する無数の光を見つめた。

乱れ飛ぶ光のひとつが目の前にふらふらと漂って来た瞬間、僕は素早く腕を振ってそれを摑んだ。

「捕まった？」

僕の肩に首をもたせかけたまま、女が尋ねた。

僕は握り締めた手を開いた。

最初は何も見えなかった。だがすぐに、僕の掌の中央で小さな光が点滅を始めた。

青白い小さな光は、僕の掌で3回か4回の点滅を繰り返した。そのあとで、ふわりと宙に浮き上がり、夜風に流されるかのように頼りなげに暗がりへと漂っていった。

「ねえ、五味さん……わたしね、五味さんに嘘をついていたことがあるの」

囁《ささや》くように女が言った。

「そうなんですか？」

「ええ。あの……わたし、五味さんに、離婚を切り出したのはわたしのほうからだったみたいに言ったけど……本当はそうじゃないの」

そう言うと、女は僕のほうに顔を向けた。その顔は本当にやつれていて、まるで死人のようで、そして……息を飲むほどに美しかった。

11

ノラと名付けられた娘が10歳になった頃、彼女は日本の企業が資本を出しているリゾートホテルの職を得た。それは本当のことだった。けれど、その後のことは、先日、彼女がマッサージサロンで僕に話したこととは少し違っていた。

ホテルの仕事は収入が良かったから、彼女たち家族の生活にも少しだけ余裕ができた。彼女にも自分で自由に使える金が少しは持てるようになった。そして、その頃から……彼女はアルコールに溺れるようになっていった。

最初の頃はホテルの仕事が休みの日の昼間に、自宅のキッチンで少したしなむ程度だった。この島の女たちは、ほとんど酒を飲まなかったから、夫にも内緒だった。

久しぶりに飲む酒は、とてもうまかった。乾き切った肉体の隅々に、じんわりと沁み込んでいくかのようだった。

ホテルでの仕事はやり甲斐があったし、報酬も良かった。けれど、客商売だったから、いろいろとストレスが溜まることも多かった。異国の地の狭くて汚らしい家での暮らしには、何年たっても慣れることができなかった。

けれど、酒を飲んでいるあいだだけは、嫌なことはみんな忘れられた。

すぐに夫は妻の飲酒癖に気づいた。

「女の分際で酒なんか飲むな」

夫は彼女を激しく非難した。

彼女はその言葉に激怒した。そして、「自分で稼いだ金で飲んで、何が悪いのよ」と夫に食ってかかった。

半年もたたないうちに、帰宅後は毎晩、必ず酒を飲むようになった。ホテルから戻るとすぐに酒を飲み、眠るまでずっと飲み続けている。そんな暮らしがしばらく続いた。

やがて家事に支障が出るようになった。というより、家のことはほとんど何も、炊事も洗濯も、家の掃除も娘の世話もしなくなった。自分は夫の3倍以上の金を稼いでいるのだから、そういうことはすべて、夫が担当するべきだと彼女は思ったのだ。

そのうちに、自宅で飲むだけでなく、外にも飲みに行くようになった。休日には朝からベッドの中で酒を飲み、辺りが暗くなると外に出かけてまた飲んだ。一晩中飲んで、そのまま出勤することも少なくなかった。

酒をやめない妻を、夫は激しくなじった。なじるだけではなく、しばしば暴力も振るった。

だが、彼女もやられていたばかりではなかった。殴られれば半狂乱になって殴り返したのだ。

そんな暮らしが1年ほど続いたあとで、夫が自分の両親を連れてやって来た。夫の両親は彼女に、「お前はこの家には相応《ふさわ》しくない。出て行ってくれ」と言った。

すでに夫への愛情は完全になくなっていたから、彼女も離婚に異存はなかった。だが、娘を手放すことに同意するわけにはいかなかった。

そう。夫と彼の両親は、娘の親権を要求して来たのだ。

「ノラはわたしのものよ。置いてはいけないわ」

彼女は強く主張した。

けれど、夫や彼の両親は、家事もせず酒ばかり飲んでいる彼女に、娘の世話ができるはずがないと主張した。そして、彼女が離婚の条件を聞き入れないと知ると、その裁定を裁判に持ち込もうとした。

裁判になれば、自分に勝ち目が少ないことは彼女にもわかっていた。日本とは違い、この国では子供の親権は父親が勝ち取ることが多かった。

しかたなく、彼女は夫に金を払うことにした。金で娘の親権を買ったのだ。

この国では金の力は絶大だった。夫は意外なほどにあっさりと、あれほど求めていた娘の親権を放棄した。夫の両親もそれに同意した。

夫と別れたあと、彼女は酒をやめた。そうしなければ、仕事をしながら子育てをすることはできないと考えたからだった。

酒をやめるのは容易なことではなかった。けれど、娘のことを思い、必死で耐えた。


「いろいろとご苦労があったんですね」

僕の肩に首をもたせかけたままの女に僕は言った。

「ええ。本当に……いろいろとあったの……」

呟くように女が言った。その息からは今も強いアルコール臭がした。

「でも、あの……いつからまた飲むようになったんですか？」

縦横に舞い乱れるホタルを目で追いながら僕は訊いた。

「五味さんと会ってからよ」

「僕と会ってから？」

「そう。五味さんのヴィラに初めて行く前に……怖くて、不安で、どうしようもなくて……それで、我慢できずに飲んでしまったの」

「それじゃあ、やめていたお酒を飲むようになったのは、僕のせいなんですね？」

「ええ。そうよ。だから、五味さん……その責任は取ってね」

挑むように僕を見つめて女が言った。落ち窪んだその目には、また怒りと憎しみが甦っているようにも見えた。

12

ヴィラに戻ると、僕はいつもの3倍の額の紙幣を女に差し出した。

女は顔を強ばらせて僕を見つめた。それから、ルージュのない唇をそっとなめながら、差し出された紙幣を手に取った。

女が紙幣を数え終え、それをブランド物のバッグに収めるのを僕は無言で待った。それから、彼女にバスローブを脱いでベッドに俯せになるように命じた。

僕の顔を見つめ、女は無言のまま、バスローブの紐を解き、それを大理石の床の上に脱ぎ捨てた。

今夜の女は白いブラジャーとショーツを身につけていた。それらはいつものように、小さくて透き通った扇情的なデザインのものだった。

「松下さん、痩せたんじゃありませんか？」

下着姿の女をまじまじと見つめて僕は訊いた。

そう。女は最初から痩せてはいたけれど、今夜は特にそう見えた。

「さあ、どうかしら？」

顔を強ばらせて女が言った。それから、ゆっくりとベッドに向かい、真っ白なシーツの上に、細くて長い両腕と両脚を投げ出すようにして俯せに横たわった。

日焼けした女の背には、3日前の晩に付けられた鞭の傷が縦横に残っていた。それらはどれもカサブタになり、治癒しかけていた。

女の背中を見つめながら、僕はベッド脇に置いた黒革製のバッグからロープを取り出し、女の四肢をベッドの四隅の柱に縛り付けた。

女の四肢を拘束し終えると、僕は黒革製のバッグから、彼女との最初の晩に使った鞭を取り出した。女が唾液を嚥下する小さな音が聞こえた。

鞭は10発——それが今夜の女との契約だった。

女は左耳をシーツに押し付け、固く目を閉じ、両手で手首に巻き付けられたロープを強く握り締めていた。肩甲骨の浮き出た背が、ゆっくりと上下に動いていた。

鞭を振り下ろした時の邪魔にならないように、女の長い髪は耳の脇でひとつにまとめてあった。女が上げるはずの悲鳴を考慮して、部屋の窓もすべて閉められていた。

「始めます」

僕が言った瞬間、女が体に力を入れて身構えた。腕や脚に筋肉が浮き上がった。

鞭の柄を握り締めた右腕を、僕は頭上に振り上げた。そして、その鋭い鞭の先端を手加減なしに、細くくびれた女のウェストを横に断ち切るように斜めに振り下ろした。

ヒュン……ビシッ。

傷だらけの背に、新たなる傷が加わった瞬間、女の口から「ああっ！」という、かすれた声が漏れた。同時に、華奢な上半身が跳ね上がるかのように大きくのけ反った。

「ああっ……痛いっ……痛いっ……」

手首に巻き付けられたロープを両手で強く握り締め、身を左右によじりながら、女が呻くように言った。

「どうしたんです、松下さん？　もう泣き言ですか？」

そう言って微笑みながら、僕は再び頭上に腕を振り上げた。そして、今度は女の背の中央に、渾身《こんしん》の力を込めて鞭を振り下ろした。

ヒュン……ビシッ。

2発目の鞭が打ち据えられた瞬間、ブラジャーのホックの部分がはじけ飛び、肉体を縦に一直線に分断するかのように、女の背に新たな傷が刻み付けられた。

「あっ！」

再び跳ね上がるように女が上半身を起こし、首をいっぱいにもたげた。日焼けした全身が激しく震え、ベッドの柱に縛り付けたロープがギシギシという鈍い音を立てた。

「ああっ……痛いっ……痛いっ……」

拘束された四肢をしゃにむに悶えさせ、痩せた全身を右へ左へとのたうたせて女が喘いだ。

「五味さん、もうダメっ！　もう堪忍して……お願い……やっぱりダメっ！」

もたげた首を窮屈にひねるようにして、女が足元に立つ僕を振り向いた。充血したその目からは、早くも涙が溢れていた。

「この鞭がどんなに痛いか、松下さんにはわかっていたはずでしょう？　わかっていて同意したんでしょう？　だったら、我慢してください」

悪魔のように笑いながら僕は言った。そして、女の背に3つめの傷を刻み込むために、鞭を手にした右腕を頭上に高く振りかざした。

13

薄いショーツに覆われた小さな尻を、6発目の鞭が打ち据えた直後のことだった。シーツに顔を押し付けた女が、傷だらけの全身を震わせながら、「畜生っ……畜生っ……」と、低く呻くように言った。

「どうしたんです、松下さん？　何が畜生なんですか？」

そう尋ねながら、僕は女の顔のほうにまわり込んだ。そして、女の髪を鷲掴みにし、シーツに伏せられていた顔を上げさせた。

上を向いた女の顔は、凄まじい怒りと、込み上げる憎しみに歪んでいた。

「畜生っ……バカにしやがって……」

涙の溢れる目で僕を見つめ、吐き捨てるかのように女が言った。

「怒っていらっしゃるんですか？　でも、それはお門《かど》違いですよ。今夜のことは松下さんのほうから言い出したことですからね」

女の目をのぞき込むようにして僕は笑った。

僕は彼女に好かれたいと思っていた。だが同時に、憎まれ、嫌われたいとも望んでいた。そうなのだ。それが僕の性癖なのだ。

自分を憎み、嫌い、恨んでいる女を、力ずくでねじ伏せる——それが僕の望みだった。僕の歪んだ性欲は、そのことによってのみ満たされるのだった。

「ちょっと金があるからって、いい気になりやがって……覚えてろ……いつか、ひどい目に遭わせてやる……この借りは、いつか必ず返してやる……」

髪を鷲掴みにされたまま、怒りと憎しみに歪んだ顔で僕を見つめ、尖った顎の先から涙と唾液を滴らせて女が言った。

その女の言葉は、僕をさらに喜ばせた。

「それじゃあ、いつか僕に仕返しをしてください。楽しみにしていますよ」

女の顔に、触れるほど顔を近づけて僕は言った。

その瞬間、女が唾を吐き、それが右の目の下にかかった。

左手で女の髪を鷲掴みにしたまま、右手の甲で顔の唾液を拭いながら僕は笑った。それから、その右手で女の左の頰を力いっぱい張り飛ばした。

「ひっ」

痩せこけた女の顔が真横を向き、涙と唾液と鼻水が飛び散った。

「松下さん、あなたは今、僕の奴隷なんですよ。立場をわきまえなさい」

女の顔を見つめて僕は笑った。それから、また女の足元に戻った。

「今のお仕置きとして、もっと強く叩きます。覚悟してください」

僕はまた右腕を高々と振りかざした。

「いやっ！　やめてっ！　いやーっ！」

そんな絶叫を耳にしながら、僕は女の肉体に向かって鞭を強く振り下ろした。

14

手首と足首に巻き付けられたロープが解かれたあとも、女は四肢を投げ出したままの姿勢でぐったりとベッドに俯せに横たわっていた。

「松下さん……」

大丈夫ですか、と訊こうとした言葉を僕は飲み込んだ。

自分のしたことが恥ずかしくて、そんな言葉を口にすることができなかったのだ。

欲望に突き動かされては、直後に自己嫌悪に駆られ……欲望に突き動かされては、直後に罪悪感に苛まれる……。

そう。同じことの繰り返し。それがこの僕の、うんざりするような毎日だった。

やがて……女がゆっくりと体を起こした。そして、焦点の定まらない虚ろな目で、僕をぼんやりと見つめた。

僕を見る女の目に、もはや怒りはなかった。憎しみもなかった。落ち窪んだその目の中にあったのは、果てしなく深い疲労だけだった。

「五味さん。また明日ね」

ヴィラの戸口に縋るようにして立った女が、やつれ切った顔を歪めるようにして笑った。

女の声はさらにかすれていて、ほとんど何を言っているのかわからないほどだった。

「松下さん。あの……明日も来ていただけるんですか？」

落ち窪んだ女の目を見つめて僕は訊いた。

女の目には相変わらず力がなく、ぼんやりとしていて、焦点が定まっていなかった。顔色がひどく悪く、唇には血の気がまったくなかった。

「ええ……来るわ……きょうと同じ時間でいい？」

囁くような小声で女が言った。そして、また化粧けのない顔を歪めて笑った。

「ええ。けっこうです。楽しみにしています」

「それじゃあ、五味さん……おやすみなさい」

前夜と同じように脚をふらつかせながら歩み去って行く女の後ろ姿を、僕はぼんやりと見つめた。自己嫌悪と罪悪感、そして強い満足感が僕の中で激しくせめぎ合っていた。

第9章

1

以前、妻だった女が僕に言ったことがあった。

「由紀夫って、のほほんとしていて、何も考えていない、お人よしみたいにも見えるけど……でも、本当はすごく計算高くて、ずる賢いところがあるのよね」と――。

「そんなことないよ」

あの時、僕はそう言って、ぎこちなく笑った。

けれど、心の中では、『見抜かれていたか』と考えていた。

僕の妻だった女は、とても勘が良かった。そして、彼女もまた、自分が投資として支払った以上の代価が得られるように、決して自分が損をしないように、いつも緻密に計算しているような女だった。

　そういう意味では、僕たちは損得勘定で結ばれた、お似合いのカップルだった。

　僕より11歳年上の松下英理子という女は、僕を利用しているつもりなのかもしれない。お人よしに見えるらしい僕を利用し、僕から1円でも多くの金銭を毟り取るつもりでいるのかもしれない。

　けれど彼女は、僕や僕の妻だった女ほどには、ずる賢くもなければ、計算高くもないようだった。

　そうなのだ。彼女を利用し、彼女から搾り取っているのは、実は僕のほうなのだ。

　彼女の一日の『アルバイト』の基本給は、この島のマッサージサロンに勤務する女たちが稼ぐ給料の1カ月分だった。つまり僕のヴィラで12日働けば、基本給だけでマッサージサロンでの1年分の収入を手にできるということだった。基本給のほかにも、僕はオプションとしてさまざまな金を彼女に支払っていたから、実際には松下英理子はわずか3日か4日で、マッサージサロンに勤務する女たちの1年分の金を稼いでいる計算だった。

　この貧しい島で長く暮らして来た彼女には、それが高給に思えたかもしれない。『おいしい仕事』に感じられたかもしれない。

だが、決してそうではなかった。少なくとも僕にとっては……彼女はとてつもなく安い買い物だった。

巨大資本が公正な取引を装いながら、実は貧しい国の人々の労働力を買い叩き、彼らから不当に搾取しているように……僕もまた松下英里子の肉体を買い叩き、自分が投資した以上のものを彼女から不当に搾り取ろうとしていたのだ。

2

僕はもう娼婦を呼ばなかった。彼女が毎晩、必ず、ヴィラを訪れて来たからだ。

「こんばんは、五味さん。今夜もよろしくお願いします」

ヴィラの戸口で僕を見つめ、女は毎日のように力なく笑った。

「こんばんは、松下さん。僕のほうこそ、今夜もよろしくお願いします」

そう言って笑みを浮かべながら、素顔がわからないほど濃い化粧がされた女の顔を、僕は毎日のようにまじまじと見つめた。

そう。彼女はいつも、とても濃い化粧を施していた。それは1日ごとに濃くなっていくようでさえあった。

だが、それほど厚く化粧をしているにもかかわらず、疲れ切ってげっそりとした表情や、顔色の悪さを隠すことはできなかった。毎夜のように上げている凄絶な悲鳴のせいで、いつまでたっても声はひどくかすれたままだった。目は一段と落ち窪み、目の下の隈はどす黒くさえなっていた。

けれど……そのやつれ果てた女の様子は、どういうわけだか、僕の中の欲望をさらに激しく煽った。

そうなのだ。女がやつれ果て、不健康そうになっていけばいくほど、僕はその姿にそそられ、欲情したのだ。そして、それを美しいと感じるようになっていたのだ。

どうしてなんだろう？　彼女の何が、僕をこんなにも高ぶらせるのだろう？　彼女がやつれれば、やつれるほど、それを美しいと感じるのはなぜなんだろう？

僕はしばしばそれを考えた。

「どうしてそんなに見つめるの？」

力なく女が笑った。

「いえ、ただ魅力的だなと思って……」

僕は言った。そして、やつれ果てた女の顔を、さらにまじまじと見つめた。

「今夜のファッションはどう？　似合ってる？」

ヴィラの戸口に立って、ほとんど毎夜のように、女は僕にそんな質問をした。そして、若い女たちが恋人の前でするように、僕の前でくるくるとまわってみせた。

女はたいてい、体に張り付くようなミニ丈のワンピースをまとっていた。尖った肩が剝き出しになった、ホルターネックやベアトップのワンピースだった。時にはタンクトップにミニスカートを穿いていることもあったし、Tシャツにショートパンツというファッションのこともあった。足元はたいてい、踵の高い華奢なストラップサンダルだった。

それらの服や靴の多くは、僕が彼女にねだられて買い与えたものだった。

いや、服や靴ばかりではない。女が身につけている洒落たデザインのアクセサリー類も、女が持っているブランド物のバッグも、たいていは僕が彼女に買い与えたものだった。

「ええ。似合います。すごく素敵ですよ」

「五味さん、本当にそう思ってる？」

真っ黒なアイラインに縁取られた落ち窪んだ目で、女が訝しげに僕を見つめた。睡眠不足のために充血したその目が、僕の欲望をさらに激しく煽り立てた。

「ええ。すごく素敵です」

「嬉しいわ」

そう言って笑うと、女は僕の腕に腕を絡ませた。女の体からはいつも、強い香水のにおいがした。そして同時に、強いアルコールのにおいもした。

そう。女はいつも酒に酔っていた。

「それじゃあ、松下さん、食事に行きましょうか？」

「ええ。行きましょう」

ヴィラを離れた僕たちは、恋人のように寄り添ってブーゲンビリアの小道を歩き、ホテルのエントランスホールに向かった。

「今夜は何を食べましょうか？」

毎夜のように、僕は同じ質問をした。

「今夜は中華がいいかしら？　あっ、でもフレンチやイタリアンのほうがいいかな？」

毎夜のように、アルコールの匂う息を吐いて女が言った。

エントランスホールに向かって歩いている途中で、女はしばしば脚をもつれさせて転びかけた。女はたいてい、それほどに酔っ払っていたのだ。

彼女が転びそうになるたびに、僕は慌ててその華奢な体を支えた。そして、「大丈夫ですか、松下さん？」と女に訊いた。

充血した目で僕を見上げ、女がぎこちなく微笑んだ。

けれど、僕が彼女のことを、本当に心配していたわけではなかった。

3

ホテルからタクシーに乗り、僕たちはたいてい近くに立ち並ぶ高級リゾートホテルのどれかの中にあるレストランに行った。

そういう店では、女はいつも「あれも食べたい」「これも食べてみたい」と言って、たくさんの料理を注文した。けれど、どの料理にもほんの少し手をつけるだけで、多くは食べなかった。

「いっぱい残しちゃってごめんなさい」

「いいんですよ。いろいろなものを少しずつ食べたいんでしょう？　僕もたくさんは食べられないから、松下さんの気持ちはよくわかりますよ」

女は本当に小食だった。だが、その代わり、どの店でもよく酒を飲んだ。

「松下さん、朝からずっとお酒を飲んでいらっしゃるんですか？」

ある時、僕は女にそう訊いてみた。

その晩の僕たちは、湾に突き出した桟橋の上に建てられた洒落たフランス料理店で食事をしていた。僕たちはすでに白ワインを3本も空にしていたが、そのうちの2本は彼女が飲んでいる計算だった。

僕のヴィラを訪ねて来た時から女はかなり酔っていた。その上大量のワインを飲んだせいで、その頃には舌が縺れてロレツがまわらず、何を言っているのかわからないほどになっていた。

「違うわよ。お昼を食べる時に、ほんの少したしなむだけよ」

真っ赤な目で僕を見つめ、舌を縺れさせながら女が答えた。

「少し控えたほうがいいですよ」

笑いながら、僕は言った。「いくら何でも飲み過ぎですよ」

たいした意味があって言ったわけではなかった。だが、その言葉を耳にした瞬間、女の顔付きが一変した。

「余計な口出しはしないでっ！」

次の瞬間、怒りに顔を歪めて女が叫んだ。その声の大きさに、ほかのテーブルにいた客たちや、料理を運んでいたギャルソンたちが驚いて振り向いた。

「はい。でも……」

「わたしが酔うのは、あんたのせいじゃない！」

女が顔をぶるぶると震わせ、さらに大きな声でヒステリックに叫んだ。

「僕のせいですか？」

「そうよっ！　あんたがわたしに毎晩、ひどいことばかりするから、辛くて辛くて、昼間からお酒を飲まずにはいられないのよっ！」

「あの……すみません……」

「悪いと思っていないくせに、謝るのはやめてっ！」

女が一段と大きな声を張り上げ、僕はまた「すみません」と小声で言った。

女はなおも怒りに顔を震わせて僕を見つめていた。それから、ふーっと長く息を吐き、目の前にあったグラスの中のワインを飲み干した。

しばらくの沈黙があった。重苦しくて、気まずい沈黙だった。女は僕から顔を背けるように俯いて、自分の下腹部の辺りを見つめていた。

やがて女が顔を上げた。

「大きな声を出して、ごめんなさい」

女の顔はまだ赤らんではいたけれど、そこにはすでに怒りの色はなかった。

「松下さんが謝ることはありませんよ」

「あの……今、わたしが言ったことは気にしないでね。五味さんが言うように、今夜は少し飲み過ぎたみたい。わたし、このアルバイトは気に入っているのよ」

女が言った。そして、ぎこちなく微笑んだ。

4

そういうレストランでは、僕がトイレから戻って来ると、松下英理子はしばしば居眠りをしていた。

そう。彼女はそれほどに疲れ切っていたのだ。

ノラという彼女の娘は、出産後に崩した体調が戻らずに、相変わらず寝たり起きたりを繰り返しているようだった。それで、まだ幼い2人の子供たちの世話や、家の中の細々《こまごま》としたことは、ほとんど彼女がひとりでやっているらしかった。

彼女はたいてい午前5時前に起床する。そして、シンクの中に山積みになっていた前日の夕食の食器類を洗い、娘と子供たちのために朝食を作る。朝食後はその片付けをし、洗濯と掃除をする。そうすると、たいていはもう昼になってしまうので、昼食の支度をし、食事のあとはまたその片付けをしなければならない。午後は休む間もなく徒歩で買い物に行き、買い物から戻ると、今度は娘と子供たちの夕食の支度をする。その合間に洗濯物を取り込み、そのいくつかにはアイロンをかける。そして、娘と子供たちが夕食をとっているあいだに、大急ぎで僕のヴィラに来るための身支度をするということだった。

「本当に忙しいの。眠る時間さえないんだから」

女はよく僕にそう言っていた。「睡眠不足のせいで、いつも頭が痛いのよ」

女が僕のヴィラを出て自宅に戻るのは、たいてい午前2時か3時だった。だから、女の言う通り、眠っている時間はほとんどないはずだった。女はもともとが頭痛持ちらしかったが、最近は特にそれがひどいようで、僕の前でもしばしば鎮痛剤を服用していた。

「お手伝いさんを雇ったらいいじゃないですか？」

ある時、僕は女にそう言ったことがあった。彼女が僕のヴィラで一晩に稼ぐ額で、この島ではお手伝いさんを1カ月雇うことは可能だった。

「ええ。考えたことはあるんだけど……将来のことを考えると、どうしても躊躇《ちゅうちょ》しちゃうの。孫たちはまだ小さいし、娘だって、いつ働けるようになるかわからないし……」

細い眉を困ったように寄せて女が笑った。

そういう時の女は、本当に疲れ果てて見えた。

「松下さん、今夜はいつにも増してお疲れのようだから、真っすぐご自宅に帰られたほうがいいかもしれませんね」

女がヒステリーを起こしたあの晩に限らず、食事のあとでは、僕はたいてい彼女にそう進言した。

もちろん、それは僕の本音ではなかった。そして、ずる賢い僕にはもちろん、女が僕の言う通りに帰宅するはずがないということもわかっていた。

「いいえ。わたしは大丈夫よ。疲れてなんかいないわ」

女は毎夜、必ずそう答えた。「大丈夫。ヴィラに戻りましょう」

女の言葉に、僕はいつも真顔で頷いた。けれど、心の中ではいつも、にんまりと微笑んでいた。

いや、1度、彼女の具合が本当に悪そうに見えた時があった。その晩の彼女は風邪気味で、少し高い熱があるようだった。

「孫の風邪がうつったみたい。頭が割れるほど痛くて、吐き気もするの」

あれは彼女が僕のヴィラに通うようになって半月ほどが過ぎた頃のことで、あの晩の僕たちは、島でいちばんと評判の中国料理店にいた。

彼女は以前からその店に行きたがっていた。だが、テーブルに向き合っている時の彼女は、本当に辛そうで、温めた老酒《ラオチュウ》は飲んでいたけれど、運ばれて来た中国料理の数々にはほとんど手をつけていなかった。

僕はその晩、彼女が「悪いけど、今夜だけは帰らせてもらうわ」と言い出すことを恐れた。そして、自分のほうから、「今夜は3倍のアルバイト料を出すことにします」と言い出した。

「どうしてそんなにくれるの？」

訝しげな顔で彼女が僕を見た。熱のためか、目が虚ろだった。

「特別な理由はないんですが……何ていうか……ボーナスみたいなものですよ」

そう言って僕は曖昧に笑った。

もちろん、彼女がそのボーナスをふいにするはずはなかった。

熱と頭痛と吐き気があり、目が虚ろで、ぐったりとしていたにもかかわらず、彼女は僕と一緒にヴィラに戻った。そして、いつものようにロープや手錠で拘束され、太い革製の首輪を巻かれ、膣や肛門に疑似男性器を押し込まれ、剝き出しの皮膚に熱く溶けたロウの雫を滴らされ……やつれ果てた顔を苦痛に歪め、かすれた声で絶叫し、骨張った体を悶絶させた。

5

僕たちはたいてい、高級リゾートホテル内のレストランに行っていた。そんなホテルにはたいてい、廊下にアクセサリーショップや洋服屋や、ブランド物のバッグや靴を売っている店が並んでいた。

そういう店のショーウィンドウの前で、女は毎夜のように脚を止めた。そして、甘えたような顔で僕を見上げ、アクセサリーや洋服や、バッグや靴を僕にねだった。

最初の頃、女は遠慮がちに「あんなのがあったらいいだろうな」「一度でいいから、あんなアクセサリーをつけてみたいな」などと言うだけだった。けれど、やがては露骨に、「五味さん、あれ買って」とねだるようになった。

もちろん僕は、女がねだるものはたいていは買い与えた。

それらのものを買ってもらうたびに、彼女は『儲けた』と考えたかもしれない。

だが、僕にとっては、それらの買い物は決して高いものではなく、『必要経費』の範囲内だった。

時折、女は自分が受け取る『アルバイト料』の値上げ交渉をしてきた。けれど、僕は値上げにはあまり積極的ではなかった。

女に支払う金を惜しんでいたわけではない。ただ、あまり多くの金を支払うと、彼女が自分から離れて行ってしまうのではないかということを危惧していただけだった。

そうなのだ。『もう充分に稼いだ』と思った女が、付き合いをやめたいと言い出すことを僕は恐れていたのだ。

いや、遅かれ早かれ、女がそれを言い出すことはわかっていた。彼女の我慢はいずれ限度を迎えるはずだった。

だが、僕はその日が来るのを、少しでも先延ばしにしたいと思っていた。だから、品物を買い与え、好き勝手に飲食はさせても、女に手渡す現金については注意深く計算していた。

生かさず、殺さず……そんな感じだった。

女に支払う『アルバイト料』の基本給を、一気に値上げすることはなかった。それでも僕は、それをほんの少しずつは上げていった。そのほうが、『辞める』と言いにくいはずだと考えたのだ。

女が僕のヴィラに通うようになって半月が過ぎた頃には、基本給は最初の時の3倍近くにまで吊り上がっていた。だが、たとえそれが10倍まで上がったとしても、僕にとっては、やはり安い買い物だった。

食事を終えてタクシーでヴィラに戻ると、僕たちはたいてい交替で入浴を済ませた。自宅では入浴する暇もないらしく、女はいつもその時に髪を洗っていた。

入浴が住むと、僕たちは火照った素肌にバスローブをまとい、たいていは庭のガゼボに並んで横たわり、虫たちの声を聞きながらワインやウィスキーをまた飲んだ。途中でヴィラを出てホテルの敷地内を散歩したり、水田に行って乱舞するホタルを眺めたり、カエルの大合唱を聞いたりすることもあった。

浴室から戻って来た女は、いつも化粧をすっかり落としていた。そんな女の顔はげっそりとしていて、生気というものがほとんど感じられなかった。

毎夜のように見ているというのに、そんな女の顔はいつも僕を少し驚かせた。だが同時に、消耗し切り、やつれ果てたその顔は、やはり僕にはとてつもなく美しく見えた。

6

「松下さん、そろそろ始めましょうか？」

頃合いをみて、僕はいつもそう切り出した。そして、あらかじめ用意してあった紙幣の束を女に差し出した。

その言葉を耳にした瞬間、女は骨張った顔を強く強ばらせた。僕の妻だった女が、その時には欲望に目を潤ませたのとは対照的だった。

いつも女はしばらくのあいだ、差し出された紙幣を無言で見つめていた。それから、時間稼ぎでもするかのように、紙幣をゆっくりと受け取り、その枚数をゆっくりと数え、それらをゆっくりと、時間をかけてバッグに収めた。

もちろん、僕が女をせかすことはなかった。

紙幣をバックに収め終えると、女は顔を強ばらせたまま、僕をじっと見つめた。僕もまた、そんな女の顔をまじまじと見つめ返した。

やがて……女はゆっくりと立ち上がった。そして、磨き上げられた大理石の床の中央に真っすぐに立ち、まとっていたバスローブの紐を解き、肩を左右に揺らすようにして、ぶかぶかのそれを自分の足元にはらりと落とした。

セクシーなブラジャーとショーツだけになった女の痩せこけた姿を、僕はいつも魅入られたかのように見つめた。目を離すことができなかったのだ。

最初に出会った時から女は極端に痩せていた。だが、日を追うごとにさらに痩せ衰え、半月もした頃には、拒食症と言ってもいいような体つきになっていた。

健全な性欲を有した普通の男たちなら、そういう女の姿に尻込みするのかもしれない。顔をしかめて、目を背けるのかもしれない。

けれど、僕はそうではなかった。

そう。少なくとも僕の目には、不健康な彼女の姿は、この上なくセクシーで、この上なく美しく映った。


自分より11歳も年上の女を相手に、僕は毎夜、おぞましい行為の数々を繰り返した。

大理石の床にひざまずくように命じ、女の前に直立した僕の性器を口に深く含ませることもあった。女の首に太い革製の首輪を巻き付け、そこにリードを取り付けて引きまわすこともあった。僕自身がベッドに全裸で横たわり、剝き出しになった全身の皮膚を、まんべんなくなめさせることもあった。

髪を両手で鷲摑みにし、嘔吐するほど激しく女の口に男性器を突き入れることもあったし、オーラルセックスをさせながら、四つん這いになった女の背に熱く溶けたロウの雫を滴らせることもあった。

さらに僕は毎夜のように女をベッドに俯せに、あるいは仰向けに、ロープで大の字の形に縛り付けた。そして、新たに生え始めた股間の毛をカミソリで剃り落としたり、膣や肛門に電動の疑似男性器を挿入したり、屈辱的な姿で拘束された女の姿をカメラに収めたりした。

そういう時、かつての女はしばしば悔しそうに顔を歪めた。そして、凄まじい怒りと憎しみの込められた目で、僕を睨むように見つめた。

けれど、時間がたつうちに、そういうことはめったになくなった。たとえ何を命じられようと、何をされようと、女はたいていは無表情に淡々と、それらのすべてを受け入れるようになっていったのだ。

慣れたのだろうか？　諦めたのだろうか？　それとも……彼女なりの打算があってのことなのだろうか？

女がどう考えていようと、そんなことは僕には関係のないことだった。僕の関心事はただひとつ、彼女の肉体を利用して自らの欲望を満たすことだけだった。

7

ほとんど毎夜のように、僕は骨の浮き上がった女の体にロウの雫を滴らせた。けれど、鞭を使うことはめったになかった。鞭で打ち据えられることに、彼女がなかなか同意しなかったからだ。

「鞭は嫌。鞭だけは嫌なの」

黒革製の大きなバッグから僕が鞭を取り出すたびに、女はそう言った。「でも、五味さんがどうしても鞭を使いたいなら……そうね……いつもの3倍のお金をちょうだい」

「3倍もですか？」

「そうよ。アルバイト料のほかに、3倍のお金をちょうだい。でも、鞭は3回だけよ」

「たったの3発ですか？」

「そうよ。4回打つなら4倍、5回なら5倍よ。それ以下なら、絶対に嫌よ」

女はそう言って譲らなかった。

女にあまり多くの現金を与えることを恐れていた僕は、鞭を使いたいという欲望を、毎夜、懸命に抑えていた。けれど、時にはその欲望を抑え切れず、彼女に3倍の報酬を与えた。

「これで鞭を使っていいんですね？」

ベッドに俯せに拘束された女の顔の脇に、僕は紙幣の束を置いた。

「ええ。いいわ……ただし、3回だけよ」

紙幣を一瞥した女が、恐怖に顔を強ばらせて頷いた。

僕は胸を高鳴らせながら、女の足元にまわった。そして、手にした鞭を頭上に高々と振りかざした。

女がシーツに顔を押し付け、手首に巻き付けられたロープを握り締め、体を硬直させて身構えた。骨張った小さな尻に、筋肉がくっきりと浮き上がった。

そんな女の姿を見つめながら、僕は彼女の体に向かって力の限り鞭を振り下ろした。

鋭い鞭の先端が皮膚を打ち据えた瞬間、女が手首のロープをさらに強く握り締め、骨張った背をのけ反らせるようにして上半身を起こした。そして、太い血管の浮き出た首をいっぱいにもたげ、「ああっ」という低い呻きを漏らした。

「ああっ……痛いっ……痛いっ……」

かすれた声で低く繰り返し、腕や脚をぶるぶると震えさせながら、女が拘束された体を左へ右へとよじった。柱に繋いだロープが、ギシギシという鈍い音を立てて軋んだ。

その姿はあまりにも病的で、あまりにも不健康でグロテスクで、そして……あまりにも官能的で淫らだった。

「さあ、松下さん、2発目が行きますよ。歯を食いしばってください」

笑みを浮かべて言いながら、僕はまた頭上に鞭を振り上げた。そして、なおも身を悶えさせている女の体に、渾身の力を込めてそれを振り下ろした。


行為のあとではいつも、女は消耗し切ってぐったりとなった。拘束を解かれたあとも、ベッドから身を起こすことができないということも少なくなかった。特に、鞭で打たれた晩は息も絶え絶えになり、身動きすることさえ容易ではないようだった。

「今夜はここに泊まっていかれたらいかがです？」

毎夜のように、僕は女にそんな提案をした。

「五味さん、わたしと一緒に寝たいの」

僕を見つめ、女が力なく笑った。

「ええ。そうです」

顔が赤らむのを感じながら僕は頷いた。

そう。僕は彼女と並んで眠りたかったのだ。彼女とふたりで朝を迎えたかったのだ。

「でも、ダメよ……そんなことしたら、孫たちの朝ご飯が作れなくなるわ」

「明日の朝いちばんで、僕がタクシーでご自宅まで送って行きますよ。このホテルのレストランで何か作ってもらって、それを持っていけば、朝ご飯の支度もしなくて済むし……」

「そうね……魅力的な提案だけど……でも、やっぱり帰ることにするわ」

疲れ切った顔で僕を見上げ、女はそう言って笑った。

予期していた答えではあったけれど、僕は毎夜のように、その答えに失望した。

8

どんなに早くても、女が僕のヴィラを出るのは午前1時をまわっていた。時には午前3時近くなっていることもあった。

「それじゃあ、五味さん。また明日ね」

ヴィラの戸口のところに立った女が、疲れ果てた顔で僕を見つめて言った。

「ええ。松下さん、また明日。おやすみなさい」

「おやすみなさい」

サンダルの高い踵をぐらつかせ、細い脚を縺れさせるようにして歩み去って行く女の後ろ姿を、僕は毎晩、見えなくなるまで見送った。

そして、思った。

いったいこの至福の時は、いつまで続くのだろう——と。


彼女と過ごす時間は、僕にとって、間違いなく至福の時だった。

彼女が僕のヴィラに通って来るようになって半月が過ぎた頃から、僕はそれをつくづく実感するようになった。そして、その頃から、女が不健康にやつれていけばいくほど、自分がその姿に性的な高ぶりを感じる理由が、ぼんやりとわかって来た。

それはつまり——僕が本物の嗜虐的性欲者だからなのだ。

かつて僕は妻だった女に同じような行為を繰り返していた。あの頃の僕は、妻だった女との行為に満足し、彼女と出会えたことに心から感謝していた。

けれど、あの頃、僕が妻に抱いていた感情と、今、松下英理子という女に抱いているそれとは、明らかに違うものだった。

ロープで縛り付けられ、皮膚に熱いロウの雫を滴らされ、鞭で叩かれ、膣や肛門に疑似男性器を挿入され……痛みと苦しみに顔を歪め、悲鳴と呻きを漏らすという、その外見は、妻だった女と松下英理子はよく似ていた。

けれど、決定的に違っていたのは、僕の妻だった女は、そのことを嫌がっていたわけではないということだった。

そう。僕の妻だった瑠璃子という女は、そのことに性的な高ぶりを覚え、そのことを楽しんでいたのだ。時には忌まわしく感じることもあったかもしれないが、基本的にはそれを『プレイ』、つまり『お遊び』として受け入れていたのだ。

言ってみれば、妻だった女は僕の共犯者だった。

だが、松下英理子はそうではなかった。

僕より11歳上の松下英理子という女は、僕との忌まわしい行為を望んでいるわけではなかった。そして、おそらく心の中では、僕を憎み、恨んでいるはずだった。

だが、そのことが、逆に僕を高ぶらせた。

そうなのだ。僕は本物のサディストなのだ。嫌がる女を力ずくでねじ伏せることに、より多くの快楽を覚えるのだ。

だからこそ、松下英理子の疲れ果て、やつれ切ったその姿に、僕は欲情するのだ。だからこそ、そんな彼女をもっと疲れさせ、もっと消耗させたいと思っているのだ。そして、だからこそ……彼女に嫌われ、憎まれ、恨まれたいと思っているのだ。

終わりの時が、すぐそこに来ていることはわかっていた。

けれど……それがどんな形の終わりを迎えることになるのかは、僕にもわからなかった。

まったくわからなかった。

最終章

1

けたたましく鳴る時計の音に、わたしは目を覚ました。

朦朧《もうろう》となったまま、ローテーブルの目覚まし時計に腕を伸ばす。

ずきん——。

その瞬間、背中の傷が鋭く痛み、わたしはあの男の顔を思い出した。

「畜生っ……」

いつものように、無意識のうちに、その言葉が口から出た。

ソファに仰向けに横たわったまま、わたしは何度かあくびを繰り返した。それから、涙の浮いた目で暗がりに沈んだ天井を見つめた。

娘のノラが転がり込んで来てから、わたしはすぐ隣にある寝室を娘と孫たちに明け渡し、自分はこの4畳半ほどのキッチンに置いたソファで寝起きするようになっていた。

小さくて薄汚れたこのソファは、クッションがくたびれていて、お世辞にも寝心地がいいとは言えなかった。けれど、2階建てのアパートの1階にあるわたしの部屋には、このキッチンと隣の寝室しかなかったから、ここに寝るしかなかった。

カーテンの向こうはまだ真っ暗だった。それでも、アパートの周りを走っている車やオートバイのエンジン音が聞こえた。窓のすぐ向こうを歩いている人々の話し声もした。

昨夜からの雨がいまだに続いているようだった。閉めた窓ガラスに、雨粒が吹き付ける音がした。

睡眠不足でヒリヒリとする目で、ローテーブルの時計を見つめる。

午前5時半――。

帰宅したのが午前2時半だったから……3時間しか眠っていない計算だった。

ふと気づくと、わたしはまだワンピースをまとっていた。ピアスやネックレスやブレスレットもつけたままだったし、ブラジャーもしたままだった。

3時間前、ここに戻るとすぐ、着替えもせずにこのソファに倒れ込んだことを、ぼんやりと思い出した。それからのことはまったく覚えていないけれど……たぶん、いつものように、気絶するかのように眠りに落ちてしまったのだろう。

そう。この20日間、わたしはこんな毎日を繰り返していた。

起きなきゃ。

体にかかっていた黴《かび》臭いタオルケットを撥《は》ね除《の》ける。

薄汚れたタオルケットの下では、ミニ丈のワンピースの裾がまくれ上がり、黒くてセクシーな半透明のショーツが剝き出しになっていた。この20日間、わたしはあの男のために、毎日、こんな下着を身につけていた。

乱れたスカートの裾を直しながら、わたしはソファに身を起こそうとした。

けれど、それは容易なことではなかった。

男のヴィラで、あの忌まわしい『アルバイト』をするようになってから、朝はいつだって辛かった。けれど、今朝はいつも以上に辛かった。体が自分のものではないようにだるくて、腕や脚が鉛みたいに重たく感じられた。

おまけに今朝は喉がひどくひりついていたし、頭も割れるように痛かった。部屋の中はとても蒸し暑いはずなのに、悪寒《おかん》で背中や首筋がゾクゾクした。

孫たちの風邪がうつってしまったようで、1週間ほど前からわたしは風邪気味だった。市販の薬は服用していたのだけれど、風邪は治るどころか悪化する一方だった。きっと、今朝はかなりの熱があるのだろう。その上、前夜のアルコールが残っていて胃がムカムカした。できることなら、このまま眠っていたかった。この20日間、長い時でも4時間ほどしか眠っていなかったから、眠くてたまらなかった。

けれど、眠ってしまうわけにはいかなかった。一刻も早く朝食の支度をし、娘の次男にミルクを飲ませ、さっさと家事に取りかからなくてはならなかった。

手の甲で涙を拭ったあとで、わたしは再びソファに身を起こそうとした。そして、今度は何とかそれに成功した。

ずきん——。

その瞬間、また背中の傷が疼くように痛み、わたしはまたあの男の顔を思い出した。

この世の富と幸福はとてつもなく不公平に分配されている——。

いつだったか、何かの本でそんな言葉を読んだことがある。

その時は何も思わなかった。自分が幸福だと思ったことはなかったし、お金があると思ったこともなかったけれど……世の中なんて、もともと不公平なものだと諦めていたのだ。

けれど、あの男と出会ってからのわたしは、その言葉をしばしば思い出した。そして、これほどの不公平を黙認している神を強く——あの男に負けないほど強く憎んだ。

わたしだって、自慢できるような立派な生き方をして来たわけではない。

わたしはこの島に暮らす多くの日本人妻たちと同じように、ほんの一時の気の迷いからこの島の男とつまらない恋をし、家族の反対を押し切って結婚し、その後はずっと後悔だけを続けるような生き方をして来た、愚かでバカバカしい女だった。

けれど……それでも……あの五味と名乗っている男に比べれば、ずっと必死に、ずっと一生懸命に生きて来たはずだった。

どうしてあの男だけが、あんなにも恵まれているのだろう？　何をしたというわけでもないあの男だけが、なぜ、あれほどの富を有しているのだろう？

確かに世の中は不公平なのだ。たぶん昔から不公平だったし、これからもずっと不公平なのだ。けれど、これほどまでの不公平が許されていいとは思えなかった。

あの男はただ、右のお金を左に動かすということを繰り返して来ただけで、巨万の富を手にしているのだ。そして、今——働きもせずに得たその富で、11歳も年上のわたしをがんじがらめに縛り付けているのだ。

畜生っ……許せない……絶対に許せない……。

キッチンの薄汚れた壁を見つめながら、いつものように、わたしはそう思った。

2

僕の部屋でアルバイトをしませんか?

今から20日ほど前、あの男がそう言って誘って来た時、わたしはその『アルバイト』の内容のあまりの忌まわしさに心の底からおののいた。

もちろん、わたしは即座に断った。そんなことが自分にできるとは思えなかった。

わたしの拒絶を耳にした男は、とても恥ずかしそうな顔をした。そして、逃げ出すようにしてマッサージサロンの個室を出て行った。

男が帰ったあとで、わたしはもう一度、その『アルバイト』のことを――それをすることによって得られるお金のことを考えた。

そう。お金だ。男の提示した金額は、それほどに魅力的だったのだ。娘が戻って来てからのわたしは、それほどお金に窮していたのだ。

男がわたしに求めている『アルバイト』がどれほど辛く、どれほど屈辱的なものであるかは、わかっているつもりだった。そんな行為を受けたことはなかったけれど、何となく想像はついたのだ。

だが同時に、わたしは自分がそれに耐えられるだろうとも考えていた。

これまでのわたしの人生は辛いことの連続だった。少なくとも、この島に嫁いで来てからの人生は、辛いことだけだったと言っても過言ではないほどだった。けれど、わたしはそれらに耐えて来た。この島での21年の暮らしの中で、わたしは忍耐力を身につけたのだ。

さらにしばらく考えたあとで、ついにわたしは決意した。そして、指を震わせながら男が宿泊しているホテルの部屋に電話を入れた。

けれど……その『アルバイト』はわたしが予想していたより遥かに辛く、遥かに屈辱的だった。世の中にこれほど辛く、これほど屈辱的なことがあるのかと思うほどだった。


あの最初の晩、わたしより11歳も年下のあの男は、全裸になったわたしをベッドに仰向けに、大の字の形に、身動きが取れないようにがっちりと縛り付けた。そして、わたしを辱めるような言葉を吐きながら、剝き出しになった乳房や乳首を執拗にもてあそんだ。

それだけで充分に屈辱的なことだった。それまでの41年の人生で、それほどの屈辱を受けたことはなかった。

だがそれは、その後にわたしが受ける恥辱と屈辱の、そして、痛みと苦しみの、ほんの始まりに過ぎなかった。

男は仰向けに縛られたわたしの股間の毛を、カミソリで1本残らず剃り落とした。そのあとでは、その惨めな姿をカメラで何枚も撮影した。

恥辱と屈辱、そして、怒りと憎しみが、わたしの全身を支配した。

だが、それ以上に、自分がわずかばかりのお金のために、そんなことを許しているという惨めさに打ちのめされた。

わたしは必死になって頭の中を空っぽにしようとした。そして、この忌まわしく、おぞましい時間が一刻も早く終わることを願っていた。

だが、地獄のようなその時間は、いつまでたっても終わりにはならなかった。

その後、男は裸のわたしの体に――乳首や臍や鳩尾に、眉間や首や鎖骨の窪みに、二の腕や太腿や脚の付け根に、そして、すべての毛を剃り落とされた股間に――ドロドロに溶けた熱いロウの雫を滴らせた。何滴も何滴も滴らせた。

あまりの熱さに、わたしは悲鳴を上げかけた。

けれど、わたしは漏れそうになる声を必死で抑えた。叫んだり、身を悶えさせたりするのは、ただ、男を喜ばせるだけだとわかっていたから。

もしかしたら、わたしが声を出さないことに苛立ったのかもしれない。男はわたしを今度は俯せに縛り直した。そして、ベッドを抱くようにして横たわったわたしの背を、嫌というほど激しく鞭で打ち据えた。

その鞭の痛みは凄まじかった。息が止まり、意志とは無関係に全身が痙攣《けいれん》し、頭がどうにかなってしまいそうだった。

それでも、最初の何回か、わたしは歯を食いしばってその激烈な痛みに耐えた。わたしにも意地や誇りというものがあったのだ。

耐えてやる。どんなことがあっても、絶対に耐えてやる。

あの時、心の中でわたしはそう呟き続けていた。

だが、やがて……わたしの意地と誇りは消え去り、自我と人格が崩れ落ちた。

その痛みは、それほどまでに激烈なものだった。

何発目かの鞭が体に打ち下ろされた瞬間、ついにわたしは悲鳴を上げた。どうしても抑えることができなかったのだ。

その後は鞭が体を打ち据えるたびに、わたしは猛烈に身を悶えさせて悲鳴を上げた。そんな屈辱的なことは口が裂けても言いたくなかったというのに、いつの間にか、わたしの口は、自分より11歳も年下のその男に必死で許しを乞うていた。

「もう、やめてっ！　お願いっ！　許してっ！　もう堪忍してっ！」

男性に向かって、そんな屈辱的な言葉を口にしたのは初めてのことだった。

わたしの体をさんざん鞭で打ち据えたあとで、男はわたしの背に身を重ねた。そして、レイプでもするかのように、わたしの中に硬直したペニスを荒々しく突き入れた。

わたしにできたのは、ただ、弱々しい声を上げることだけだった。

3

その最初の一日で、わたしは心身ともに擦り切れて、ぼろぼろになってしまった。単なる比喩ではなく、本当にぼろ雑巾のようになってしまったのだ。

鞭で打たれた背中はズキズキと痛み、規定の3倍もの量の鎮痛剤を飲んだにもかかわらず、その晩は仰向けになって眠ることができなかった。思い出すまいとしていたのに、目を閉じるたびにあの時のことが思い出され、そのたびに屈辱の涙が流れた。

それでも……わたしは、その翌日も男のヴィラに行った。喉から手が出るほどにお金が欲しかったのだ。

こうなったら、あの男をとことん利用してやる。

翌日、男が宿泊しているホテルに向かう乗り合いバスの中で、背中に強い痛みを覚えながら、わたしは決意した。

そう。これはチャンスでもあったのだ。何もいいことのなかったこの島での暮らしの中で、あの男の出現は、わたしに初めて訪れたといってもいいチャンスでもあったのだ。

そのチャンスを逃すわけにはいかなかった。

とことん毟り取ってやる。とことん搾り取ってやる。そして……そして、充分にお金が溜まったら、その時は……その時は、復讐をしてやる。わたしと出会ったことを後悔するほどの復讐を、あの男に絶対にしてやる。

わたしはそう決意していた。

それから20日間……わたしは1日も欠かさず、あの男のヴィラに通い続けている。そして、毎晩のように、筆舌に尽くし難い恥辱と屈辱に耐え続けている。


あの男が、わたしは憎かった。憎くて、憎くて、たまらなかった。

それでも、あの男にもいいところはあった。というか……あの忌まわしい行為さえなければ、もしかしたら、わたしはあの男を好きになっていたかもしれなかった。

あの男は若々しくて、とてもハンサムだった。優しくて、穏やかで、上品で、ナイーブで、とてもデリケイトだった。その上、お金持ちで、気前が良くて、わたしがねだるものは何でも買ってくれた。よくいるお金持ちたちとは違って、傲慢なところや、威張ったところはまったくなく、謙虚で内気で、少し優柔不断そうに見えた。

育ちがいい——。

たぶん、そういうことなのだろう。

そう。あの男はとても魅力的な男でもあった。少なくとも、わたしはあれほど魅力的な男に出会ったことはなかった。

ふたりで行ったレストランや、タクシーの後部座席で、わたしはしばしば、まるで恋人にするかのように、11歳年下の男の肩に首をもたせかけた。

それは水商売の女たちがするのと同じように、男に媚《こ》びる行為のひとつだったのかもしれない。けれど、同時にわたしは……そういう瞬間には、あの男に恋心を抱いていたのかもしれなかった。

もしかしたら、今夜はもう、ひどいことはしないかもしれない。もしかしたら、今夜はこのまま、恋人のように過ごすつもりなのかもしれない。

男の肩に首をもたせかけながら、わたしはしばしばそんなことを夢想した。ふだんの男はそれほど優しかったのだ。

けれど、あのヴィラの寝室で、いったん行為を始めると、あの男は豹変した。優しくて気弱そうな紳士から、突如として悪魔へと変わったのだ。それは、さっきまでと同じ人間がいるとは思えないほどだった。


あのヴィラに通うようになって、わたしはまた酒を飲むようになった。そして、その酒量は一日ごとに増えていった。離婚する前にも、わたしは酒に溺れたことがあった。けれど、今の酒量は、あの時よりも遥かに多くなっていた。

今のわたしは、一日中、酔っ払っているような状態だった。鎮痛剤や風邪薬も同時に服用していたから、頭はいつもぼんやりとしていたし、体はいつもフラフラだった。

酒を控えなければならないことはわかっていた。だが、今はそれは難しかった。酒を飲む以外に、辛い現実から逃れる方法がなかったのだ。


ソファに上半身を起こすと、わたしは目の前にあった薄汚れたローテーブルに手を伸ばした。そして、何日か前にあの男に買わせたブランド物のハンドバッグを開き、そこから鎮痛剤を取り出した。

頭は相変わらず、割れるほどに痛かった。喉は唾液を飲み込むこともできないぐらいにヒリヒリとしていたし、強い悪寒も相変わらず続いていた。前夜の酒のせいで吐き気もした。

喉の痛みに耐えながら、わたしは規定の3倍の量の鎮痛剤をペットボトルのミネラルウォーターと一緒に飲み込んだ。それから、まるで老人のようにゆっくりと立ち上がった。

その瞬間、声が出るほど激しく頭が痛み、直後に強い目眩《めまい》が襲いかかった。

4

終わりの見えない試練には、人は耐えることはできない。けれど、その終わる日がわかっていれば、それに耐えることができる。

41年の人生の中で、わたしはそのことを学んでいた。

だから、この試練に耐え抜くために――わたしは自分の中で『アルバイト』の期限を30日間と決めていた。

体に滴らされるロウの熱に悶え、喉の奥に荒々しく突き入れられるペニスの苦しみに耐え、背中に振り下ろされる鞭の激痛に叫びながら……わたしはその日を待ち侘びた。

けれど……自分で設定した期限の半分の15日が過ぎた頃に、30日も続けるのはとても無理だと思うようになった。

そう。あの男のヴィラに通い始めて15日が過ぎた頃には、わたしは心も体もボロボロになっていたのだ。

わたしの執拗な交渉によって、毎夜の『アルバイト料』は少しずつ値上がりしていた。だから本当は一日でも長く続けたかった。けれど……どれほど頑張ったとしても、あと15日を持ちこたえることはできそうになかった。

しかたなくわたしは、その期限を30日間から3週間に、つまり21日間に変更した。

昨日まで、わたしは20日連続で男のヴィラに通った。ということは……わたしの試練は、いよいよきょう一日で終わりということだった。

この20日間で、わたしはあの男から、マッサージサロンでの1カ月分の給料の100倍を超えるお金を巻き上げていた。鞭やロウソクやバイブレーターの使用に同意する時、それに写真撮影や性毛を剃り落とす行為に同意する時には、わたしは男に別料金を請求していた。

鞭は言葉にできないほどに辛かったけれど、その報酬は抜群だった。

それだけではなく、わたしはあの男に、たくさんのアクセサリー類や服や靴やバッグを買わせていた。それらはいずれ現金に替えるつもりだった。

もう充分——わたしはそう思おうとした。

本当はまだまだお金が欲しかった。もっともっとたくさんのお金を、あの男から搾り取ってやりたかった。

けれど、これ以上を望むというのは強欲というものだった。強欲の果てに何があるかは、わかっているつもりだった。


強い頭痛と目眩に耐えながら、わたしは狭苦しくて散らかった薄暗いキッチンを手探りで歩き、すぐ隣にある寝室のドアを開けた。そこもまた、日本の和室に換算すれば4畳半ほどの、狭苦しくて、散らかった部屋だった。

その瞬間、黴臭くてムッとする湿った空気が溢れ出て来た。昨夜からの雨のせいで窓を開けることもできない上、この狭い部屋の中で3人もの人間が寝ているのだから、それは当然のことだった。この島の多くの家と同じように、わたしたちの部屋にも冷房はなかった。

カーテンを閉めた薄暗い室内を、わたしはそっとのぞき込んだ。

狭い部屋の両側には1台ずつのベッドがあり、右側のベッドでは娘と赤ん坊が、左側のベッドでは娘の長男が、それぞれ体に何もかけずに眠っていた。

そんな3人の寝姿を、わたしはじっと見つめた。

彼ら3人はわたしの生き甲斐だった。それは確かだった。わたしと血の繋がった彼らのことが、わたしは可愛くてたまらなかった。

だが同時に、彼らはわたしの足枷《あしかせ》であり、重荷でもあった。彼らの生活を維持するために、わたしはあの『アルバイト』をせざるを得なかったのだから……。

けれど、それもいよいよ今夜が最後だった。明日、あの男への復讐を済ませたら、もう少し広いアパートに引っ越し、そこで娘と孫たちの世話をしながら、のんびりと暮らすつもりだった。あの男から巻き上げたお金があれば、それほど豊かにではないにしても、数年のあいだは働かずに生きていけそうだった。

娘のノラが小さく呻きながら寝返りを打ち、汗ばんだ顔がわたしのほうを向いた。

幼かった頃と同じように、娘はとても可愛らしい顔をしていた。今すぐに抱き締めたくなるほどだった。

次男を出産するまでは膨《ふく》よかだったというのに、娘はいつの間にか、げっそりと痩せこけてしまっていた。いつも顔色が悪く、食欲もなく、本当に具合が悪そうだった。

わたしと同じように、娘もまた、つまらない男と結婚をした。傍《はた》から見れば、絶対に幸せにはなれそうもない、バカバカしい結婚だ。

けれど、わたしには、それを責めることはできなかった。

小娘はいつだって、愚かなものなのだ。誰かを好きになると、ほかには何も考えられなくなってしまうのだ。そして、たぶん……それが純粋さというものなのだ。

自分の経験から、わたしはそれをよく知っていた。


わたしは娘には「水商売を始めた」と言ってあった。「すごくお給料がいいの」と。

そんなわたしを、娘はとても心配した。

「お給料がいいっていうことは、すごく大変な仕事なんでしょう？」

ある日、娘がわたしに訊いた。今から10日ほど前のことだ。

「まあ、楽じゃないけど……でも、大丈夫よ」

あの日、わたしはそう言って笑った。

「本当？　この頃、すごく疲れているみたいだし、一段と痩せたみたいだけど……」

心配そうに眉を寄せて、娘がさらに訊いた。

「大丈夫。心配しないで」

「無理させて……ごめんね、ママ。体にだけは気をつけてね」

娘が言った。そして、わたしの体をそっと抱き締めてくれた。

「心配してくれて、ありがとう」

あの日、そう言って、わたしも娘を抱き締め返した。


今朝のわたしは、立っているのも辛いほどに疲れていた。けれど、間もなく始まる新しい暮らしのことを考えると、無意識のうちに頬が緩んだ。

この試練もいよいよ終わりだ。そして、いよいよ……あの男に復讐ができるのだ。

娘と孫たちの寝姿を眺めながら、わたしはあの男への復讐を想像した。その時、あの男の端正な顔が恐怖に歪むことや、その口から命乞いの言葉が出ることを想像した。

ただそれだけのことで、わくわくと胸が弾んだ。


狭いキッチンの小さなテーブルを囲み、娘と孫たちが朝食を食べている。そんな彼らの様子を、わたしはソファに座ってぼんやりと見つめている。

たいてい、朝はわたしも一緒に食事をした。けれど、今朝は食べられそうになかった。熱はさらに上がったみたいで、長袖のカーディガンを引っ張り出して着込んだけれど、悪寒はまったく治まらなかった。目眩も続いていた。鎮痛剤を服用したにもかかわらず、相変わらず、頭が割れるほど強く痛んだ。

だが、気分は悪くなかった。辛抱もあと一日だけだった。

5

朝食の後片付けを済ませると、わたしは近くの市場で買い物をするために部屋を出た。

昨夜からの雨が、今も降り続いていた。足元はひどくぐちゃぐちゃしていて、ゴム草履を履いたわたしの足はたちまちにして泥にまみれてしまった。

ついさっきまた、3倍の量の鎮痛剤を飲んだというのに、ひどい悪寒と頭痛は相変わらず続いていた。目眩と喉の痛みと強い吐き気も続いていた。歩いていると、時々、ふーっと意識が遠のきかけることもあった。

これほど具合が悪いのは久しぶりのことだった。

今夜はもう、あのヴィラに行くのはやめようか……。

傘をさして歩きながら、わたしは何度もそう思った。けれど、わたしは、自分が今夜もあそこに行くと知っていた。今夜で最後なのだから、何とか頑張り通すつもりだった。

脚をふらつかせながら市場の前まで歩いて来た時、買い物カゴの中の携帯電話がけたたましく鳴った。

電話はダルマサヤという、浜辺のレストランのオーナーからだった。

『おはよう、エリコ。具合はどうだい？』

小さな電話からダルマサヤの大声が響き、頭がズキズキと痛んだ。

「ちょっと大きな声を出さないで。頭が割れそうに痛いの」

『ごめんごめん。エリコ、そんなに調子が悪いのかい？』

今度は小声でダルマサヤが尋ねた。

「最悪よ。今にも倒れそうよ」

『大丈夫なのかい？　声がかすれて、すごいな』

「大丈夫じゃないわ。死にそうよ。でも、あと一日だから、頑張るわ」

わたしは言った。そして、かつて恋人だった年上の男の顔を思い浮かべた。

そう。何年か前、わたしは彼と1年ほど一緒に暮らしていたことがあった。彼の浮気が原因で別れたが、その後も腐れ縁みたいな感じで、その関係は何となく続いていた。

『そうか。じゃあ、あと一日頑張って、せいぜいあのタダっていう男から搾り取るんだな』

ダルマサヤが小声で笑った。

そう。わたしたちはとうの昔に、あの男の本名が『五味零』ではなく、『タダ・ユキオ』なのだということを知っていた。ダルマサヤのレストランで働いているウェイターのひとりが、あの男と顔見知りだったのだ。

はっきりとはわからなかったが、偽名を使っているぐらいだから、あの男は何か問題を抱えているに違いなかった。

「ええ、もちろんよ。たっぷりと搾り取ってやるつもりよ。ところで、そっちの準備はオーケーなの？」

『ああ。ばっちりさ』

「怖じけづいたりしていない？」

『怖じけづくものか。俺はエリコのためなら、何だってするさ。俺は今だってエリコに惚れてるんだから』

ダルマサヤが真面目な口調で言った。

そんな言葉は信じられるはずもなかったが、こういう時には、彼はとても信頼できるということは、わたしもよく知っていた。

こういう時——。
明日、わたしたちは、あの男を殺してしまうつもりだった。

あの男を殺す——。

わたしがそれを考えるようになったのは、今から半月以上も前、まだあのヴィラに通い始めて間もない頃のことだった。

そう。あのヴィラに通うようになってすぐに、わたしはあの男を殺すつもりになっていた。自分より11歳も年上のわたしを敬いもせず、ここまで徹底的に利用し、ここまで徹底的に凌辱した男が憎くて、殺してしまわなければ気が済まなかったのだ。

わたしはすぐにダルマサヤに、自分の心を打ち明けた。彼なら、わたしの力になってくれるはずだと思っていたのだ。

それを聞いた瞬間、彼は少し驚いたような顔をした。だが、わたしが本気だとわかると、すぐに計画を立ててくれた。

女たらしではあったが、彼は行動力があり、頭も切れて、頼もしいところもあった。

ダルマサヤが立てた計画では、わたしは明日、五味と名乗っているあの男を郊外にある空き家に連れ出すことになっていた。そして、その空き家に待機しているダルマサヤと、彼が手配した数人の男たちに、あの男を刃物で殺害してもらうことになっていた。死体は彼らが車で運び出し、どこかの森の中に埋めてしまう計画だった。

あの男には何日か前に、「わたしの手料理をごちそうしたいの」と言って、その家に行く同意を取り付けてあった。

「それは楽しみだな」

何も知らない男は、とても嬉しそうな顔をした。

「ええ。楽しみにしていて」

「それはこの島の料理ですか？」

嬉しそうに男が訊いた。彼の様子はとても無邪気で、可愛らしくさえあった。

「それは秘密よ」

微笑みながら、わたしは言った。


「うまくいくといいわね」

手の中の電話を握り締めて、わたしはダルマサヤに言った。

『大丈夫。うまくいくさ』

ダルマサヤが力強く言った。その言葉はとても頼もしかった。

「もし、うまくいったら……そうね……もう一度だけ寝てあげてもいいわよ」

『本当かい？』

ダルマサヤが嬉しそうに訊いた。好色な顔が目に浮かぶようだった。

「ええ。本当よ」

わたしは言った。そして、彼の自分勝手で乱暴なセックスを思い出した。

6

アパートの部屋に戻ると、もう立っていられなかった。わたしはキッチンのソファに横になり、タオルケットにくるまって悪寒に震えていた。心配した娘がミルクを温めてくれたけれど、吐き気がして飲むことはできなかった。

今夜また、わたしはいつもと同じ時刻に男のヴィラに行く約束をしていた。けれど、ついさっき、アパートの部屋のドアの外で男に電話を入れ、「2時間ほど遅れさせて」と連絡をした。こんなことは初めてだったが、どうしても少し横になりたかったのだ。

『松下さん、どうかなさったんですか？』

明日で人生を終えることになる男の声が、電話から聞こえた。それは穏やかで、優しげで、上品で、耳に心地いい声だった。

「ええ。実はちょっと熱が高いみたいで、食欲がまったくなくて……今夜は一緒に食事に行っても、何も口にできそうにないの。だから、今夜の食事は遠慮させてもらって、あの……アルバイトにだけ行くことにさせて」

そう。今夜はまた、わたしたちはふたりで、インド洋を望むあの日本料理店に行くことになっていた。けれど、きょうは何も食べたくなかった。大好きなお酒さえ、きょうはまだ口にしていなかった。

『熱が高いって、どのくらいあるんですか？』

男が心配そうな声を出した。

「さっき計ったら、38度5分だったわ」

そう言った瞬間、わたしはゴホゴホと激しく咳き込んでしまった。

『あの……そんなに高熱があるんでしたら、今夜は来なくてけっこうですよ』

わたしの咳が終わるのを待って男が言った。

「いいえ。行くわ。さっき解熱剤を飲んだから、熱はすぐに下がると思うの」

アパートの部屋のドアの前に傘をさしてしゃがみ、ガタガタと震えながらわたしは言った。一刻も早く室内に入りたかったけれど、娘には男との電話を聞かれたくなかった。

『でも……無理をなさらないほうが……』

「大丈夫。行くわ。だから、五味さんは先に食事を済ませていてね」

わたしは言った。そして、男の返事を待たずに電話を切った。

珍しく時間ができたので、わたしはソファに横になった。

けれど、この20日間、ひどい睡眠不足が続いていたというのに、どういうわけか眠ることができなかった。

眠れないまま、わたしはキッチンの片隅の狭いソファの上で、猛烈な悪寒と頭痛に耐えていた。隣の部屋からは、テレビの音と、赤ん坊の泣き声が絶え間なく響いていた。

もう一日……あと一日だけの我慢だ……。

そう自分に言い聞かせながら、わたしは目を閉じた。そして、また小学生の頃に読んだ絵本のことを思い出した。

そう。もう何十年も思い出したことのなかったその絵本のことを、この20日ほどのあいだ、わたしはしばしば思い出すようになっていた。

7

それはロシアの有名な小説家が、子供たちのために書いた話だったと記憶している。

ロシアのあるところに、ひとりの貧しい農夫がいた。彼は長いあいだ、自分の土地が狭いことを気に病んでいた。そして、『もっと広い土地さえあれば、この貧しさから抜け出すことができるのに』と、いつも思っていた。

ある時、農夫はある噂を耳にした。それは遥か彼方《かなた》に広大な土地を持った人々がおり、その人々は『買いたい』という者に、信じられないほど安い価格で土地を売ってくれるという噂だった。

農夫はさっそく息子とふたりで、その地方に出かけて行った。そして、土地の所有者たちと会い、彼らからとても魅力的な取引についての話を聞いた。

それは、ごくわずかなお金と引き換えに、『日の出から日没までのあいだに歩いた内側部分の土地』を手にすることができるという、信じられないような取引だった。

けれど、農夫の息子はその取引をためらっていた。その取引には、『もし日没までに元の場所に戻れない時は、命を奪われる』という条件が付いていたからだ。

「父さん、そんな取引はやめたほうがいいよ」

息子は農夫の耳元で囁《ささや》いた。

けれど、農夫はその取引に同意した。土地が欲しくてたまらなかったのだ。

翌朝、農夫は小高い丘の上から、日の出とともに出発した。手にはスコップを持ち、肩には弁当と水の入った布袋を提げていた。息子は丘の上の出発地点に残り、土地の所有者たちと一緒に父の帰りを待つことになっていた。

雲ひとつなく晴れた暑い日だった。農夫は汗だくになりながらも、視界を遮るものが何もない広大な平原を、大きな円を描くようにして速足で歩いた。

時々は立ち止まり、平原のところどころにスコップで穴を掘り、自分がそこを歩いた印をつけた。その印の内側の土地が、すべて彼のものになるのだ。

ここは牛たちの放牧地にしよう。ここにはトウモロコシ畑とジャガイモ畑を作ろう。ここには自分たちの家を、ここには息子たちの家を建てよう。

そんなことを想像しながら、農夫は水分を補給する時間さえ惜しんで歩き続けた。

時折、振り返ると、遥かな丘の上に立っている息子と土地の所有者たちが見えた。

遠くへ、遠くへ、もっと遠くへ……。

太陽が真上に来た時には、農夫の目には息子たちがいる丘はほんの微かにしか見えなくなっていた。そろそろ引き返さなければ、日没までにはあの丘に戻れない計算だった。

けれど、農夫は引き返さなかった。

もう少し……あと少し……あともう少しだけ……。

欲に駆られた農夫はさらに足を伸ばした。

ここはほかの農夫に貸そう。ここはいずれ、自分の小作人たちに耕させよう。ここには自分たちの別荘を建てよう。

ふと気づくと、いつの間にか、太陽は大きく傾き始めていた。もう息子たちの待つ丘も、彼の目からは見えなくなっていた。

欲張って、ちょっと遠くに来すぎたかもしれない。

傾いた太陽を見つめて農夫は思った。そして、慌てて引き返し始めた。

丘に向かって一直線に進むのが、最短距離だということはわかっていた。けれど、欲に駆られた農夫は、大きな円を描くように歩いた。少しでも広い土地を自分のものにしたかったのだ。

そうするうちにも、太陽は傾き続けた。それなのに……日没までには、もうあまり時間がないというのに、あの丘はまだ見えて来なかった。

さしもの農夫も激しく焦った。そして、肩にかついでいた布袋を放り出して速足に歩いた。途中からは走った。

やがて、遥か向こうに、息子たちの待つ丘が見えて来た。

けれど、その時には、太陽はさらに大きく傾いていた。このスピードでは日没までにあの丘に戻るのは難しそうだった。

農夫は手にしていたスコップを放り出した。そして、丘に向かって全速力で走った。

丘の上で待つ息子の姿が、少しずつ少しずつ大きくなっていった。だが、太陽はさらに傾いていた。

農夫は必死で走った。走って、走って、走りまくった。口から心臓が飛び出してしまいそうだったが、足を止めることはできなかった。日没までにあの丘の上に戻れなければ、命を奪われてしまうのだ。

息も絶え絶えに走りながら、農夫は自分の強欲を悔いた。もっと早く引き返すべきだったのだ、と。

けれど、今さら悔いても無駄だった。

ああっ、ダメだ！　もうダメだ……。

夕日は地平線に接し、まさに沈もうとしていた。

農夫はさらに走った。足をもつれさせながらも、懸命に走り続けた。

やがて、丘の上にいる息子の姿がはっきりと見えて来た。「父さん、早く！　早く！」という息子の叫び声も聞こえた。

農夫はさらに走った。無我夢中で走った。

農夫が出発地点の丘の上に駆け上がった直後に、赤い夕日は地平線に沈んだ。

そう。彼は間に合ったのだ。

けれど……丘の上にたどり着くと同時に、農夫はばったりと倒れてしまった。そして、口から真っ赤な血液を吐き、そのまま息を引き取ってしまった。

そうなのだ。せっかく広大な土地を手にいれたというのに、彼はその土地を利用することができなかったのだ。

農夫の息子は泣きながら父の死体を埋めた。人生の最後に農夫が必要としたのは、自分の死体を埋めるだけの狭い土地でしかなかったのだ。

8

男が宿泊しているホテルに着いたのは、いつもより2時間半近くあとのことだった。

アパートの部屋を出る前に、また鎮痛剤をいつもの3倍飲んだにもかかわらず、相変わらず悪寒と頭痛が続いていた。歩いていると目眩がし、脚がひどくふらついて、わたしは何度も転びかけた。

いつものように、エントランスホールから男のヴィラに向かってブーゲンビリアの小道を歩いている時だった。その時、すぐそばの繁みで、この島の人たちが『トゥケ』と呼んでいる大きなヤモリが鳴き始めた。

『トッケー……トッケー……トッケー……』

わたしは足を止め、いつものように、それを心の中で数えた。

この島には、子供が生まれた時にそのヤモリが鳴いていると、その子は幸せになれるという言い伝えがあった。そのヤモリが11回続けて鳴くのを聞くといいことがあるという言い伝えや、11回鳴き続けるヤモリはダイヤモンドの目を持っているという言い伝えもあった。

どれもバカバカしくて、根拠のない言い伝えには違いなかった。これまでに、わたしは何度も、そのヤモリが11回続けて鳴くのを聞いたことがあったけれど、いいことなんか何ひとつ起こらなかった。

それでも、この島の人々がみんなそうしているように、わたしもいつしか、そのヤモリが鳴き出せば、それを数える癖がついていた。

『トッケー……トッケー……トッケー…………』

いつものように、最初は力強かった声は、途中から急激に弱々しくなった。そして、10回鳴いたところで、すーっと闇の中に消えてしまった。

なーんだ、またか。

心の中でわたしは思った。けれど、次の瞬間、『トッケー……』という弱々しい声が、わたしの耳に微かに届いた。

そう。それが11回目の鳴き声だった。

その瞬間、わたしは自分の望みがかなえられるのだと確信した。

男はこのホテルでいちばん豪華な、プライベイトプール付きのヴィラに滞在していた。ブーゲンビリアの生け垣に囲まれた、広々とした庭のあるヴィラだった。

いつものように、そのヴィラのドアの前に立ち、わたしは指でドアチャイムのボタンを押そうとした。

その時、急に動悸《どうき》が始まった。

あっ、まただ。

以前から、体調の悪い時などに、時折、動悸に襲われることがあった。だが、ここ10日ほどは、ほとんど毎日、それも一日に2度も3度もの動悸に見舞われた。

わたしはヴィラのドアの前にうずくまり、ワンピースの上から左の胸を押さえた。そして、ゆっくりと深呼吸を繰り返しながら、動悸が治まるのを待った。


2分か3分で動悸は治まった。

高くて細いサンダルの踵をぐらつかせながら、わたしはゆっくりと立ち上がった。そして、さらに何度か深呼吸を繰り返したあとで、ドアチャイムのボタンを押した。

ピンポーン。

次の瞬間、ドアの向こうから人が駆け寄って来る音がした。そして、直後に、目の前のドアが勢いよく開けられた。

そこにあの男が立っていた。男の足元には、白と黒の斑の子猫がいた。

男は素肌に白いタオル地のバスローブをまとっていた。髪が湿っているところを見ると、入浴を済ませたばかりなのだろう。男の体からは、石鹸とシャンプーのにおいがした。

「こんばんは、松下さん。お待ちしていました」

男が言った。そして、とても優しげに微笑んだ。

「こんばんは、五味さん。今夜もよろしくお願いします」

戸口に立って、わたしはいつもと同じ言葉を口にした。

「松下さん。あの……お体は大丈夫なんですか？」

端正な顔を心配そうに歪めて、男がわたしに尋ねた。

そう。その男はとてもハンサムだった。そして、とても優しげだった。

本当にこれがあの男なのだろうか？　この優しそうな人が、本当にわたしにあんなひどいことをしているのだろうか？

男の顔を目にするたびに思うことを、わたしはまた思わずにいられなかった。

「ええ。大丈夫よ。遅くなってごめんなさい」

ドアに縋《すが》り付くようにして、わたしは微笑んだ。立っているのが辛かった。

「あの……松下さん、すごく具合が悪そうに見えますけれど……」

明日で命を終えることになる男が、相変わらず心配そうに言った。

「いいえ。本当に大丈夫よ。心配してくれて、ありがとう」

「そうですか。それじゃあ、あの……お入りください」

男が言い、わたしはいつものように、男のあとについて、その広々としたヴィラに脚を踏み入れた。

9

いつものように、金銭の授受が済むと、男はわたしに服を脱いで下着姿になるように命じた。いつものように、わたしはその命令に従った。

この部屋でのわたしは、その男の奴隷だった。そして……そんなわたしに許されているのは、主である彼の命令に盲従することだけだった。

今夜のわたしのブラジャーとショーツは、白くて小さくて、ほとんど透き通った素材のものだった。だから、下着をまとっていても、裸でいるのとあまり変わらなかった。

わたしが服を脱いでいるあいだに、男もバスローブを脱ぎ捨てた。男はわたしに劣らぬほどに痩せていた。そして、その股間では早くも、忌まわしいペニスが強く硬直していた。いつものように、バスローブの下に、男は下着さえ穿いていなかった。

裸になった男は大きな天蓋付きのベッドの端に、両脚を開くようにして浅く腰を下ろした。そして、その瞬間、わたしは次の命令を予期した。

そうなのだ。男とわたしは20日にわたって、こんなことを繰り返して来たのだ。だから今では、わたしは次に男が自分に何をしようとしているのかを、かなり正確に予期できるようになっていた。

「四つん這いになって、ここまで来てください」

わたしが思っていた通りの言葉を、男が口にした。

言われるがまま、わたしは大理石の床に四つん這いになった。そして、長い髪の先を引きずりながら、鏡のように磨き上げられた床を赤ん坊のように這って男に近づいた。

もちろん、わたしには次に男が何を命じるかもわかっていた。

「口を使ってください」

男がまた、思っていた通りの言葉を口にした。

わたしは大きく広げられた男の脚のあいだに這い進み、すぐ顔の前にあったペニスを口に含んだ。そして、しっかりと目を閉じ、ピアスを揺らしながら顔を上下に振り始めた。

顔を振るたびに、頭が猛烈に痛んだ。激しい目眩もした。

男は無言でわたしを——苦しげに歪んでいるはずのわたしの顔を、唾液にまみれたペニスが出入りしている口を、鞭の傷で埋め尽くされた背中を、黒いアゲハチョウが彫られた尻を——まじまじと見下ろしているに違いなかった。

やがて男が腕を伸ばし、わたしのショーツの股間の部分の布を横にずらした。

もちろん、わたしには男が何をするつもりなのかはわかっていた。

男は細くしなやかな指で、剝き出しになったわたしの肛門に——その内側と外側に、ヌルヌルとした潤滑油をたっぷりと塗り込んだ。それから、いつものように、そこにバイブレーターを宛てがい、それを深々と突き入れて来た。

そう。普通ではない性癖を持って生まれたらしいこの男は、膣より肛門のほうがお気に入りのようだった。わたしがこのヴィラを訪れた2回目の夜には、すでに彼はわたしの肛門にペニスを無理やり挿入していた。

最初の数日のあいだ、わたしは肛門への挿入がなされるたびに、体をよじって凄まじい悲鳴を上げていた。

けれど、今ではもう、そんなことはなかった。

すぐにバイブレーターが、わたしの中で低いモーター音をさせながら振動を始めた。その細かい振動が全身に、さざ波のように広がっていった。

「うっ……うむっ……」

くぐもった呻きを漏らしながらも、わたしは体を震わせた。

畜生っ……畜生っ……。

顔を打ち振るのを中断して、わたしは心の中で呟いた。

けれど、これも今夜で終わりだった。明日には、この男は地上から消えているのだ。

それを思うと、いくらか心が楽になった。

「松下さん、誰が休んでいいと言いました？」

頭上から、抑揚のない男の声がした。

口にペニスを含んだまま、わたしは再び顔を上下に振り始めた。頭がガンガンと痛み、気が遠くなってしまいそうだった。

やがて男がライターを擦る音がした。

今度はロウソクだった。

10

その晩も男は、ペニスによって口を塞がれているわたしの体に、熱く溶けたロウの雫を滴らせた。

熱い雫が肩や背中や腰や尻に滴り落ちるたびに、床に四つん這いになったわたしは、くぐもった呻きを漏らして身をよじった。

それはいつだって辛い試練だった。けれど今夜は、いつにも増して辛かった。今にも気を失ってしまいそうだった。

それでも、わたしは耐えた。

今夜で終わりだ。今夜だけの辛抱だ。

そう思いながら、必死で耐えた。

溶けたロウをわたしの体に50回近く滴らせたあとで……男は両手でわたしの髪を鷲摑みにした。そして、顔を荒々しく上下に打ち振った。

硬直したペニスの先端が喉を乱暴に突き上げるたびに、胃が収縮するかのように痙攣し、猛烈な吐き気が込み上げて来た。

「むっ……ううっ……」

何十回目かにペニスが喉に激突した瞬間、わたしはついにペニスを吐き出した。そして、身をよじるようにして嘔吐した。直後に、肛門から抜け落ちたバイブレーターが——グロテスクな色と、忌まわしい形をしたそれが——大理石の床の上に落ちて、細かい振動を続けながらのたうった。

身をよじるようにして、わたしは嘔吐を繰り返した。けれど、口から出たのは、泡の交じったわずかな胃液だけだった。

朝から何も食べていないので、胃の中は空っぽなのだ。

「もうダメ……今夜はもう許して……」

顎の先から胃液を滴らせながら、わたしは哀願した。涙で男の顔が滲んで見えた。

「続けてください」

抑揚のない声で男が言った。

そうなのだ。この男は悪魔なのだ。こうしている時の彼は、普通の人間ではないのだ。

「もうダメ……今夜はもう、本当にダメなの……お願い……許して……」

なおも哀願を続けるわたしの髪を、男が再び鷲摑みにした。そして、唾液と胃液にまみれたわたしの唇に、硬直したペニスの先端を押し当てた。

わたしは再び、硬直したペニスを口に含んだ。そんなわたしの髪を、男はまた抜けるほど強く摑み、顔をまた激しく打ち振った。

硬直したペニスの先端が、いったい何度、喉を突き上げただろう？　そして、いったい何度、わたしは身をよじって床に嘔吐しただろう？

口から胃液が流れ出るたびに、命が流れ出て行くような気がした。

嘔吐が終わるのを待ち兼ねたかのように、男はまたわたしの髪を鷲摑みにした。そしてまた、わたしの口にペニスを押し込み、顔を激しく打ち振った。

それは、たぶん……6度目か7度目の嘔吐の時だった。大理石の床を見つめて身をよじり、口から胃液を滴らせている時——急に目の前が暗くなった。そして、その直後に、ふーっと意識が消えていった。

あっ、気を失う。

わたしは思った。そして、そのまま意識をなくし、自分の胃液でできた水たまりの上に倒れ込んだ。

11

気がつくと、わたしはベッドの上にいた。体には軽くて柔らかな羽毛の布団が掛けられていた。ベッドのすぐ脇にはあの男が座り、心配そうにわたしを見つめていた。

「松下さん……あの……大丈夫ですか？」

男が小声で言った。

そんな男の顔を、わたしはぼんやりと見つめた。そして、この男はいったい何を言っているのだろう、と思った。

そう。男の言葉は、まるで他人事のようだった。わたしを気絶させた者がほかにいて、わたしと一緒にその人のことを恨んでいるかのようだった。

「ええ……大丈夫……」

男を見上げ、わたしは微笑もうとした。けれど、今のわたしには微笑むことさえ容易ではなかった。

「今夜はもう、お帰りになったほうがいいですね。ご自宅までお送りします」

眉を寄せるようにしてわたしを見つめ、心配そうに男が言った。

帰る？　このまま帰る？

そんなことはできなかった。

わたしがここに来るのは、今夜が最後なのだ。この男からお金を毟り取れるチャンスは、今夜をおいてほかにないのだ。

だから、たとえ何があろうと……今夜はまだまだ、ここにいなくてはならなかった。

「嫌よ。帰らないわ」

そう言うと、わたしは体を起こそうとした。

それもまた、今のわたしには容易なことではなかった。それほどまでに疲れ切っていたのだ。けれど、わたしは歯を食いしばり、何とかベッドに上半身を起こした。

その瞬間、頭が強く痛み、また意識が薄れそうになった。

「ダメですよ、松下さん。今夜はもうやめにしましょう。今夜はもう帰って、何日か静養して、元気になったらまたいらしてください」

また来る？　わたしがまた、ここに来る？

いや。そんなことはあり得なかった。

この男の人生は明日で終わりなのだ。明日の今頃、この男はこの島の森の湿った土の中に横たわり、血の通わなくなった体を無数の虫たちに蝕《むしば》まれているのだ。

「いいえ。帰らないわ。続けましょう」

わたしは言った。そして、天蓋を支えているベッドの柱の1本に縋り付くようにして立ち上がった。ただ、それだけのことで、息苦しいほどに胸が高鳴った。

「無理ですよ、松下さん。どう見ても、今夜は無理です」

「いいえ、やるわ。わたし、続けたいのよ」

わたしは言い張った。「次は鞭がいいわ。いつもみたいに、力いっぱい鞭で打ち据えて」

ためらったように男がわたしを見つめた。けれど、わたしにはその男が、わたしを鞭打ちたがっていることがわかった。

そうなのだ。男はやりたいのだ。本当はわたしを鞭打ちたくて、うずうずしているのだ。

それがこの男の持って生まれた性癖なのだ。

「さあ、五味さん。いつもみたいに、わたしを俯せに縛り付けて」

わたしはベッドの柱を握り締めた。そうしていないと、倒れてしまいそうだった。

「いいんですか？」

男が立ち上がり、わたしを真っすぐに見つめた。

「ええ。いいわ」

男を見つめ返してわたしは頷いた。「気絶するほど強く打ち据えて」

体が細かく震えた。けれど、その震えが悪寒から来るものなのか、鞭への恐怖から来るものなのかは、自分でもわからなかった。

12

今夜、わたしは男から10発の鞭を受ける契約をした。その報酬は、通常の『基本料金』の10倍だった。

「今夜はわたしを、10回打って」

わたしが言った時、男は少し驚いたような顔をした。

「10回なんて……それは無理です。無謀です」

男が首を左右に振りながら言った。

その言葉を耳にした瞬間、ロシアの農夫の息子のことを思い出した。

そう。農夫の息子も父親に、土地の売買契約を思い止《とど》まるように言ったのだ。

けれど、あの農夫が息子の言葉に従わなかったように……わたしもまた、男の言葉に従うつもりはなかった。

「いいえ。10回打って。お願い……」

わたしの言葉を聞いた男は、しばらく無言のまま、わたしの顔を見つめていた。

わたしを見つめる男の目は、とても冷たくて、感情というものがうかがい知れなくて、何を考えているのかがわからなくて……まるで人形に見つめられているかのようだった。

なおもしばらく、男はわたしを見つめていた。それから、無言のまま深く頷いた。

自分から言い出したことであるにもかかわらず、背筋がゾッとした。


男から命じられる前に、わたしはベッドに俯せになった。そして、男が縛りやすいように、両腕と両脚をいっぱいに広げた。

そんなわたしを、男は慣れた手つきでベッドに磔にした。

強欲——。

その言葉が、ほんの一瞬、わたしの脳裏をよぎった。

やめたほうがいいのだろうか？　この男が言う通り、このまま家に帰ったほうがいいのだろうか？

けれど、そうするつもりはなかった。わたしはこの男からもう少し……あともう少しだけ搾り取ってやるつもりだった。

「松下さん、本当にいいんですね？」

わたしを縛り終えた男が訊いた。男はすでに、あの鞭を——あの忌まわしく、おぞましい鞭を握り、大の字になったわたしの足元に立っていた。

「ええ。いいわ」

手首に巻き付けられたロープを、両手でしっかりと握り締めてわたしは答えた。

わたしを見つめ、男が無言で頷いた。そして、手にした鞭を高々と振り上げた。

13

最初の鞭が背中に打ち下ろされた瞬間、いつものように、凄まじい衝撃が、まるで稲妻のように全身を走り抜けた。

「あっ！　いやっ！」

わたしはいつものように、身をのけ反らせて悲鳴を上げた。そして、ベッドの柱と手首を繋いだロープを握り締めて体を震わせた。

すぐに2発目の鞭が振り下ろされ、続いて3発目の鞭が振り下ろされた。

「うっ！　ああっ、いやーっ！」

そのどちらの時も、わたしの体はいつもの晩と同じように反応した。

けれど……4発目の鞭が体を打ち据えた頃から、いつもと何かが違うのではないかと感じ始めた。

そう。いつもなら、鞭が振り下ろされるたびに、痛みはどんどん募っていく。そして、わたしを苛む苦しみもまた、どんどん、どんどん、加速度的に募っていく。

けれど、今夜はそうではなかった。

どういうわけか、4発目が左のウェストから右の尻を斜めに打ち据えた時——わたしはほとんど痛みを感じなかった。男が手加減をしたのかと思ったほどだった。

さらに5発目の鞭が、左の肩から背の中央部分に向かって振り下ろされた。けれど、わたしは、不思議なほど少しの痛みしか感じなかった。

休むことなく、6発目の鞭がわたしを打ち据えた。けれど、わたしはもはや、身をのけ反らせることもなかったし、口から悲鳴を発することもなかった。

痛みや苦しみの代わりに、強い眠気がわたしに襲い掛かって来た。まるで大量の睡眠薬を服用した時のような、耐え難い眠気だった。

7発目か8発目の鞭が体に振り下ろされるのを感じながら、わたしは意識を失った。そして、深い深い眠りの底に沈み込んでいった。


「松下さん、終わりました」

耳元で男が囁き、わたしは目を覚ました。

いったいどのくらいのあいだ意識をなくしていたのだろう？　わたしはいまだに、ベッドに俯せに縛り付けられたままだった。

「もう終わったの？」

シーツに押し付けられていた顔をわずかに持ち上げて、わたしは男に訊いた。

いつものわたしは、鞭の試練が終わると安堵する。鞭はそれほどに辛かったから。

けれど、今夜のわたしはそうではなかった。

もの足らない——。

そう。わたしはそんなふうに感じていたのだ。もっと強い痛みと、激しい苦しみに身を悶えさせたいと感じていたのだ。

「ねえ、今度はアンモニア水を塗って」

わたしは男にせがんだ。その声は自分のものとは思えないほどにかすれていた。まるで、老女の声のようでさえあった。

「アンモニア水ですか？」

少し驚いたような男の声が、わたしの耳に届いた。

「ええ。アンモニア水を塗って」

再びシーツに顔を伏せ、開いていた目を閉じて、わたしは同じ言葉を繰り返した。眠たくて、眠たくて、目を開けていられなかった。

「松下さん。今夜はもう、これで終わりにしましょう」

男の声が聞こえた。

「いやよ。お願い。アンモニア水を塗って。わたしをもっといじめて」

シーツに顔を伏せ、目を閉じたまま、わたしは男にせがんだ。

その理由のひとつはお金のためだった。男との最後のこの晩に、わたしはもっと稼ぎたいと切望していた。

だが同時に、それはわたしの本心から出た言葉でもあった。

そうなのだ。自分でも理由はわからなかったが、今夜、わたしはもっと痛みを味わいたかったのだ。もっともっと苦しみたかったのだ。

「本当にいいんですね？」

男が念を押した。その声が聞こえた。

「ええ。お願い……でも、アンモニア水は辛いから、基本料金の5倍払ってね」

再び襲い掛かって来た睡魔に耐えながら、わたしは言った。そして、男の返事を聞く前に意識を失った。

14

鈍い痛みが、肉体をずうんと疼《うず》かせるかのように走り抜けた。

その痛みに、わたしは朦朧となって目を覚ました。

どうやら、男がわたしの背中の傷のひとつにアンモニア水を塗ったようだった。

わたしの意志とは無関係に、体がガクガクと痙攣をしていた。止めようとしても、止めることのできない激しい痙攣だった。

これまでにも男は何度となく、わたしの傷口にアンモニア水を塗り付けていた。だから、その時の飛び上がるほどの痛みは、よく知っているはずだった。

そう。その痛みは、鞭で打たれた時に勝るとも劣らない、息が止まるほどの凄まじいもののはずだった。

けれど……どういうわけか、今夜の痛みはたいしたことはなかった。わたしの口からは小さな悲鳴も漏れはしなかった。

痛みがないのは背中だけではなかった。あれほど激しかった頭痛も、いつの間にか完全に消えていた。焼けるようにひどかった喉の痛みも、今はすっかり治まっていた。不思議なことに、全身を覆っていた悪寒までが嘘のように消えていた。

それはとても奇妙な感じだった。わたしには、自分の体が自分のものではないように感じられた。両腕と両脚をいっぱいに広げて俯せに縛り付けられているのは、わたしではなく別の誰かのような気がしたのだ。

「目が覚めましたか、松下さん？」

そう言いながら、わたしのすぐ脇に立っていた男が、再びわたしの背中に手を伸ばした。

そして、脱脂綿に含ませたアンモニア水を傷のひとつに塗った。

再び鈍い痛みがあった。そして、わたしの意志とは関係なく、また全身がガクガクと激しい痙攣を繰り返した。

けれど、やはりわたしは、ほとんど痛みを感じなかった。身をよじって呻くこともなかったし、手首のロープを握り締めて歯を食いしばるようなこともなかった。ただ……強い睡魔が、わたしを眠りの中に引きずり込もうとしただけだった。

「松下さん……沁みないんですか？」

男の声がした。

だが、わたしはシーツから顔を上げなかった。目を開きもしなかった。それほどに眠りたかったのだ。

男の手がわたしの髪を鷲摑みにし、シーツに伏せていた顔を無理やり上げさせた。

わたしは目を開いた。けれど、どういうわけか、わたしには男の顔がはっきりと見えなかった。というか……辺りがとても薄暗くて、ほとんど何も見ることができなかった。

「松下さん、どうかなさったんですか？……あの……具合が悪いんですか？」

わたしの髪を鷲摑みにしたまま、男が訊いた。

けれど、わたしには、その問いかけに答えることはできなかった。ハンサムなその顔を見続けていることもできなかった。

次の瞬間、すーっと意識が薄れていった。そして、何も見えなくなった。

「松下さん……松下さん……」

男の声が遠くのほうから、ぼんやりと、微かに聞こえた。

15

気がつくと、わたしは再びベッドに仰向けになっていた。体にはさっきみたいに、ふわふわとした羽毛の布団が掛けられていた。手首と足首に巻き付けられていた忌まわしいロープは、いつの間にか解かれていた。

顔のすぐ脇のシーツの上には、今夜、わたしが稼いだ紙幣の束が積み重ねられていた。

「松下さん……」

呟くように、男がわたしを呼んだ。

ベッドのすぐ脇には男がいた。そこからわたしを心配そうに見下ろしていた。

わたしは返事をしようとした。けれど、わたしの口から出たのは、老女が喘いでいるような低い呻きだけだった。

続いて、わたしはベッドに身を起こそうとした。けれど、それもまたできなかった。体のどこにも、力がまったく入らなかったのだ。そんな経験は初めてだった。

それでも気分は良かった。最高の気分と言ってもいいほどだった。

とてつもなく辛かったこの試練も、これですべて終わりだった。その上、わたしは最初に計画していた額の何倍もの大金を手にしていた。

そうなのだ。わたしはチャンスをものにしたのだ。

おまけに……明日はいよいよ復讐の日だった。この憎い男が殺される日だった。

その事を思うと、ひどい体調とは裏腹に、わたしの心はわくわくと弾んだ。

「あの……大丈夫ですか？」

椅子から腰を浮かせ、わたしの顔をのぞき込むようにして男が訊いた。

大丈夫——。

そう答える代わりに、わたしは男を見つめて頷いた。

帰らなくちゃ。

わたしはまた、体を起こそうとした。だが、やはりそれはできなかった。

わたしが起き上がろうとしているのを察した男が手を貸してくれた。わたしの肩と背中の辺りを、両手でそっと支えてくれたのだ。

それでわたしは、何とかベッドに上半身を起こすことができた。

けれど、その瞬間、強い目眩がわたしを襲った。同時に、目の前がさらに暗くなり、意識が薄れそうになった。

「大丈夫ですか？」

バカのひとつ覚えのように男が繰り返した。

「ええ……大丈夫よ」

ようやくわたしはそう答えた。その声はびっくりするほどかすれていて、とても弱々しかった。わたし自身にも聞き取ることができないほどだった。

「あの……今夜はこのまま……ここに泊まっていらしたほうがいいですよ」

ベッドの端に腰を下ろした男が、心配そうに言った。本当にわたしを心配しているかのような口調だった。

いいえ。帰るわ。

わたしはそう答えようとした。娘や孫たちの明日の朝食のことを考えれば、帰らないわけにはいかなかった。

けれど……けれど、今夜はもう疲れ切っていて、とても帰れそうになかった。

「そうね……今夜は、そうさせてもらおうかしら……」

喘ぐようにわたしは言った。そして、そのまま、再びぐったりとベッドに身を横たえた。

「松下さん……」

男がわたしの顔のすぐ上で、さらに何かを言った。

だが、わたしにはもう、そのあとに続けられた言葉を聞き取ることはできなかった。何か返事をしなければならないと思ったのだけれど、声を出すどころか、息をすることさえが面倒に感じられた。

何か、得体の知れないものの腕が、ベッドマットの中にわたしを引きずり込もうとしているような気がした。

ああっ、ダメだ……もう、起きていられない……。

何者かに引き込まれるかのように、わたしは眠りに落ちた。

意識を失う直前に、またあのロシアの農夫のことを思い出した。

あの農夫は自分が死ぬとわかったのだろうか？　それとも、自分が死ぬことさえ知らず、広大な土地を手に入れたという幸せに浸りながら死んでいったのだろうか？

エピローグ

その晩、僕は自分より11歳年上の女の隣に横になった。

女は僕のすぐ左側で、不規則で少し苦しげな呼吸を繰り返していた。

女の肉体が放つ体温がぽかぽかと伝わってきた。人の温《ぬく》もりを感じながらベッドに横たわるのは、妻が死んでから初めてのことだった。

四方を半透明の白いカーテンに覆われた天蓋つきのベッドの中で——僕は柔らかな光に照らされた女の彫りの深い顔を見つめた。そして、悩ましげにしかめられたその顔に、母のそれを重ね合わせていた。

すべての窓を閉めた部屋の中はとても静かだった。時折、微かに、あの爬虫類の鳴く声が聞こえた。

けれど、僕はもうそれを数えなかった。

そう。望みはなかった。もはや、まったくなかった。

僕は女の寝顔を見つめ続けた。そして……あるホテルのレストランに行った時のことを思い出した。

そのレストランで僕たちが食事をしている時に中年の男の歌手がやって来て、ギターやハーモニカを奏でながら僕たちのためにいくつかの曲を歌った。女は何曲ものリクエストをした。その中の1曲が『アメージング・グレイス』だった。

流しの歌手がその曲を歌っているあいだ、女は無言で唇を嚙み締めていた。そして、曲が終わると同時に、その大きな目から涙を流した。

「どうしたんですか、松下さん？」

驚いて僕は女に訊いた。

「ううん。何でもないの」

涙の浮いた目で女が僕を見つめて笑った。「ただ……昔のことを思い出しただけ」

「昔のことって？」

「日本にいた頃のことよ」

女の言葉を聞いた瞬間、かつて一度として感じたことのない不思議な感情が、下腹部を冷やすようにして走り抜けた。

最初はその感情の正体がわからなかった。けれど、やがて気づいた。

おそらく、その感情は恋と呼ばれるものだった。

そう。あの時、僕は、自分より11歳も年上の女にほとんど恋をしていたのだ。

サイドテーブルの明かりを消して目を閉じる。女の体のほうに腕を伸ばし、その骨張った手をそっと握り締める。

それに応えるかのように、女が僕の手を握り返して来た。

骨張った女の手は、熱いほどに温かかった。

浴室のほうから電話の鳴る音がし、僕は何度か目を覚ました。女が浴室に置いたバッグの中で、携帯電話が鳴っているらしかった。

僕はそのたびに首をもたげて、すぐ脇に横になった女の顔を見つめた。

けれど、女は目覚めなかった。

夜中に一度、女が「んんん……」と、低く呻いた。

「松下さん、どうしました？」

上半身を起こして僕は訊いた。

「ううん……何でもないの」

薄く目を開いた女が暗がりの中で僕を見つめ、ひどく聞き取りにくい声で言った。

「大丈夫ですか？」

「ええ……大丈夫……ありがとう」

女が言った。言ったように、僕には聞こえた。

そして……それが、彼女の声を聞いた最後になった。


朝が来た。

女は死んでいた。

目を覚まし、女の姿を見た瞬間に、僕はそれを知った。

けれど……驚きはしなかった。少なくとも、妻だった女が死んだ、あの時ほどには驚きはしなかった。

ああっ、ついにこの日が来てしまったんだ。

頭の片隅で、そう思っただけだった。

女が一日ごとに消耗し、著しく衰えていっているのはわかっていた。昨夜、このヴィラに来た時の女が、立っていることもできないほどに弱っているのも、よくわかっていた。

彼女のことを真剣に思えば、昨夜はやめるべきだったのだ。彼女が何を言おうと、断固としてやめるべきだったのだ。

けれど、僕はそうしなかった。

なぜ？

それはたぶん……僕自身もまた、それを望んでいたからなのだろう。

そう。相手が死に至るまで嗜虐的な行為を続けるというのは……おそらく、僕がずっと夢見て来たことだったのだ。いつか、こんなふうに、相手が死ぬまで嗜虐的な行為を続けてみたいと、僕はずっと望んでいたのだ。

衰弱し切って声も出せなくなった女の体に、僕は鞭を振り下ろした。まったく手加減せずに、これでもかという激しさでそれを続けた。

そして、その時――僕はこれまでに覚えたことがないほどの、強い性的興奮を感じていた。ただ、そうしているだけで、硬直した男性器からは体液がほとばしり出そうだった。

女は死ぬ。これ以上、続けたら本当に死ぬ。

それはわかっていた。けれど……僕には、やめることができなかった。

僕はベッドに上半身を起こした。そして、カーテンの細い隙間から差し込む光に照らされた女の顔を――もう二度と笑ったり、泣いたり、叫んだりすることのない女の顔をぼんやりと見つめた。

ふと気づくと、ベッドの上に子猫がいた。いつの間にか飛び乗って来たらしい子猫が、足元のほうの羽毛布団の上にちょこんと座り、僕の顔をじっと見つめていた。

「おはよう」

子猫を見つめ返して僕は言った。

この20日あまりのあいだに、子猫は驚くほど大きくなっていた。もうミルクはまったく飲まなくなり、僕は毎日、加熱した白身の魚から丁寧に骨を取り除き、細かくほぐして与えていた。子猫の食欲は極めて旺盛で、その食事量は僕より多いぐらいだった。顔付きもいつの間にか変わり、今ではもう、すっかり大人の猫の顔になっていた。

「お腹が空いたのかい？」

僕は子猫に問いかけた。

その言葉に答えるかのように、子猫がにゃーと小さく鳴いた。

入り口の門柱に『きょうは部屋の掃除はけっこうです。立ち入らないでください』と書いた紙を張り付けると、僕は子猫の入ったバスケットを抱えてヴィラを出た。20日前に比べると、そのバスケットはずっしりと重くなっていた。

きょうはいい天気だった。まだ午前9時をまわったばかりだというのに、強烈な太陽がほとんど真上から照りつけていた。空にはたくさんのトンボが舞い、四方八方からセミの鳴くやかましい声がした。

ホテルのエントランスホールの前からタクシーに乗った。そして、顔見知りの運転手のひとりに行き先を告げた。


タクシーが止まったのは、今から20日あまり前、松下英理子と初めて出会った日に僕が訪れたレストランだった。

「こんにちは、五味さん。きょうも暑いですね」

僕は店に入るとすぐに、ウェイトレスのひとりが笑顔で近づいて来た。ここで子猫を拾った日に僕の給仕をしてくれた妊娠中のウェイトレスだった。

「こんにちは、ロミさん。暑いですね」

そう言って頷きながら、僕はウェイトレスの腹部に目をやった。そこは3週間前に見た時よりさらに前方に突き出していた。

「あれっ、その猫は？」

ウェイトレスが僕の抱えたバスケットに目をやった。

「ほらっ、3週間前、ここで拾った子猫ですよ」

「あの子猫、助かったんですか？」

突き出した腹部を抱えるようにして腰を屈め、ウェイトレスがバスケットの中をのぞき込んだ。「これがあの死にそうだった子猫ですか？」

「ええ。そうですよ」

「信じられないわ。こんなに大きくなって、こんなに太って、毛づやもこんなに良くなって……とても同じ猫には見えないわ」

笑いながらウェイトレスが言った。

店の外の木陰の下のテーブルで冷たいビールを飲みながら、僕は妊娠中のウェイトレスに、いつもよりかなり多めのチップを手渡した。そして、彼女に、もし子猫が腹を空かせているようだったら、客たちが食べ残した魚をほぐして与えて欲しいと頼んだ。

「五味さん、日本に戻られるんですか？」

チップをエプロンのポケットに押し込みながら、妊娠中のウェイトレスが訊いた。

「さあ、わかりません」

僕は答えた。

そう。僕にはもう、何もわからなかった。


ビールを1本飲み終えると、僕はバスケットを提げて庭の隅にある生け垣のところに行った。そして、その根元にしゃがみ込み、バスケットの蓋を開けた。

今から3週間前、母を亡くしたこの子猫は、この湿った土の上にぐったりと横たわっていたのだ。

バスケットから顔を出し、子猫はしばらく辺りを見まわしていた。それから、恐る恐るといった様子でバスケットから這い出し、足元の土のにおいを嗅いだ。

「ずっと一緒にいてやれなくて、ごめんよ」

僕が言ったが、子猫は顔を上げなかった。ただ、しきりに辺りを見まわし、いろいろなもののにおいを夢中で嗅いでいるだけだった。

たぶん、今、自分がどこにいるのかを思い出したのだろう。やがて子猫は僕に尻を向け、ゆっくりと歩き出した。

「達者でな」

子猫の後ろ姿を見つめて僕は言った。

子猫が足を止めて振り向いた。そして、僕を見つめ、にゃーと小さく鳴いた。

そんな子猫を見ていたら、急に涙が出て来た。


子猫を放したあとで、僕は再びタクシーに乗った。

すっかり軽くなってしまったバスケットを膝に載せ、窓から町を——僕が4カ月近くに渡って逃亡生活を続けて来た熱帯の町を見渡す。

あちらこちらに穴が空いた凸凹とした歩道。その歩道をそぞろ歩く、さまざまな国から来た観光客たち。路上に刻み込まれた椰子の葉の影と、そこに散乱しているさまざまなゴミ。よく事故が起きないものだと、不思議になるほどの車間距離で走りまわっている車やオートバイ。道の両側に立ち並ぶ、ホテルや土産物店やレストラン。木陰に座り込んで観光客を眺めている現地の人々や、自分たちの店に客を呼び込もうとしきりに声をかけている人々。舌をだらりと長く垂らし、うろうろと歩きまわる痩せこけた犬たち。町のいたるところに佇む石像。歩道に並べられた花や供え物の数々。水たまりに映る空と雲。プルメリアとハイビスカスとブーゲンビリア。線香、アロマオイル、クローブ煙草のにおい。肉や野菜を炒めたり、焼いたりしているにおい。

今ではもうすっかり見飽きたこの町の景色を、そして、すっかり嗅ぎ飽きたこの町のにおいを……僕はいとおしむかのように見つめ、いとおしむかのように嗅いだ。


ヴィラのドアを開けると、ひんやりと乾いた空気が流れ出て来た。戸外にはあれほどの光が満ちているというのに、カーテンを閉めたままの室内はいまだに薄暗かった。

戸口のところで裸足になり、大理石の床の冷たさを味わうようにしてリビングルームを抜ける。寝室のドアを開け、その中をのぞき込む。

女はいまだにベッドにいた。大きなベッドを覆った白いレースのカーテンの中に、今朝とまったく同じ姿勢で仰向けに横たわっていた。

僕はベッドの脇に立ち、やつれ果てた女の顔を見つめた。

本当なら、今夜、僕は彼女の手料理を食べさせてもらうことになっていた。その宴には、彼女の友人たちも招かれているということだった。それはもう何日も前からの約束で、僕はこの日を楽しみにしていた。

しばらく女の姿を見下ろしていたあとで、僕は着ていたものをその場に脱ぎ捨てた。そして、全裸になって女の右隣に身を横たえた。

女の右の耳元に口を寄せ、僕はそっと囁いた。ピアスが光る女の耳たぶの辺りからは、ほのかな香水が漂っていた。

「松下さん……」

僕は女に体を寄せ、その華奢な裸体に身を重ね合わせた。

女の体にはいまだに温もりが残っていた。

僕は自分の腕を、傷だらけの女の背中の下に差し入れた。そして、そのほっそりとした体を、しっかりと抱き締めた。

女の口から呻きが漏れることはなかった。もう、どんな声も漏れることはなかった。

死んだ女の顔をしばらく見つめていたあとで、僕はもう何も考えず、彼女の小さな乳房に顔を埋めた。

とてもとても、遠いところに来てしまったような気がした。

あとがき

1週間ほど前からこの島にいる。

サイパン島から小さなセスナ機で5分ほどのところにある、人口3000人ちょっとの驚くほど辺鄙《へんぴ》な島である。

この島にはホテルらしいホテルはひとつしかない。タクシーも路線バスも電車も走っていない。サイパン島とこの島とを結ぶフェリーも、今は運航していない。海が綺麗なのと、静かでのどかなことだけが取り柄の、本当に何もない島である。

僕がこの島に来た目的は特になかった。ただ、このところ根を詰めて仕事をしていたので、少し羽を伸ばし、昼間はプールサイドでビールを飲み、夜はホテルの小さなカジノでギャンブルでもしようかと考えていただけだった。

だが、ここに来てすぐに、たまたま立ち寄った町の食堂で、僕はひとりの年老いた日本人女性に会ってしまった。戦前にこの島で生まれ、今は東京に暮らしているけれど、年に2度か3度は生まれ故郷であるこの島に戻って来るという女性である。

その女性から、ここは東南アジアに点在する玉砕の島々のひとつで、太平洋戦争中にこの島にいた日本人は、兵士も民間人も、その多くがここで亡くなったと聞かされた。

玉砕の島――もちろん、知識としては知っていた。

かつてこの島は日本の統治領で、日本海軍の飛行場があった。南洋興発という東洋第二の製糖会社もあり、日本の民間人も大勢が暮らしていた。

1944年の7月、この島を占領すべく、米軍が上陸を開始した。そして、ちっぽけな飛行場を巡って、日本軍の守備隊とのあいだで壮絶な戦いを繰り広げた。

圧倒的な火力を有する米軍に追い詰められた日本の人々は、島の南端にある断崖絶壁から――今では『スーサイドクリフ』とも呼ばれている断崖絶壁から、「万歳」と叫びながら海に身を投じた。そして、今から65年前の8月に、この島の飛行場から飛び立ったB29爆撃機が、広島・長崎に原子爆弾を投下し、何十万もの人々が亡くなった。

そう。この島に来る前から、僕はそれを知っていた。

「みんな死にました。わたしはたまたま生き残ったんですよ」

寂《さび》れた小さな食堂で、年老いたその女性は僕に言った。

今回の旅では、戦争の傷跡を見てまわる予定はなかった。本当に、ただ羽を伸ばすだけのつもりだった。けれど、老女のその言葉を聞いてしまったからには、ホテルのプールサイドでのんびりとビールを飲み続けているわけにはいかなかった。

翌日、僕はオートバイを借り、通訳でもある妻を後部座席に座らせて島を巡った。その翌日も同じことをした。

鳥の声だけが響く鬱蒼《うっそう》とした密林の中に、かつてB29爆撃機が広島・長崎に向かって離陸した草に覆われた飛行場があった。広島に投下されたリトルボーイと呼ばれた原子爆弾と、長崎に投下されたファットマンと呼ばれたそれを、爆撃機に搭載したという跡も残されていた。日本海軍の司令部だった朽ちかけた建物もあったし、日本海軍の火薬庫も防空壕《ぼうくうごう》も発電所もあった。

島の最南端の『スーサイドクリフ』には、2日続けて通った。そして、切り立った断崖絶壁の上から150メートル下に広がる海と、断崖に打ち寄せて高く吹き上がる真っ白な波を見た。

海の色は驚くほどに美しいコバルトブルーとターコイズブルーで、白く泡立つ波間には何匹かのアカウミガメが浮いていた。サメが泳いでいるのも見えた。

今から66年前の8月に、人々はここから身を投げたのだ。

「日本に帰りたかったでしょうね」

僕の隣で妻がぽつりと言った。

それを聞いた瞬間、不覚にも僕は、それまで堪えていた涙を流してしまった。

辺りには火炎樹という花木が、一面に咲き乱れていた。かつてこの島に暮らした日本の人々は、故郷の桜を懐かしみ、その真っ赤な花を『南洋桜』と呼んだのだという。

南洋桜——。

だが、その毒々しい赤い花は、どう見ても桜には見えなかった。それが悲しかった。

南の島を舞台にしたこの本を、僕はインドネシアのバリ島で脱稿し、この島で今、こうして最後の推敲《すいこう》をしている。

この世の富と幸福は、とてつもなく不公平に分配されている——。

僕は南の島が大好きなのだが、そこを訪れるたびに、そう思わずにはいられない。東南アジアの島々に暮らす人々のほとんどが、日本人より遥かに貧しいからだ。

この本の中で僕は、嗜虐的性欲という自分の性癖に振りまわされる男の姿を描いた。同時に、この地上の『経済的な不公平さ』を描こうともした。

けれど、この島に来てから僕は、経済的なことだけではなく、『生まれた時代の不公平さ』というものについても、考えないわけにはいかなかった。

そうなのだ。もし、ほんの少し生まれて来る時間がずれていれば、僕がこの島で日本軍の兵士のひとりとして、米軍を相手に絶望的な戦闘をしていたとしても何の不思議もなかったのだ。この僕が「万歳」と叫びながら、断崖絶壁から身を投げていたとしてもおかしくなかったのだ。

不公平——この世の中は本当に不公平なことばかりだ。

けれど、僕にはどうすることもできない。無力な僕にできることは、ただ、それを思いながら、こうして奥歯を嚙み締めていることだけなのである。

この作品を僕は、幻冬舎の前田香織さんのために書いた。学生時代から僕の熱心な読者で、僕の担当をするために幻冬舎に入社した（僕へのリップサービスでしょうが）という彼女のために、僕は『もっとも僕らしい作品』を書こうとした。今はそのささやかな目論《もくろ》みが、うまく実を結んでくれていることを願うだけである。

前田さん、ありがとうございました。これからも末長く、よろしくお願い致します。

２０１０年７月

テニアン島にて　大石　圭

この作品は書き下ろしです。原稿枚数８００枚（４００字詰め）。

幻冬舎文庫

●最新刊
目線
天野節子

建設会社社長が、自身の誕生日に謎の死を遂げる。そして、哀しみに沈む初七日に、新たな犠牲者が出る。社長の死は、本当に自殺なのか？　3人の刑事が独自に捜査を開始する。長編ミステリ。

●最新刊
坊っちゃん殺人事件
内田康夫

浅見家の「坊っちゃん」浅見光彦は、松山の取材中に美女「マドンナ」に出会うが、後日、彼女の絞殺体が発見される。疑惑は光彦に――。四国路を舞台に連続殺人事件に迫る傑作ミステリ。

●最新刊
悪夢の商店街
木下半太

さびれた商店街の豆腐屋の息子が、隠された大金の鍵を握っている!?　息子を巡り美人結婚詐欺師、天才詐欺師、女子高生ペテン師、ヤクザが対決。勝つのは誰だ？　思わず騙される痛快サスペンス。

●最新刊
偽りの血
笹本稜平

兄の自殺から六年、深沢は兄が自殺の三日前に結婚していたこと、多額の保険金がかけられていたことを知らされる。ひとり真相を探る彼の元に、死んだはずの兄からメールが届く。長編ミステリ。

●最新刊
探偵ザンティピーの休暇
小路幸也

ザンティピーは数カ国語を操るNYの名探偵。「会いに来て欲しい」という電話を受け、妹の嫁ぎ先の北海道に向かう。だが再会の喜びも束の間、妹が差し出したのは人骨だった！　痛快ミステリ。

GENTOSHA OUTLAW BUNKO

奴隷契約《どれいけいやく》

大石圭《おおいしけい》

平成22年10月10日　初版発行

発行人――――石原正康
編集人――――永島賞二
発行所――――株式会社幻冬舎
〒151-0051東京都渋谷区千駄ヶ谷4-9-7
電話　03(5411)6222(営業)
　　　03(5411)6211(編集)
　　振替00120-8-767643
印刷・製本―株式会社 光邦
装丁者――――高橋雅之

幻冬舎アウトロー文庫

ISBN978-4-344-41564-5　C0193　　O-110-1